Konsalik
Liebe läßt alle Blumen blühen

BASTEI-LÜBBE-TASCHENBUCH
Band 11 130

1. Auflage   1979
2. Auflage Febr. 1980
3. Auflage Mai   1980
4. Auflage Juli   1980
5. Auflage Nov.   1980
6. Auflage April 1981
7. Auflage Juni   1981
8. Auflage Febr. 1982
9. Auflage Mai   1982

© 1979 by Autor und AVA, Autoren- und Verlags-Agentur,
München-Breitbrunn
Lizenzausgabe: Gustav Lübbe Verlag GmbH, Bergisch Gladbach
Printed in Western Germany 1982
Einbandgestaltung: Manfred Peters
Umschlag, Foto: Rolf Bublitz
Satz: Zobrist & Hof AG, CH-4133 Pratteln (Schweiz)
Gesamtherstellung: Ebner Ulm
ISBN 3-404-00972-x

Der Preis dieses Bandes versteht sich einschließlich
der gesetzlichen Mehrwertsteuer

I

Jeder, der Kathinka Braun zum erstenmal begegnete, war von ihr fasziniert.

Das galt natürlich nur für die Männer; Frauen betrachteten sie mit anderen Augen. Es war so vieles an ihrem Wesen, an ihrem Körper, an ihrer Erscheinung und ihrer Ausstrahlung, was andere Frauen mit Neidgefühlen betrachteten.

Daß ihre Kleidung von sportlicher Eleganz war, nahm man noch hin, daß sie mit 30 Jahren ihre kastanienfarbenen Haare offen und schulterlang trug, empfand man als übertrieben jugendlich. Daß sie einen italienischen Sportwagen fuhr und ein Luxusappartement in einem der teuersten Häuser von Hannover bewohnte, mußte man akzeptieren, denn irgendwie mußte Kathinka ihr Geld ja anlegen. Und Geld besaß sie! Sie hatte es nicht geerbt, nicht erheiratet und auch nicht von einem reichen Freund – was man ihr gern angehängt hätte –, sondern sie verdiente es sich ehrlich und schwer in einem Beruf, in dem sie gegen übermächtige männliche Konkurrenz ankämpfen mußte: Kathinka Braun war Architektin.

Nicht Innenarchitektin, nein, sie baute Hochhäuser, Wohnblocks, ganze Verwaltungsanlagen und ab und zu – zum künstlerischen Ausgleich gewissermaßen – auch exklusive Villen auf Sylt, am Plöner See, im Schwarzwald, am Bodensee, in den Bayerischen Alpen. Es waren ihr räumlich keine Grenzen gesetzt; bei den Menschen, die sich so etwas leisten konnten, war der Name Kathinka Braun ein Markenartikel. Man erkannte ein »KB–Haus« auf den ersten Blick: Neben der Eingangstür war ein goldenes KB in die Wand eingelassen. Ein Qualitätssiegel der künstlerischen Phantasie.

Natürlich nannten alle »Damen der Gesellschaft« dieses goldene KB »affig«. Einen Gipfel der Selbstbeweihräucherung! Denn dieses KB klebte auch am Armaturenbrett

5

ihres Sportwagens, hing in Gold, mit Brillanten umkränzt, als Medaillon um Kathinkas schönen Hals und kehrte auf jedem Briefkopf wieder. In Hannover munkelte man, daß die Ehe des Fabrikanten Heinrich Schneller nur deswegen geschieden worden war, weil Frau Schneller während einer Auslandreise des Direktors das »KB« neben der Haustür herausmeißeln ließ.

Munkeln war überhaupt immer um Kathinka Braun, es umschwebte sie wie ein unsichtbarer Nebel, es flog ihr voraus wie ein Erkennungsduft; jedoch diese erfolgreiche Frau, diese kühle Schönheit, bei deren Anblick die Männer zu brennen begannen und sich die Augen ihrer Frauen verengten, hatte nie Anlaß zu gesellschaftlichem Klatsch gegeben. Keine Affären, keine Liebhaber, keine heimlichen Treffs – es war unheimlich! Ihr Architekturbüro beschäftigte 23 Männer, von denen 17 jene männliche Ausstrahlung besaßen, die andere Frauen nicht kühl gelassen hätte. Im Laufe ihrer Tätigkeit in Hannover waren ungezählte Bauherren ihre Gäste gewesen, aber immer wurde das Lauern ihrer Umgebung enttäuscht. In Kathinka Brauns Leben gab es offensichtlich keinen Mann.

Das war ein Irrtum. Es gab einen guten Freund. Herbert Vollrath hieß er und war Dozent an der Staatlichen Architekturschule. Er war ein großer breitschultriger Mann, der ab und zu an Sonntagen mit einem Blumenstrauß in Kathinkas Appartement erschien, mit ihr eine Flasche Sekt trank, auch mal einen Kognak, einen spanischen Lepanto, der ihm besser schmeckte als der französische, und dann mit ihr über moderne Architektur oder über Opernaufführungen und Konzerte plauderte. Viermal in sechs Jahren – so treu war Herbert Vollrath – setzte er an und sagte: »Kathi, das ist doch kein Zustand! Wir kennen uns gut genug, so gut, daß wir sagen können...«

»Nein!«

»Was heißt ›nein‹?« Sie brachte ihn mit einem Wort aus dem Konzept. Dann kam immer wieder die gleiche Antwort:

»Weil wir uns so gut kennen, Herbert, sollten wir den Gedanken aufgeben, daß zwischen uns mehr sein könnte als eine wirkliche Freundschaft. So etwas gibt es ganz selten zwischen zwei Menschen. Ich liebe meinen Beruf...«

»Du solltest ihn doch nicht aufgeben.«

»Herbert, du dozierst an der Hochschule, ich baue Wohnmaschinen... Und dann sind wir abends zusammen, gähnen uns an, klagen uns unsere Alltagssorgen vor, beladen den anderen mit Problemen, gehen ins Bett, lesen noch ein paar Minuten und schlafen mit der Brille auf der Nase ein! Eine ideale Ehe, nicht wahr?«

»Und du hast keine Sehnsucht, dein Leben einmal anders verlaufen zu lassen? Kathi, du bist doch eine Frau! Eine wunderschöne Frau dazu...«

»Danke.«

»Du weißt genau, daß kein Mann an dir vorbeigehen kann, ohne sich umzublicken und dir nachzuschauen! Du bist eine Frau, die Wünsche, die Träume erweckt! Dein brillantes Aussehen kann doch nicht bloße Fassade sein, da gibt es doch eine Harmonie zwischen Körper und Seele! Du bist doch nicht polierter Stein, sondern pulsierendes Leben!«

»Ich komme zu meinem Recht«, antwortete Kathinka Braun einfach.

Herbert Vollrath bekam dann immer einen Stich, dessen Schmerz noch lange nachwirkte. Später sprach er seinen Kummer offen aus:

»Was nennst du Recht? Die flüchtigen Flirts während des Urlaubs?«

»Vielleicht.«

»Eine Sommerliebe auf Teneriffa... eine Winterliebe in Pontresina... eine Osterüberraschung in der Karibik, wie im letzten Jahr...«

»Eine unverbindliche Freude, ja! Herbert...« Wenn sie so ihre Stimme senkte und ihm das Kognakglas entgegenhielt, dann wußte er, daß sie fortfahren würde: »Ich bin keine

7

Frau zum Heiraten! Das weißt du doch. Ich bin zu selbstän-
dig, ich habe einen ungeheuren Dickkopf, ich habe meinen
Willen, den ich immer durchsetzen muß, ich habe meine
eigene Lebensauffassung... Alles nicht geeignet für eine
Ehe, wo zwei Leben im Gleichklang weitergeführt werden
sollen. Mit mir verheiratet zu sein – das käme einer Katastrophe gleich!«

»Kathinka Braun, das Urbild der Emanzipation! Der
große Berufserfolg in zauberhafter Verpackung! Kathi, du
belügst dich selbst! Du hast nichts als Angst, man könnte
hinter der großen Unternehmerin das kleine Mädchen mit
all seinen Sehnsüchten entdecken!«

»Ach Quatsch!« sagte sie dann und lachte etwas gequält.

Dann stellte sie ein Tonband mit südamerikanischer
Musik an, hockte sich mit angezogenen Beinen in die tiefe,
weiche Couch und rauchte wortlos, den Kopf weit zurück-
gelehnt. Ihr langes offenes Haar lag auf dem blaßblauen
seidigen Couchbezug; und Herbert Vollrath kam wieder
ins Träumen, wie unbeschreiblich wunderbar es sein
müßte, diese Frau zu besitzen.

«Wohin fährst du dieses Jahr in Urlaub?« fragte er mit
belegter Stimme.

»Warum?«

»Ich möchte plötzlich auch dort aufkreuzen und versuchen, dein Urlaubserlebnis zu werden. Mir scheint, das
wäre meine einzige Chance.«

»Verpaßt!«

»Was heißt – verpaßt?«

»Ich werde auch diese Möglichkeit streichen.«

»Aha! Du verlebst deinen nächsten Urlaub also in einem
Nonnenkloster?«

»Ich weiß es noch nicht.« Sie blickte ihn mit ihren
graugrünen Augen durchdringend an. Herbert Vollrath
empfand das Bedürfnis, aufzuspringen und diese Frau einfach in die Arme zu reißen; aber ihr Blick zwang ihn, brav

sitzen zu bleiben. Seine Beine waren plötzlich wie aus Blei. So etwas hätte man im Mittelalter als Hexe verbrannt, dachte er. »Ich könnte dir mindestens fünfzig Männer nennen, die sofort mitfahren würden.«

»Mich an der Spitze!« Vollrath lächelte schwach. »Ob zum Nordpol oder in den Urwald – ich würde nicht vorher fragen.«

»Und dann würden wir uns vier oder sechs Wochen auf den Wecker fallen mit den immer gleichen Fragen: Lieben wir uns? Sollen wir heiraten? So ist das doch kein Zustand... Nein, Herbert! Wir würden uns nur alles verderben!«

»Mit anderen Worten: Du willst nie heiraten.«

»Ich weiß es nicht. Wirklich, ich weiß es nicht, ob das Leben besser wird, wenn man ein amtliches Papier unterschreibt, seinen Namen wechselt, Nacht für Nacht, jahrzehntelang, einen anderen Menschen neben sich im Bett liegen hat und an diesen Menschen auf Gedeih und Verderb gekettet ist...«

»Gekettet –«, sagte Vollrath gedehnt. »Du hast doch auch Sehnsüchte. Glaubst du nicht, es wäre schön für dich, ein Kind zu haben?«

»Ein Kind...« Sie sah plötzlich ganz verträumt aus. »Ein Kind wäre wunderbar, ja«, sagte sie dann mit weicher Stimme. »Ein wachsendes Stück von mir, für das sich zu leben lohnt. Aber – warum sollte ich den Erzeuger mit in mein Leben übernehmen?«

Vollrath wischte sich mit der Hand über die Augen. »Das ist doch nicht dein Ernst?« fragte er heiser. »Kathi – also das ist mir zuviel Emanzipation! Wenn jede Frau so denken würde...«

»Zum Glück denkt nicht jede so.«

Sie lachte, stand auf und ging an die verspiegelte Hausbar. »Ich werde dir einen Cocktail mixen. Wünsch dir einen.«

Vollrath starrte sie an. Sie trug ein langes, exotisch

9

geschnittenes Hauskleid aus reiner Thaiseide. Das Muster war ein Blütenmeer, das ihren schlanken Körper umspielte. Sie sah hinreißend aus. Vollrath preßte die Hände gegeneinander. Die Handflächen waren heiß, als habe er hohes Fieber.

»Mixe einen Cocktail, den wir ›Erwachen‹ nennen wollen.«

»Woraus sollen wir denn erwachen?«

»Ich nicht. Du sollst erwachen aus deinem Komplex, eine erfolgreiche Frau könne einen Mann auf die Dauer nicht ertragen.«

Es war wie immer: Auch an diesem Abend tranken und plauderten sie, sie tanzten sogar ein paar Foxtrotts und einen Tango, aber als Herbert ihr beim Tanz die Halsbeuge küssen wollte, bog sich Kathinka zurück und lachte.

»Laß das!« sagte sie und löste sich aus seinen Armen. »Wir sind kein Diskothekenpärchen.«

»Verdammt! Ich liebe dich!« Er ging zur Bar, schüttete sich einen großen Kognak ein und leerte das Glas in einem Zug. »Ist das eine Qual! Ich möchte mich besaufen...«

»Denk an die Promille und an dein Auto, das vor der Tür steht.«

»Ich könnte doch auf der Couch schlafen, Kathi.«

»Nein!« Sie lachte und winkte mit einer großen Gebärde ab. »Nicht einen solchen Trick! In meiner Wohnung hat noch nie ein Mann geschlafen, auch nicht auf einer Couch.«

Nach einigen Stunden fuhr Herbert Vollrath wieder brav nach Hause. Trotz seiner erneut abgeschmetterten Liebeserklärung war er glücklich. Ich bin immerhin ihr einziger, wirklicher Freund, dachte er. Das ist wenigstens etwas, wenn auch verdammt wenig.

So war Kathinka Braun. Man muß das alles wissen, um zu verstehen, was in den nächsten Wochen geschah...

II

Im Mai, in einer Mittwochausgabe, erschien in einer großen überregionalen Zeitung eine Anzeige unter der Rubrik
BEKANNTSCHAFTEN. Sie lautete:

> *Dame mit eigenem Wagen sucht für Ferienreise in den*
> *Süden (Französische Riviera?) charmanten Begleiter.*
> *Getrennte Kasse. Zuschriften unter C 15678.*

Auf diese Anzeige meldeten sich 23 Herren. Von einem
Gärtner angefangen, der seine »durch Wind und Wetter
gestärkte Potenz« pries, bis zu einem Botanikprofessor,
der im Gebiet von Cap Bénat auf der Halbinsel Cabasson
bei Le Lavandou eine floristische Mutation untersuchen
wollte. Der jüngste sich vorstellende Reisebegleiter war 17
Jahre alt, der älteste 72. Ausgerechnet dieser muntere
Greis legte ein Bild bei, das ihn in einer äußerst knappen
Badehose zeigte. Darunter stand: »In einem gesunden
Körper wohnt ein gesunder Geist.« Der flotte Opa wirkte
sehr unternehmungslustig.

Kathinka Braun sortierte diese Briefe aus und warf sie in
den Papierkorb. Es war ihr von Beginn an klar gewesen,
daß die Mehrzahl der Zuschriften recht eindeutigen Cha-
rakters sein würden. Es war auch nur eine ihrer Launen
gewesen, diese Anzeige aufzugeben, gewissermaßen zur
Dämpfung ihrer stillen Wünsche nach Glück, eine Bestäti-
gung, daß jeder Mann in einer Frau grundsätzlich nur ein
Objekt der Lust sieht und sich erst in zweiter Linie die
Mühe macht, ihre Seele zu entdecken. Mit der Eroberung
des Körpers schließt ein Mann sein Frauenverständnis ab,
was kümmert ihn der seelische Bereich?

Das war die Wand, hinter die sich Kathinka Braun
immer flüchtete, wenn sie spürte, daß ihre natürlichen
Sehnsüchte den selbstgeschmiedeten Panzer durchstoßen
wollten. Sie stand hinter dieser Schutzwand wie ein Torero

11

in einer spanischen Stierkampfarena, der sich mit einem Sprung vor dem angreifenden Tier gerettet hat, und baute ihr Selbstbewußtsein immer von neuem auf.

Die Zuschriften auf ihre Anzeige bewiesen es wieder: Die Welt, die sie sich mit Fleiß und Können geschaffen hatte, war vollkommen. Nur mit einem Brief kam sie nicht zurecht. Er war ganz kurz, trug als Absender eine Postfachadresse in München und hatte als Beilage kein Foto, sondern eine grünschillernde, kleine künstliche Fliege mit einem Stahlhäkchen. Eine Anglerfliege.

»Das bin ich«, erklärte der Absender. »Wenn es Sie interessiert und Sie mehr wissen wollen, können wir korrespondieren.«

Das war alles.

Es war einer der merkwürdigsten Briefe, den Kathinka Braun je bekommen hatte. Sie betrachtete ihn lange, saß mit ihm an ihrem schönen Barockschreibtisch, dessen wertvolle Intarsienarbeit jeder Besucher bewunderte, ließ die Leselampe auf den Brief scheinen, als könne man dadurch Fingerabdrücke sichtbar machen, und drehte mit der Spitze ihres goldenen Kugelschreibers die grünglitzernde Fliege hin und her.

»Verrückt!« sagte sie schließlich laut. »Darauf antworte ich nicht.« Sie legte den Brief und die Fliege in ein Schubfach und schloß das Anzeigenexperiment mit der Negativbewertung ab: Auch dieses Jahr fahre ich allein in Urlaub. Sechs Wochen Riviera und ein anderer, unbekannter Mensch sein unter lauter Unbekannten...

Nach einer Woche lag in der Post ein Brief der Zeitung (Anzeigenabteilung), mit dem Vermerk, es sei noch ein »Nachläufer« auf die betreffende Anzeige gekommen. Ohne den Umschlag aufzuschlitzen, wußte Kathinka, daß es kein Nachläufer war, sondern ein neues Lebenszeichen der postlagernden Fliege.

Bis zum Abend bezwang sie ihre Neugier. Sie trug den Brief in ihrer Handtasche herum, aber sie war an diesem

Tag nervös und reizbar, unkonzentriert und merkwürdig unruhig.

In ihrem Appartement – der Brief lag jetzt auf der Schreibtischplatte – trank sie einen großen trockenen Sherry und sagte laut in die Stille der Wohnung hinein: »Nein!«

Es war ein sinnloser Protest, denn sie warf den Brief weder weg noch zerriß sie ihn, sondern sie schlitzte ihn mit einem Brieföffner auf und zog einen fast leeren Briefbogen heraus. Mit großen Ziffern war nur eine Telefonnummer auf das Blatt gemalt, weiter nichts.

»Frechheit!« sagte Kathinka Braun laut, trank noch einen Sherry und griff dann zum Telefon. Es war ein Münchner Anschluß; sie hatte ihn kaum gewählt, da wurde auch schon abgenommen. Es schien, als habe der Unbekannte auf ihren Anruf gewartet, als habe er schon auf der Lauer gelegen und sich nach Absenden des Briefes nicht mehr aus der Nähe seines Telefons entfernt.

»Guten Abend«, sagte er. Er hatte eine angenehme sonore Stimme, aber Kathinka mißfiel sie sofort. Gewollt seriös, wie er das »Guten Abend« hinsingt – affig! dachte sie.

»Was fällt Ihnen eigentlich ein?« fragte sie hart.

»Aha!«

»Was heißt aha?«

»Die Dame mit dem eigenen Wagen...«

»Ich rufe Sie nur an, um Ihnen zu sagen, daß Ihre Anglerfliege mir nicht imponiert. Wenn Sie das originell nennen... Ich bin jedenfalls kein Hering, den man so einfängt.«

»Forelle«, korrigierte die angenehme Männerstimme.

»Wie bitte?«

»Der Hering ist ein Meeresfisch und wird in Netzen gefangen. Er zieht in ganzen Schwärmen. Meines Wissens hat noch keiner einen Hering mit der Angel herausgeholt. Mit der schönen Fliege dagegen fängt man vornehmlich

13

Forellen, herrliche schlanke Fischchen, mit Punkten oder einer Regenbogenhaut – die Mannequins unter den Fischen!«

»Ich bin auch keine Forelle«, erklärte Kathinka empört.

»Was wäre unser Leben ohne Sinnbilder? Ich las Ihre Anzeige und dachte mir: Jeder Mann, der jetzt darauf schreibt, fügt einen Brief bei, in dem er seine Vorzüge anpreist wie ein Marktschreier. Und ein Foto schickt er auch... möglichst eines mit überquellender Männlichkeit. Wenn man sich nachher trifft, ist alles ganz anders. Das Foto ist viele Jahre alt und von unten nach oben geschossen, wodurch jeder Körper gestreckt wird, und überhaupt ist der ganze Kerl eine einzige Enttäuschung.«

»Und Sie betrachten sich als eine einzige Erfüllung, was?«

»Ich preise mich nicht an.«

»Sie schicken Anglerfliegen. Was soll das?«

»Es ist meine Visitenkarte.«

»Sie sind Berufsangler? Gibt es denn so etwas?«

»Haben Sie die Fliege vor sich?«

»Ja.«

Kaum daß sie dies zugegeben hatte, ärgerte sich Kathinka Braun. Es bewies, daß sie sich mehr mit dem Postlagernden beschäftigt hatte, als sie zugeben wollte.

»Diese Fliege ist ein Spitzenmodell«, tönte es sofort aus dem Telefonhörer, »und nach den neuesten fischwissenschaftlichen Erkenntnissen konstruiert. Die grünschillernden Flügel – der Belag ist ein Patent von mir – sind transparent und erzeugen für den Fisch den Eindruck, als sei die Fliege gerade ins Wasser getaucht. In der Psychologie der Fische bedeutet das, daß das Erkennungserlebnis umgesetzt wird in...«

»Sie reden viel und dumm!« unterbrach ihn Kathinka Braun wütend. »Ich wollte Ihnen nur sagen, daß ich allein an die Riviera fahre. Stellen Sie bitte die einseitige Korrespondenz ein...«

»Wie alt sind Sie?« fragte der Unbekannte frech.

Kathinka zuckte zusammen und starrte wütend die künstliche Fliege an, die vor ihr lag. »Das geht Sie gar nichts an!« antwortete sie grob. »Die Beschäftigung mit fisch–psychologischen Problemen scheint Ihre Manieren verdorben zu haben.«

»Ich bin für Klarheiten. Für meine Person habe ich nichts zu verbergen. Ich bin 1,79 groß, schlank – bis auf einen kleinen, keineswegs störenden Bauchansatz, den ich mir bei meinen 35 Lebensjahren durchaus leisten kann. Meine Haare sind noch vorhanden, mittelblond, leicht gewellt, aber nach Berührung mit Wasser kräuseln sie sich gern, was manche Damen als Beweis eines verborgenen Temperaments ansahen. Schuhgröße 43, blaue Augen mit treuem Blick...«

»Gute Nacht!« sagte Kathinka wütend.

»Bitte legen Sie noch nicht auf. Woher rufen Sie an?«

»Aus Hannover.«

»So weit weg.«

»Schon diese Entfernung schließt weitere Kontakte aus.«

»Ich könnte morgen mittag auf dem Flugplatz Hannover landen.«

»O Gott, nein! Warum?«

»Ich möchte Ihnen doch beweisen, daß ich ein anständiger Mensch bin.«

»Ich lege auf diese Demonstration keinerlei Wert. Wozu auch?«

»Wenn wir zusammen an die Riviera fahren wollen...«

Der Unbekannte lachte. Es klang jungenhaft und so nett, daß Kathinka den Hörer, der schon über der Gabel schwebte, nicht auflegte.

»Wie heißen Sie?« fragte er.

»Das ist völlig unwichtig. In wenigen Sekunden verlieren wir uns für ewig aus den Augen.«

»Also, dann bin ich morgen in Hannover. Um 12.55 Uhr. Direktflug München – Hannover mit der Lufthansa.«

»Wenn es Ihnen Spaß macht...«

»Würden Sie mich wohl bitte abholen?«

»Nein!« Kathinka fauchte es förmlich ins Telefon. »Ihre Unverschämtheit ist grenzenlos.«

»Ich bin übrigens nicht zu verfehlen«, sprach der Teilnehmer ungerührt weiter. »Ich werde eine Zeitschrift vor mir her tragen, das ›Deutsche Anglerblatt‹. Auf der Titelseite – Vierfarbendruck! – holt ein Angler mit viel Schwung einen Lachs aus einem schäumenden Wildfluß. Das ist in Irland aufgenommen. Der Angler bin ich! Sie sehen mich also gleich zweimal. Sie können mich gar nicht verfehlen.«

»Sparen Sie sich diesen Flug«, meinte sie grob. »Wenn ich jetzt Adieu sage, dann ist das endgültig. Adieu!«

»Auf Wiedersehen!«

Sie legte auf und lehnte sich zurück. »Widerling!« stieß sie hervor. »Solche dummen Reden habe ich gern.«

In der Nacht aber geschah etwas Merkwürdiges: Kathinka Braun, die sich immer rühmte, auf Kommando schlafen zu können, saß im Bett und fand keinen Schlaf. Sie las einen historischen Roman, aber auch das befriedigte sie nicht und rief keine Müdigkeit hervor. Ihre Nerven gaben keine Ruhe. Eins steht fest, dachte sie, obwohl sie gar nicht daran denken wollte, er ist ein eingebildeter Fatzke! Er hält sich für witzig und originell, und dabei ist er mit 35 Jahren noch reichlich kindisch!

Die Fliege ist mein Patent, hatte er gesagt. Du lieber Himmel, stellte er etwa Anglerfliegen her? Natürlich, das könnte ein Berufszweig sein – und ein gutes Geschäft dazu; denn – wie viele Millionen Angler gibt es auf der ganzen Welt? Ein völlig fremdes Gebiet, mit dem sich Kathinka noch nie befaßt hatte. Doch schon oft hatte sie von ihren Bauherren gehört: »Als ich da und dort angeln war, wissen Sie, damals am Roten Meer, als ich auf Haie ansaß... Letztes Jahr, an der Küste von Istrien, da habe ich doch ein Prachtexemplar herausgeholt. Fast drei Stunden habe ich mit dem Biest gekämpft...«

Gekämpft? Kann man mit einem Fisch kämpfen? Damals hatte sie das gehört und wieder vergessen, es war an ihr ohne Wirkung vorbeigeplätschert, sie hielt Angeln für das langweiligste Nichtstun überhaupt. Jetzt kamen ihr verschiedene Sätze in die Erinnerung zurück. Kämpfen mit einem Fisch? Natürlich, so ein großer Fisch läßt sich doch nicht einfach an Land holen. Da gibt es doch eine berühmte Erzählung, worin ein Mann mit und um einen großen Fisch kämpft. Sogar den Nobelpreis hatte der Schriftsteller dafür bekommen. Ernest Hemingway – Der alte Mann und das Meer. Konnte man von ihm etwas übers Angeln lernen?

Sie stand auf, suchte in ihrer Bibliothek nach dem Erzählband und knüllte sich dann die Kissen in den Rücken. Bis zum Morgengrauen las sie vom verzweifelten Kampf des alten Mannes gegen die Haie, die ihm den Fang seines Lebens, einen riesigen Schwertfisch, zerfleischten. Dann schlief sie erschöpft ein, rief gegen 10 Uhr vormittags in ihrem Büro an und sagte, sie habe Migräne und man möge einige Termine verschieben. Nach einer heiß-kalten Wechseldusche war sie tatsächlich erfrischt, frühstückte aber lustlos und fuhr gegen 12 Uhr hinaus zum Flughafen.

»Ich bin verrückt!« sagte sie zu sich. »Kathi, du bist verrückt! Kehr um! Wegen eines Mannes, der auf der Titelseite einer Anglerzeitung abgebildet ist! Diese erfolgreiche Architektin Braun hat Herzklopfen wie ein Schulmädchen, auf das an der Ecke ein Junge lauert... Bist du denn noch normal, Kathi? Bieg von der Straße ab und fahr zu Herbert in die Hochschule. Geh mit ihm essen, wie glücklich wird er sein...«

Sie parkte ihren Wagen vor dem Flughafengebäude und sah auf den elektrischen Uhren, daß sie noch zehn Minuten Zeit hatte. In der Cafeteria trank sie schnell einen Espresso, rauchte nervös eine Zigarette und lehnte sich dann seitlich vom Ausgang A an die Wand.

Die Maschine aus München landete pünktlich. Eine

nüchterne Männerstimme verkündete es im Lautsprecher, auf der Anzeigetafel erschienen die elektronischen Buchstaben GELANDET.

Noch kann ich weg, sagte sie sich. Eine Kehrtwendung, raus aus der Halle, hinein in den Wagen und ab! Das wäre endgültig. Er kennt meinen Namen nicht, nicht die Adresse, nicht die Telefonnummer. Die Zeitung ist bei Chiffre–Anzeigen zum Schweigen verpflichtet. Und wenn er schreibt? Ich kann Anweisung geben, alle nun noch ankommenden Angebote zurückzusenden...

Ich brauche mich nur umzudrehen und zu gehen.

Sie blieb stehen.

Die Maschine aus München schien voll besetzt gewesen zu sein. Eine Menge Passagiere stieg aus und eilte zu dem Koffertransportband. Ganz zuletzt – Kathinka Braun hatte eigentlich nichts anderes erwartet – schlenderte der Postlagernde heran.

Er war keine umwerfende Erscheinung, kein Cary–Grant–Typ, keine strahlende Männlichkeit, vielmehr sah er recht durchschnittlich aus. Er trug einen Sportanzug, einen Staubmantel über dem Arm, einen Bordcase aus braunem Büffelleder in der linken Hand und in der rechten das »Deutsche Anglerblatt« mit dem besagten Titelbild. Er trug es vor sich her wie ein Zeitungsverkäufer, es fehlte nur noch, daß er lauthals ausrief: Das neue Anglerblatt! Die sensationelle Geschichte des Mannes am Fluß! Das neue Anglerblatt...

Es war falsch, daß ich nicht weggefahren bin, dachte Kathinka. Es war grundfalsch. Jetzt ist es zu spät. Genauso habe ich mir das vorgestellt... ein Clown von 35 Jahren!

Sie rührte sich nicht, blieb stehen und sah dem Mann entgegen. Er suchte umher, stellte sein Köfferchen ab und drückte die Anglerzeitung an seine Brust. Kopf und Titelfoto schwebten jetzt übereinander. So blieb er stehen, bis er allein vor dem Ausgang A stand. Niemand wartete mehr bis auf eine auffallend hübsche, elegante Dame in einem

18

mit Saphirnerz besetzten Frühlingsmantel, dem man das Pariser Atelier von weitem ansah.

Fast gleichzeitig setzten sich Kathinka Braun und der Fremde in Bewegung und trafen sich in der Mitte der Halle.

»Wenn ich das gewußt hätte...«, sagte er statt einer Begrüßung. Er faltete die Zeitung zusammen und steckte sie in die äußere Rocktasche.

»Wenn Sie was gewußt hätten?« fragte Kathinka verschlossen. Aus der Nähe betrachtet, sah er doch ganz manierlich aus. Er hatte fröhliche blaue Augen und ein energisches Kinn, er war gebräunt – von einem Skiurlaub oder aus dem Solarium? –, und seine Haare kräuselten sich etwas. Über Hannover herrschte heute eine besonders hohe Luftfeuchtigkeit.

»Sie sind ja eine Lady«, sagte er.

»Was haben Sie erwartet? Ein Lockvögelchen, das sich mit solchen Anzeigen durchs Leben schlägt?«

»Ich kann es nicht erklären.«

»Warum nicht? Soviel ich bisher gemerkt habe, gehören Sie nicht zu den scheuen Menschen.«

»Ich habe zum ersten Mal auf eine solche Anzeige geschrieben.«

»Sieh an!«

»Und ich weiß auch nicht, warum ich es tat. Ich las sie – dabei muß ich erwähnen, daß ich Zeitungen sorgfältig zu lesen pflege, vom politischen Kommentar bis zur Reklame für Hornhautentferner unter den Fußsohlen –, und ganz plötzlich dachte ich: Da schreibst du mal hin! Bin gespannt, wer sich da meldet. Es war, als ob ich in ein völlig unbekanntes Gewässer einen Köder auswerfe.«

»Sie betrachten wohl alles aus der Anglerperspektive? Passen Sie auf, daß Ihren Schwertfisch nicht jemand auffrißt.«

»Wie bitte?«

Er sah sie entgeistert und etwas hilflos an. Kathinka

19

Braun winkte ab. Hemingway kennt er also auch nicht, dachte sie. Keinerlei literarische Ambitionen. Ein angelnder Banause.

»Wie darf ich das mit dem Schwertfisch verstehen?«

»Haben Sie in einem Hotel reservieren lassen?« kam Kathinkas Gegenfrage.

»Aber ja! Im Hotel ›Welfenpark‹.«

»Ein sehr gutes Haus.«

»Es ist mir empfohlen worden.« Die Unterhaltung drohte zu versacken. Kathinka nestelte an ihrer Tasche und betrachtete den Bordcase, der neben ihr stand.

»Müssen Sie noch Gepäck vom Band holen?« fragte sie schließlich.

»Nein, das ist alles. Ich heiße Zipka.«

»Wie bitte?«

»Ludwig Zipka. Mit Z am Anfang und A am Ende. Genau umgekehrt wie im Alphabet.«

»Ich bin Kathinka Braun.«

»Ka–thinka. Das erinnert mich an östliche Weiten – an Birkenwälder und Sonnenblumenfelder. Sie kennen das russische Volkslied ›Kathinka‹?«

»Und wie ich es kenne! Zu Weihnachten, zu Ostern, zum Geburtstag, überall, wo man mich erfreuen will, höre ich es! Wenn Sie jetzt auch noch damit anfangen, empfehle ich Ihnen, schleunigst für den nächstmöglichen Rückflug zu buchen.«

»Ich werde keinen Ton singen. Eigentlich schade, es wird behauptet, ich besäße einen schönen weichen Bariton. Die Opernleute nennen so etwas einen ›Kavaliersbariton‹. Ich könnte Ihnen doch im Hotel Schuberts ›Forelle‹ vorsingen...«

»Wir sollten, glaube ich, uns nicht auf diese alberne Linie festlegen, Herr Zipka«, entgegnete Kathinka verschlossen. »Außerdem habe ich wenig Zeit. Soll ich Sie zum Hotel bringen, oder hatten Sie andere Pläne?«

»Ich bin nach Hannover gekommen, um mich Ihnen voll

unterzuordnen. Ich wollte mich vor allem vorstellen. Bitte, verfügen Sie über mich.«

»Wenn es Ihnen recht ist, setzen wir uns ins Opern–Café. Dort können wir ungestört darüber sprechen, daß Ihre Reise nach Hannover eine Fehlinvestition war.«

Ludwig Zipka nickte, griff nach seinem Bordcase und folgte Kathinka, die ihm als Wegbereiter drei Schritte vorausging. Er betrachtete sie eingehend. Die langen schlanken Beine, die wehenden Haare mit dem Kastanienton, der wohlgeformte Körper, diese Ausstrahlung ihrer Sicherheit... Wie kam eine solche Frau dazu, über eine Zeitungsanzeige einen Reisebegleiter zu suchen? Ein Wink von ihr, und eine Hundertschaft von Männern würde sich prügeln, um mit ihr verreisen zu können.

Wer war diese Frau? Dame mit eigenem Wagen... Da kann man sich alles vorstellen, nur nicht eine Frau wie Kathinka Braun.

Er holte sie ein, sie traten aus der Halle und blieben dann vor dem italienischen Sportwagen stehen. Zipka tippte mit dem Zeigefinger auf die Motorhaube. »Ein rasanter Schlitten! 220 in der Stunde.«

»245.«

»Und die fahren Sie auch?«

»Wenn ich freie Bahn habe – warum nicht?«

»Ich bekäme einen Kreislaufkolaps! Warum muß man so schnell fahren? Welch ein zwingender Grund liegt dafür vor?«

»Keiner. Es ist einfach herrlich, zu wissen, daß man mit 245 dahinfliegt; daß man diese Geschwindigkeit beherrscht; daß man an der Grenze des Möglichen angekommen ist.«

»Sie lieben also das Risiko?«

»Ja.« Sie warf die Haare zurück und stieg in den Wagen. »Ein Leben ohne Risiko wäre langweilig.«

Zipka ging um das Auto herum, stieg auf der anderen Seite ein und hatte Mühe, seine langen Beine bequem zu lagern. Man lag mehr in den Sitzen, als daß man saß. Die Straßendecke war direkt unter einem, nur durch eine dünne Blechscheibe getrennt. So ein Gefühl hatte man immerhin, trotz Lederpolsterung und Verkleidungen aus feinstem Wurzelholz.

Sie muß vor Geld stinken, dachte Zipka. Und eine solche Frau setzt eine Anzeige in die Zeitung? Da stimmt doch etwas nicht!

»Sie mögen keine Risiken, nicht wahr?« setzte Kathinka die Unterhaltung fort, nachdem Zipka endlich die beste Sitzposition gefunden hatte. »Aber was würden Sie tun, wenn Sie einen Schwertfisch fingen und Haie wollen ihn Ihnen wieder abnehmen?«

Wieder dieser Schwertfisch! Zipka starrte auf die Straße. Sie reihten sich in den Verkehr in Richtung Innenstadt ein, und er suchte nach einer Antwort.

»Ich habe noch nie einen Schwertfisch gefangen. Aber Haie – vor Nordafrika! Mit ›Tummler–Angelsport–Reisen‹. Zwei Wochen Marokko mit garantiertem Haifang für nur 1.157.– DM, Halbpension. Ganz interessant, aber nicht mein Fall. Einen Hecht muß man überlisten, der ist ein intelligenter Bursche, oft klüger als der Angler. Aber ein Hai, so ein gefräßiges Luder, der beißt überall an, wo er Blut riecht. Und an unseren Angeln hingen blutige Fleischfetzen! Das ist dann keine Kunst mehr! Angeln kann nämlich zur Kunst werden...«

»Sie leben davon?«

»Genauer: Ich lebe von den Anglern. Mein Beruf ist Designer. Speziell: Designer für Angelköder.«

»So etwas gibt es?« Kathinka lachte plötzlich und sah ihn kurz an. Sie fuhr sehr forsch und überholte sogar, wenn es äußerst knapp war. Zipka kniff öfters die Augen zusammen. Er war selbst ein guter Fahrer und schnaufte ein paarmal durch die Nase, wenn Kathinka Braun anders reagierte, als er es getan hätte.

»Ich bin sozusagen der Dior der Anglerfliegen«, fuhr

Zipka fort. »Viermal habe ich schon einen Designerpreis gewonnen.«

»Und davon kann man leben?«

»Es geht mir nicht schlecht. Ich bin unabhängig und habe viel Zeit.«

»Das glaube ich Ihnen.« Sie blickte ihn von der Seite an. »Warum haben Sie auf die Anzeige geschrieben?«

»Um einmal zu sehen, wer solche Anzeigen aufgibt.«

»Das müssen verwerfliche Personen sein, nicht wahr? Vielleicht sind sie nur sehr einsam?«

Zipka hielt den Atem an. Kathinka Braun überholte wieder einmal »risikoreich«. Im letzten Moment schlüpfte sie wenige Meter vor einem entgegenkommenden Wagen in eine Lücke der Kolonne. Der Gegenfahrer blinkte mit der Lichthupe und drohte beim Vorbeisausen.

»Recht hat er!« sagte Zipka. »Sie fahren wie ein amerikanischer Gangster.«

»Haben Sie jetzt schon Angst?«

»Ja. Was heißt ›jetzt schon‹?«

»Sie wollen doch mit mir in Urlaub fahren. Sechs Wochen! Und machen schon die Augen zu, wenn wir durch Hannover fahren? Das ist keine gute Empfehlung.«

»Werden wir mit dieser Rakete fahren?«

»Zum Rucksackwandern bin ich zu faul.«

»Und Sie sind sicher, daß wir an der Riviera ankommen?«

»Ich bin vor zwei Jahren kreuz und quer durch Finnland gefahren.«

»Das erklärt vieles!« meinte Zipka erleichtert.

»Was?«

»Die tausend Seen dort...«

»Wieso?«

»Das sind die gesammelten Tränen aller Straßenanwohner...«

»Wie witzig!« Sie biß die Zähne zusammen, fuhr aber vorsichtiger und hielt neben dem Opernhaus.

Im Opern–Café fanden sie einen Tisch ganz hinten in einer Ecke, wo sie niemand störte.

»Einen Kognak!« bestellte Zipka, als der Kellner kam. »Einen dreistöckigen, bitte. Ich muß meinen Gleichgewichtssinn stabilisieren.«

Sie warteten, bis der Tisch gedeckt war. Kathinka trank einen Tee und aß ein Stück Erbeertorte ohne Sahne.

Zipka freute sich über seinen Kognak. »Ich bereue nicht, daß ich nach Hannover geflogen bin«, sagte er plötzlich.

»Das ist einseitig.«

»Ich bin nicht Ihr Typ?«

»Sie reden wie ein Gammler. Typ! Sie werden nie begreifen, warum ich diese Anzeige aufgesetzt habe.«

»Das stimmt. Wer kann das auch begreifen?«

»Ich bin Architektin. Ich lebe und arbeite in einer ausgesprochenen Männergesellschaft. Was ist am Bau schon weiblich? Ich kenne die Skala männlicher Natur von A bis Z.«

»Das ist es! Ich kann Ihnen etwas anderes bieten: Von Z bis A!«

»Ich weiß: Zipka!« Sie lachte und strich sich mit den Händen durch die Haare. »Designer für Anglerfliegen! Wir sollten die ganze Episode als wirkliche Episode betrachten und schnell vergessen! Ich reise allein – wie bisher!«

»Im August«, sagte Zipka leichthin.

Kathinka fiel darauf herein. »Nein. Im Juni. Der Juni ist an der Riviera wundervoll. Ich wollte am 3. Juni abfahren.«

Das Gespräch versandete schnell. Kathinka brachte Ludwig Zipka noch zum Hotel. Dort verabschiedete man sich und wußte, daß man sich nie wiedersehen würde. Es war die beste Lösung – ein halber Tag, der kaum Erinnerungen hinterließ.

Am 2. Juni, morgens um 9 Uhr, klingelte bei Kathinka Braun das Telefon.

»Stolze Kathinka Braun«, sagte eine fröhliche Stimme, »hier spricht Zipka. Ich bin in Hannover. Reisefiebrig und zu allem bereit, sogar zum Risiko.«

Hinter Kathinka lagen einige turbulente und recht nervöse Wochen. Nicht allein ihr Beruf schlauchte sie, der Ärger mit den Handwerkern und den Baubehörden, die man – ihrer Meinung nach – eigentlich Baubehinderungs-behörden nennen sollte; auch der seit zwei Wochen in der Firma sitzende Betriebsprüfer des Finanzamtes trug nur zu einem kleinen Teil dazu bei, daß Kathinka in übler Laune durch ihre Büros eilte und die Mitarbeiter ihr aus dem Weg gingen, wo das möglich war… Ein Schweigen störte sie vor allem und zerrte an ihren Nerven. Das Schweigen von Ludwig Zipka!

Was sie nie geglaubt hatte, war eingetroffen: Zipka hatte tatsächlich ihren Abschied vor dem Hotelportal als endgültig angesehen. Kein Brief mehr, kein Anruf, kein Lebenszeichen, nichts. In den ersten zwei Wochen nach ihrem Treffen überraschte sich Kathinka dabei, daß sie am Frühstückstisch saß und dem Briefträger auflauerte, der ihre Privatpost brachte. In der dritten Woche fragte sie ihn beiläufig: »Ist es eigentlich möglich, daß heutzutage noch Briefe verlorengehen?«

Die Antwort des Briefträgers trug nicht zu ihrer seelischen Stabilisierung bei. Er sagte: »Möglich ist alles. 'ne falsche Postleitzahl, und schon trudelt der Brief herum. Wird ja alles mechanisch gelesen. Eine Art Computer, der die Briefe sortiert. Aber auch Computer können sich irren. Fehlt Ihnen denn ein Brief?«

»Nein, nein!« Sie hatte abgewunken. »Es war nur eine grundsätzliche Frage.«

»Einschreiben ist immer sicherer.«

»Natürlich.«

Am Ende der dritten Woche spielte sie mit dem Gedanken, in München beim Einwohnermeldeamt nachzufragen, wo ein Ludwig Zipka wohne. Doch dann verwarf sie diese Idee wieder. Anrufen mochte sie nicht – um keinen Preis!

Nach vier Wochen begann sich Kathinka Sorgen um sich selbst zu machen. Ich bin 30 Jahre alt, sagte sie sich. Verdammt, das ist doch noch jung! Die besten Jahre einer Frau liegen noch vor mir. Aber immerhin ist man mit 30 nicht mehr taufrisch, und es gibt Männer, die eine Frau über 30 schon mit einer gewissen Altersehrfurcht begrüßen. Wenn Zipka auch dazugehört, bitte sehr! Dann soll er sich in den Diskotheken herumdrücken und sich dort Mädchen suchen. Jeder nach seinem Geschmack... Meiner ist es nicht!

Aber solche Gedanken bohrten und waren wie ein Wurm, der einen knackigen Apfel durchhöhlt.

Kathinka stand jetzt abends öfter vor dem Spiegel und betrachtete sich. Müde sehe ich aus, kritisierte sie dann ihr Spiegelbild. Abgeschlafft. Ränder unter den Augen, kleine Falten in den Mundwinkeln. Und der Blick ist etwas müde. Eigentlich kein Wunder, wenn man sich zehn Stunden mit hunderterlei Dingen herumschlägt, neue Pläne entwickelt, die Detailzeichnungen der Kollegen durchspricht, mit Bauherren verhandelt, auf den Baustellen den Fortgang der Arbeiten kontrolliert, die Angebote der Schreiner, Elektriker, Installateure und Dachdecker durchrechnet und mit Entsetzen feststellt, daß die vereinbarten Termine nie eingehalten werden können, weil der eine nicht pünktlich liefern kann und der andere in Urlaub gefahren ist. Jeden Tag zehn Stunden lang eine Springflut von Neuigkeiten und Entschlüssen – das gräbt sich in einen Menschen ein, vor allem in sein Gesicht.

Kathinka Braun versuchte es mit äußeren Retuschen: Sie änderte die Frisur, sie wechselte das Make–up, sie lag jeden zweiten Tag unter der Höhensonne, sie ließ den Alkohol weg und trank nur noch Fruchtsäfte, ging früher ins Bett und schwamm jeden Morgen zehn Runden im Pool des Appartementhauses. Mit anderen Worten: Sie nahm sich mehr Zeit für sich selbst.

Auch Herbert Vollrath merkte die Veränderung: die Theaterbesuche wurden knapper, und die Stunden nach der Oper oder einem Konzert, die sie früher bei Kathinka mit Cocktail und langen Gesprächen verbracht hatten, fielen völlig weg.

»Was ist los mit dir?« fragte Vollrath eines Tages.

»Nichts...«

»Du weißt genau, daß diese Antwort falsch ist! Du bist nervös, gereizt, wie eine scharfe Bombe, die man nicht anrühren darf, sonst geht sie in die Luft. Du lebst gewissermaßen – außerhalb deiner Haut!«

»Blödsinn!«

»Auch das hättest du früher nicht gesagt. Wo liegen deine Sorgen?«

»Vielleicht in der Neugier meiner Umwelt und in ihren bohrenden Fragen«, erwiderte Kathinka angriffslustig. »Mein Gott, laßt mich doch in Ruhe! Ich fühle mich blendend, mein Blutdruck ist normal, meine Hirntätigkeit zeigt keine Ausfälle – was wollt ihr mehr?«

»Du bist ganz einfach urlaubsreif.«

Das hätte Vollrath nicht sagen dürfen, aber wie sollte er das wissen? Sie fuhr herum, blitzte ihn an und sagte gepreßt: »Ich fahre nicht in Urlaub! Dieses Jahr überhaupt nicht! Sieh mich nicht so an wie ein bettelnder Hund. Gute Nacht!«

Sie ließ Vollrath stehen und verschwand im Haus. Herbert schüttelte nur den Kopf und wartete, bis der Lift nach oben schwebte. Wie alle dachte auch er: Der tägliche Streß macht sie fertig. Es ist einfach zuviel für sie. Wenn sich Männer schon in ihrem Beruf verschleißen, um wieviel mehr dann eine Frau!

Und plötzlich, morgens um 9 Uhr, klingelt das Telefon, und diese verfluchte, so sehr vermißte Stimme sagt: »Hier spricht Zipka.«

27

Kathinka Braun atmete tief durch und trank einen Schluck heißen Tee. Sagen konnte sie im Augenblick nichts. Zipkas Wiederauftauchen war zu plötzlich. Kathinka starrte aus dem Fenster über die Dächer von Hannover. Die Morgensonne vergoldete Ziegel und Schindeln. Eine Großstadt im Märchenglanz.

»Hören Sie mich?« fragte Zipka, weil seine Fröhlichkeit so ganz ohne Echo blieb.

»Natürlich. Ich habe nur einen Schluck Tee getrunken.«

»Sie sind Teetrinker?

Fabelhaft! Ich auch!

Meine Teemischung stelle ich selbst her. Grundlage: Darjeeling, Frühlingsernte. Die zarten Spitzen – die geben eine wundervolle hellgoldene Tasse Tee, wenn man einen Krümel Ceylon dazumischt. Nicht länger als höchstens zwei, drei Minuten ziehen lassen! Ich kann Ihnen sagen, das rauscht in die Glieder und ins Gemüt! Da werden die Gelenke munter! Da tiriliert schon morgens ein Paradiesvöglein in den Hirnwindungen...«

»Was tut es?« fragte Kathinka verwirrt.

»Tiriliert! Pieppieptsitsiririririri...«

»Daß Sie kindisch sind, weiß ich seit unserer Begegnung. Aber daß es nun so schlimm mit Ihnen steht...«

»Ihrer Stimmung nach müssen Sie starken Assamtee trinken.«

»Was wollen Sie eigentlich?« unterbrach ihn Kathinka barsch.

»Morgen ist der dritte Juni! Um wieviel Uhr geht es los? Frühmorgens? Das ist die beste Zeit, um in den Urlaub aufzubrechen. Frühmorgens, wenn die Hähne kräh'n...«

»Ich fahre nicht in Urlaub.«

»Dann muß die ganze Welt auf dem Kopf stehen.«

»Wieso?«

»Ich bin seit drei Tagen in Hannover...«

»Muß man Ihnen ins Gesicht sagen, daß Sie mir lästig fallen?«

»In Ihrer Firma sagte man mir – ich erlaubte mir anzurufen und mich als Fabrikant von geblümten Klobecken vorzustellen – man sagte mir wörtlich: ›Die Chefin ist in Urlaub.‹ Die Chefin, sagten sie. Toll! Sie haben aber Zug in dem Laden! Die Chefin! Man hörte förmlich die Ehrfurcht gegen die Rippen hämmern.«

»Ich mache zu Hause Urlaub.«

»In Ihrer Autowerkstatt haben Sie an ihrem Todesflitzer eine große Inspektion vornehmen lassen. Zitat von Ihnen: ›Ich brauche ihn für eine Fahrt in den Süden. Er muß hundertprozentig in Ordnung sein.‹ Stimmt's?«

»Sie spionieren mir nach? Also, das ist eine bodenlose Frechheit!«

»Ich würde es lieber Vorsicht oder Selbsterhaltungstrieb nennen.« Zipka lachte jungenhaft. »Ich muß mich schließlich informieren, ob ich mich dieser vierrädrigen Rakete anvertrauen kann! Der Werkstattmeister sagte mir, der Wagen laufe jetzt wie eine Eins!«

»Ich werde die Werkstatt wechseln.«

»Kathinka Braun, warum sind Sie so verbittert? Sechs sonnige Wochen liegen vor uns. Die Riviera! Ich rieche schon den Lavendel. Ich kenne einige verträumte Strandbuchten, die noch ihren ursprünglichen Reiz bewahrt haben und wo es wirklich noch nach Lavendel riecht.«

»Ich habe keine Lust, Ihnen länger zuzuhören!« Kathinka Braun nahm wieder einen Schluck Tee, er war leider kalt geworden. »Riviera ist gestrichen! Wenn ich fahre, hören Sie, wenn ich fahre, dann in die Camargue. Aber ich fahre nicht!«

»Die Camargue«, sagte Zipka. Seine Stimme nahm einen verträumt–romantischen Klang an. »Welch ein verzaubertes Fleckchen Welt! Das riesige Rhônedelta, die Étangs mit ihren Flamingoschwärmen, die Salzseen, das mannshohe Gras und der wilde Galopp von Herden weißer Pferde! Darüber ein unendlicher Himmel, eine Weite überall, in der der Mensch seine Winzigkeit begreift. Ein

Urlaub, wo die Natur wirklich noch Gottes Schöpfung ist und nicht das Zeichenbrettwerk von Landschaftsgestaltern. Alles atmet Größe und unberührte Schönheit. Camargue – das ist ein blendender Gedanke von Ihnen! Durch die Myriaden von Mücken, Käfern und anderen Insekten sind die Fische dort maßlos verwöhnt. Ich werde eine neue Anglerfliege konstruieren: Die Zipkasche Camargue-Fliege!«

»Ende!« sagte Kathinka hart und legte auf. Dann saß sie vor dem Telefon, wartete, rauchte nervös eine Zigarette und kaute an einem Brötchen mit Honig. Als es wieder klingelte, zählte sie bis acht. Erst dann meldete sie sich.

»Ja?« Es sollte unbefangen und gleichgültig klingen.

»Ich habe einmal ein Buch über die Camargue gelesen«, sagte Zipka, als sei er nicht unterbrochen worden. »Ein herrliches, dramatisches Buch. Da verliebte sich ein weißer Hengst in seine Reiterin.«

»Ich lege sofort wieder auf«, zischte Kathinka.

»Bitte nicht! Wann fahren wir?«

»Gar nicht! Ihre Sturheit ist anscheinend krankhaft! Sie hätten sich alle Unkosten sparen können. Die Fahrt hierher, das Hotel…«

»Hotel Welfenpark«, warf er ein.

»Ich dachte es mir. Herr Zipka, mein letztes Wort: Ich habe kein Interesse daran, Sie wiederzusehen.«

Sie legte auf, bevor er antworten konnte. Sie atmete tief durch, trank den kalten Tee aus und ging dann an das große Panoramafenster. Sie drückte die Stirn gegen die Scheibe und merkte erst jetzt, wie heiß ihr Kopf war, weil sich das Glas so köstlich kühl anfühlte.

Sie wartete. Sie saß untätig herum, sie las in der Morgenzeitung, ohne aufzunehmen, was sie las, und verbrachte so eine ganze Stunde.

Das Telefon schwieg. Ein ekelhafter Mensch, dachte sie. Ein Dauerredner! Ein Schwätzer, der sich sehr klug und charmant vorkommt; ein Blender, der mit Worten jon-

30

gliert, um dahinter seine geistige Hohlheit zu verbergen. Die Zipkasche Camargue-Fliege! Wenn man so etwas hört...

Schließlich begann Kathinka zu packen. Zwei Koffer, zwei große Reisetaschen, ein Transistorradio, einen Kamerabeutel, das starke Fernglas. Mit dem Lift brachte sie alles in die Tiefgarage und belud damit ihren Wagen.

Dann rief sie den völlig überraschten Herbert Vollrath an, um sich zu verabschieden.

»Ich fahre nun doch«, sagte sie. »Ich habe mich ganz kurz entschlossen. Ich dachte, in die Camargue...«

»Allein? Kathi, da kommst du doch vor Einsamkeit um! Das ist keine Gegend für eine alleinreisende Frau! Die Weite und die Eintönigkeit machen dich verrückt!«

»Ich brauche Ruhe, Herbert. Absolute Ruhe.«

»Du bist nicht die Frau, die wochenlang wie der erste Mensch leben kann. Wenn schon diese Gegend, dann fahre in die Provence. Besuche Arles, Avignon, Nîmes... Tanke Kunst und die Sonne von Jahrhunderten. Durchstreife das Land der Troubadours!«

»Vielleicht.« Sie blickte über das Lichtgeflimmer der nächtlichen Großstadt. »Kennst du zufällig ein Buch, das in der Camargue spielt?«

»Da gibt es viele Bücher.«

»Eins, in dem sich ein Pferd – in seine Reiterin verliebt?«

»So etwas Blödes lese ich nicht, Kathi.«

»Das stimmt, das Buch soll furchtbar blöd sein. Ich habe auch nur davon gehört. Also dann, mach's gut, Herbert. In sechs Wochen hörst du wieder von mir.«

»Halt, Kathi!« Vollraths Stimme klang gehetzt. »Wann fährst du?«

»Morgen. Ganz früh. So gegen fünf Uhr. Warum?«

»Ich wollte dir einen Abschiedskuß geben. Darf ich noch vorbeikommen?«

»Nein, Herbert. Bitte nicht. Warum denn alles komplizieren?«

»Soll ich mitfahren? Ein Wort von dir...«

»Du bist mein liebster Freund. Bitte, bleibe es!«

In der Nacht schlief Kathinka Braun kaum. Sie hörte in einer Art Dämmerschlaf den Wecker ticken, irgendwo in der Wohnung knackte es, dann war es ihr, als belausche sie ihren eigenen Atem. Trotzdem schrak sie aus tiefem Schlaf hoch, als der Wecker klingelte. Vier Uhr morgens. Über Hannover ging die Sonne auf. Blutrot, in Wolken schwimmend. Die Dächer flammten, als brenne die ganze Stadt.

Kurz vor fünf Uhr bog Kathinka in die Auffahrt des Hotels Welfenpark ein und bremste forsch vor dem säulengetragenen Eingang.

Ludwig Zipka saß auf einem mittelgroßen Koffer und winkte ihr zu.

Der Nachtportier, der ihm bis jetzt Gesellschaft geleistet hatte, kam mit einem Rucksack und einer zusammengeklappten Staffelei aus dem Hotel. Verwundert sah Kathinka zu, wie der Mann Koffer, Rucksack und Staffelei auf dem Hintersitz verstaute und dann mit einem freundlichen »Gute Reise« wieder im Hotel verschwand.

Zipka riß die Beifahrertür auf. »Woher wußten Sie, daß ich um fünf Uhr hier vorbeikomme?« fragte Kathinka, nicht sehr freundlich.

»Intuition! Ich sagte mir: Wenn sie beim Morgengrauen aufsteht, muß sie gegen fünf Uhr hier sein. Ich habe vor einer Viertelstunde bei Ihnen angerufen, keiner meldete sich – also waren Sie unterwegs.«

»Frechheit!«

»Ich würde es eher den Ausdruck einer einfühlsamen Genialität nennen.«

Ludwig Zipka setzte sich in das weiche Lederpolster und schnallte sich sofort an. Dann faltete er die Hände und seufzte: »Nur zur Information: Ich habe meine Lebensversicherung erhöht.«

»Sie können sofort wieder aussteigen!« fauchte Kathinka ihn an.

»Ist das Ihr ganzes Gepäck?«

»Ich bin ein bescheidener Mensch.«

»Was wollen Sie mit der Staffelei? Malen Sie etwa auch?«

»Sie haben vergessen, daß ich die Zipkasche Camargue–Fliege entwerfen will.«

»Auf einer Staffelei? Wie ein Ölgemälde?«

»Meine Fliegen sind Kunstwerke, das werden Sie noch erkennen. Ich wette mit Ihnen, daß Rembrandt solche Fliegen nicht malen konnte.«

»Das glaube ich Ihnen. Aber ich warne Sie. Ich bin sehr impulsiv.«

»Herrlich!«

»Vielleicht schlage ich Ihnen das Bild auf den Kopf!«

»Kopf! Das ist es!« Zipka sah Kathinka von der Seite an. »Sie haben eine andere Frisur.«

»Das fällt Ihnen auf?«

»Die andere gefiel mir besser.«

»Mir nicht!«

»Sie machte Ihr Gesicht weicher.«

»Ich will kein weiches Gesicht haben. Ich hasse Weichheit in jeglicher Form.«

»Sie sahen wie ein Engel aus...«

»Hören Sie auf! Ich bin kein Engel.«

»Sie haben mich nicht ausreden lassen: Sie sahen wie ein Engel aus, der im Auftrage Gottes die Sünde auf Erden testet!«

»Ich hätte die größte Lust, Sie aus dem Wagen zu werfen.«

»Das ist schwierig. Ich bin angeschnallt. Beim ersten Flitzer, dem Götterboten Hermes – er stehe uns bei! – donnern Sie los, Tinka!«

Sie zuckte wie unter einem Schlag zusammen und drehte sich dann blitzschnell zu Zipka um. Ihre Augen sprühten förmlich Funken.

»Was haben Sie da eben gesagt?« zischte sie böse.

»Ich habe nur Hermes beschworen. Den olympischen Rallyefahrer...«

»Nein! Das letzte Wort!«

»Tinka.«

»Sind Sie total verrückt?«

»Tinka ist meiner Meinung nach die zärtlichste Kurzform von Kathinka. Kathi – das ist doch Kartoffelsuppe gegen Tinka! Tinka, das ist der herbe Hauch von Steppe und Kirschblüten. Ihr Vater muß hellseherische Fähigkeiten besessen haben.«

Sie suchte nach einer passenden Antwort, fand jedoch keine, was sie noch wütender machte. Es war wohl das erstemal, daß sie einem Mann eine Antwort schuldig blieb. Dafür trat sie das Gaspedal durch und umklammerte das Lenkrad. Der Wagen machte einen Satz nach vorn und raste mit heulendem Motor davon. Zipka wurde in das Polster gepreßt und suchte Halt am Armaturenbrett.

»Hoppla!« rief er fröhlich. »Geht es schon los?« Glauben Sie, daß wir die Autobahnauffahrt ohne gesundheitliche Schäden erreichen?«

»Wenn Sie Angst haben, können Sie jederzeit aussteigen.«

»Ich halte es schon durch.«

Sie waren die Hotelauffahrt hinuntergefahren und kamen dabei an einem blauen VW vorbei. Sie beachteten ihn nicht, aber um so mehr wurden sie von den beiden jungen Männern beobachtet, die mißmutig durch die Scheibe starrten.

»Ich denke, sie fährt allein?« fragte der eine.

»Das hat sie in der Werkstatt auch gesagt.«

»Und wer ist der Typ, der da neben ihr sitzt?«

»Keine Ahnung. Von dem war nie die Rede.«

»Was nun?«

»Es läuft alles so wie geplant! Dem Typ hauen wir eins vor die Nuß, und still ist er! Für zwei Millionen ist so'n Risiko eben drin.«

Sie starteten den Motor und fuhren rasch dem Sportwagen nach. Ein paar hundert Meter danach hatten sie ihn eingeholt, denn Kathinka Braun war auf ein normales Tempo heruntergegangen. Ludwig Zipka hatte ihr erklärt, so schnell, wie er wolle, könne er gar nicht mit den Zähnen klappern.

»Wie haben Sie sich diese Reise eigentlich vorgestellt?« fragte Kathinka.

»Das ist eine schwer zu beantwortende Frage«, entgegnete Zipka.

»Was erwarten Sie?«

»Sonne, Meer, blauen Himmel, süßes Nichtstun. Ich muß ja umdenken.«

»Wieso umdenken?«

»Zuerst hieß das Ziel Riviera. Da hätte ich mit wilden Nächten gerechnet. Aber jetzt, in der Camargue, da werden wir ganz in der Natur aufgehen. Wir werden die Flamingos beobachten, wie sie sich ihre Federchen rupfen...«

»Mir ist es ein Rätsel, warum Sie überhaupt mitfahren, wenn Sie alles und jedes albern finden und ins Lächerliche ziehen.«

»Und mir ist es ein Rätsel, warum Sie per Zeitungsanzeige einen Begleiter suchten. Meine Neugier ist deshalb grenzenlos...«

»Sie werden sehr enttäuscht sein.«

»Abwarten.«

»Vielleicht bin ich eine ganz hysterische Person, die für sechs Wochen einen Blitzableiter für ihre Launen braucht...«

»Nur zu!« Zipka lachte wieder einmal fröhlich. »Ich bin für alles zu gebrauchen. Nur noch eine Frage, Tinka...«

»Sie sollen das gräßliche Wort nicht gebrauchen.«

»Wir haben getrennte Kasse.«

»Natürlich.«

»Ich beanspruche aber auch eine getrennte – Biologie.«

»Was bitte?« Sie schielte zu ihm hinüber. Vor ihnen lag der Zubringer zur Autobahn, Kathinka fuhr jetzt wieder schneller.

»Wie soll ich das ohne Anstößigkeit ausdrücken? Erklären wir es so: Wenn mir in den sechs Wochen ein nettes Mädchen begegnet, das nicht abgeneigt ist... Sie verstehen? Dann beanspruche ich meine persönliche Freiheit in Dingen der Erotik. Sechs Wochen jodhaltige Meeresluft, die Sonneneinstrahlung, das Gefühl der Freiheit, da muß es einem ja in den Adern prickeln! Ich habe nicht vor, sechs Wochen lang den Mönch zu spielen.«

»Ich auch nicht. Wir haben jeder unsere persönliche Freiheit. Und wir können uns jederzeit trennen, wenn wir merken, daß wir uns gegenseitig zu stark auf die Nerven fallen.«

»Genau das wollte ich gesagt haben!« Zipka lehnte sich zufrieden zurück. »Es soll nämlich sehr schöne Mädchen in der Camargue geben. Urgesund, mit runden Hüften und stämmigen Beinen. Mit der Natur verwachsen, von der Zivilisation noch nicht angekränkelt. Ha!«

Kathinka zuckte zusammen. »Was haben Sie denn? Warum schreien Sie so?«

»Das war ein Vorfreudenlaut!«

»Bei der ersten Autobahnraststätte steigen Sie aus!« erklärte Kathinka wütend. »Wenn Sie nur deswegen mitfahren... Sie können mit einem Taxi nach Hannover zurück. Ich stelle fest, daß Sie der denkbar ungeeignetste Reisebegleiter sind, den man sich überhaupt vorstellen kann. Überheblich, arrogant, geschwätzig – kurz: ein Ekel!«

Sie hatten die Autobahn erreicht. Kathinka gab Vollgas uns raste wie eine Wilde auf der linken Fahrbahn dahin. Wer vor ihr war, den scheuchte sie mit der Lichthupe zur Seite.

»Genügt das, Herr Zipka?«

»Vollkommen!« Zipka öffnete den Kragenknopf. In dem donnernden Sportwagen wurde die Luft warm.

»Hatten Sie auf ein Abenteuer gehofft?«

»Ganz offen: Ja!«

»Getrennte Zimmer, aber mit offener Verbindungstür...«

»Gewiß, mit allem Drum und Dran. Wenn man so eine Zeitungsannonce liest, geht doch zuerst die Phantasie mit einem durch. Aber dann trafen wir uns, und ich fragte mich: Warum tut sie das? Sie ist eine der schönsten und attraktivsten Frauen, die ich je gesehen habe, sie hat den Erfolg gepachtet, sie kann sich die Welt zu Füßen legen... Aber sie sucht per Zeitungsanzeige einen Reisebegleiter! Das paßt doch alles nicht zusammen.«

»Sie fahren also aus reiner Neugier mit?«

»Man kann es so nennen.«

»Übrigens möchte ich Ihnen mitteilen, daß ich verlobt bin«, sagte Kathinka plötzlich.

»Sieh mal einer an!« bemerkte Zipka nur. Er schien nicht sehr beeindruckt.

»Seit vier Jahren.«

»Ein Russe?«

»Wieso ein Russe?«

»Weil er so geduldig warten kann. Russen sind unschlagbar in ihrem Zeitgefühl.«

»Er ist Dozent.«

»Aha! Und seit vier Jahren redet er auf Sie ein, ohne daß er weiterkommt. Der Herr scheint keine große Überzeugungsgabe zu besitzen. – Weiß er, daß Sie mit mir zu den Flamingoherden fahren?«

»Er kennt mein Reiseziel, selbstredend.«

»Und kommt nicht sofort hinterher? Überholt uns, schneidet uns den Weg ab, zerrt mich aus dem Wagen und verprügelt mich...?«

»Das würden Sie tun, nicht wahr?«

»Aber sofort! Ich würde jeden anderen Mann an Ihrer Seite zerstückeln! Ihr Dauerverlobter muß ein komischer Heiliger sein.«

37

»Er ist ein Gentleman.«

»Aha! Dann werde ich nie ein Gentleman sein.«

»Wir hatten vorhin doch vereinbart, daß jeder von uns sein eigenes Leben führen kann.«

»Das stimmt. Ich bin ja auch nicht mit Ihnen verlobt.«

»Das wäre allerdings grauenhaft!«

Zipka nickte und klopfte mit dem Zeigefinger gegen die Windschutzscheibe. »Noch fünfzehn Kilometer!« sagte er plötzlich.

Kathinka starrte ihn verblüfft an. Sie wechselte sogar auf die rechte Fahrbahn hinüber. »Was ist mit fünfzehn Kilometern?«

»Da war ein Schild. Nächste Tankstelle fünfzehn Kilometer.«

»Ich habe vollgetankt.«

»Aber ich kann dort ein Taxi bekommen. Sie wollten mich doch loswerden?«

»Sie sind ein Brechmittel.«

»Ich weiß. Aber vergessen Sie nicht, daß Brechmittel auch Arznei sein können. Sie treiben alles Belastende hinaus! Hinterher fühlt man sich erleichtert. Und man beschließt, vernünftiger zu leben...«

»Sie hätten Laienprediger werden sollen«, sagte Kathinka bissig. Sie blickte kurz in den Rückspiegel. Ein blauer VW fuhr hinter ihnen, der gerade von einer großen Limousine überholt wurde. Kathinka handelte schnell, scherte aus und gab von neuem Vollgas. Der schwere Wagen hinter ihnen hupte und ließ die Scheinwerfer aufleuchten.

»Sie haben ihn geschnitten!« stellte Zipka sachlich fest. »Der Fahrer wird jetzt fluchen: Typisch Frau am Steuer!«

»Diese Überheblichkeit der Männer! Ihr wollt wohl alles besser können.«

»O je!« Zipka schlug die Hände zusammen. »Kommen Sie jetzt bloß nicht damit heraus, daß Sie eine Emanzipierte sind! Eine Feministin! Tun Sie mir das bitte nicht an!

Dann müßte ich Sie nämlich anflehen, mich sofort abzusetzen. Ich fahre per Anhalter weiter.«

»Warum wollen Sie flüchten?«

»Ich will verhindern, daß an mir stellvertretend für alle Männer Rache genommen wird. Unter diesen Umständen würden sechs Wochen Urlaub nichts anderes sein als sechs Wochen unbarmherziger Krieg.«

»Sie haben es erkannt, Herr Zipka«, antwortete Kathinka ruhig. »Genügt Ihnen das als Erklärung für meine Zeitungsanzeige?«

»Akzeptiert!« Zipka beugte sich vor und stellte das Autoradio an. Flotte Tanzmusik erklang. »Womit beginnen wir? Wie eröffnen Sie den Krieg, Tinka?«

»Indem ich zähle, wie oft Sie noch ›Tinka‹ sagen und Ihnen später für jedes Tinka einen Tritt gegen das Schienbein verpasse.« Sie lächelte ihn an. Es war ein böses Lächeln, wenigstens sollte es so aussehen. »Ich nenne Sie ja auch nicht Lu.«

»Das wäre auch ungerecht. Lu klingt so schwül, das träfe nicht meinen Charakter. Aber wenn wir uns auf ›Wig‹ einigen könnten, wäre ich einverstanden.«

»Wig? Soll das etwa originell sein?«

»Ja. Wig könnte ein Markenzeichen werden. Als Abkürzung für ›wird immer geliebt‹! Wenn Sie Wig rufen, wüßte ich immer, daß Ihr Herz spricht.«

»Albernheit! Das wäre wie ein Rückfall in die Stammelsprache.«

Zipka zuckte hoch und warf die Arme nach oben. »Halt!« schrie er. »Bremsen! Nach rechts…«

»Was ist denn los?« Kathinka umklammerte das Lenkrad. Statt zu bremsen, drückte sie das Gaspedal voll durch. »Warum brüllen Sie denn?«

»Da war eine Tankstelle! Ich wollte doch raus!«

»Zu spät! Jetzt sehen Sie, wie Ihre dummen Reden die Konzentration beeinträchtigen.«

»Die nächste Tankstelle ist 54 Kilometer weiter.«

»Die überleben wir auch noch.«

»Aber das Taxi wird immer teurer.«

»Ich spendiere die Hälfte des Fahrpreises. Einverstanden?«

»Angenommen.« Zipka lehnte sich von neuem in das Polster zurück. Weiches naturfarbenes Leder, das etwas süßlich duftete. »Tinka...«

»Noch ein Tritt – nachher!«

»Ich freue mich auf die Camargue.«

»Sie werden sie nie erreichen.«

»Wenn Sie so weiterrasen, glaube ich das auch.«

Kathinka Braun zögerte, dann nahm sie den Fuß vom Gaspedal und fuhr vernünftig.

Von weitem näherte sich der blaue VW. Der Fahrer pfiff durch die Zähne und wischte sich mit dem Ellbogen den Schweiß aus der Stirn. Der junge Mann neben ihm sagte laut »Uff!« und suchte dann in seiner Jackentasche nach der Zigarettenschachtel.

»Wenn die immer so aufdreht, rast sie uns davon! So'n Blödsinn, mit 'nem alten VW diesen Flitzer zu verfolgen.«

»Wenn wir die Kohlen haben, kannste dir auch einen Sportwagen leisten!«

»Und wo willst du das Ding steigen lassen?«

»Wie geplant, in Frankreich. Da kann sie uns nicht davonfahren, da ist harte Geschwindigkeitsbegrenzung.«

»Was mir gar nicht gefällt, ist der Typ bei ihr. Wohin mit dem? Sollen wir den etwa auch mit rumschleppen?«

»Wir können ihn nicht wegblasen.«

»Warum nicht?«

Die beiden sahen sich kurz an. Sie hatten aufgeholt und fuhren jetzt direkt hinter Kathinka Braun her. Sie sahen, wie ihr Begleiter auf dem Sitz kniete und in den Gepäckstücken auf der schmalen Hinterbank wühlte. Er holte einen hellgelben Plastikkasten hervor und nahm den Deckel ab.

»Der Kerl frißt Bananen«, stellte der Fahrer des blauen

VW fest. »Wenn der wüßte, was in Frankreich mit ihm passiert...«

Kathinka Braun sah mißbilligend auf den Plastikkasten mit Butterbroten und den drei Bananen. Zipka schälte gerade ein Prachtexemplar mit liebevoller Hingabe.

»Das fehlte mir gerade noch!« sagte sie giftig. »Ein Freßpaket! Kartoffelsalat mit Würstchen!«

»Nein. Vollkornbrot mit Käse. Und Bananen! Vollkornbrot fördert die Verdauung, enthält Mineralien und Spurenelemente, wirkt entschlackend. Von einem Reisebegleiter dürfen Sie erwarten, daß er gesund ist, Tinka.«

»Nummer fünf!« Sie trommelte nervös gegen das Lenkrad. »Müssen Sie jetzt unbedingt essen?«

»Ich bin noch nüchtern.«

»Ich auch.«

»Ein leerer Magen am Morgen macht mißgestimmt.«

»Ich habe Tee getrunken.«

»Das genügt nicht. Obwohl wir getrennte Kasse ausgemacht haben, will ich nicht kleinlich sein und mit Ihnen mein Frühstück teilen. Ich habe Camembert und Trappistenkäse auf den Broten.«

»Trappisten? Das ist doch der Mönchsorden, der ewiges Schweigen gelobt hat? Ein Trappist darf nicht mehr reden...«

»Richtig. Der Käse dieses Namens beeindruckt mich immer wieder. Es strömt so viel Beruhigendes von ihm aus.«

»Himmel! Um Ihnen zuzuhören, muß man Nerven wie Drahtseile haben.«

Sie ging mit der Geschwindigkeit noch mehr herunter, blickte dann nach rechts und fuhr auf einen Rastplatz.

Zwischen hohen Buchen und Birken standen ein paar Steinbänke und Steintische; an diesem frühen Morgen waren sie noch leer. Drei Lastzüge parkten nahe der Ausfahrt. Die Fernfahrer schliefen noch, ihre Kabinen waren verhängt.

Auch der blaue VW bog auf den Rastplatz ein und hielt in unauffälliger Entfernung.

Kathinka Braun stieg aus, reckte sich und schüttelte die Haare. Auch Zipka kletterte vom Sitz, vollführte drei zackige Kniebeugen und meinte laut: »Ha, diese Luft! Und wie die Knochen krachen! In Ihrem Wagen muß man direkt zusammengeklappt sitzen.«

Dann saßen sie an einem der Tische. Zipka hatte seine Plastikdose ausgepackt, eine große Papierserviette wie ein Tischtuch ausgebreitet und servierte Kathinka seine Käsebrote. Auch eine Thermosflasche hatte er hervorgeholt. Der Tee war goldgelb und duftete köstlich: Zipkasche Mischung.

»Wissen Sie, daß es das erstemal ist, daß ich auf einem Rastplatz aus einem Behälter esse?« fragte Kathinka.

»Und – gefällt es Ihnen?«

»Eigentlich ja.«

»Was heißt eigentlich?«

»Wenn es nicht gerade mit Ihnen wäre...«

Die beiden Männer aus dem blauen VW hockten zwanzig Meter weiter an einem Tisch und rauchten stumm. Sie musterten Ludwig Zipka und taxierten seine Stärke.

»Viel hat er nicht drauf!« meinte der Fahrer leise. »Den tippen wir an, und dann fällt er um. Es ist nur blöd, daß wir ihn mitschleppen müssen! Keine Komplikationen, hatten wir ausgemacht. Auf gar keinen Fall einen Toten! Die ganze Sache muß in dieser Beziehung sauber bleiben...«

III

Die erste Nacht verbrachten sie in Baume-les-Dames.

Das klingt sehr französisch – und das ist es auch: Ein verträumtes Städtchen zwischen Belfort und Besançon, an der Doubs, in einer gesegneten Landschaft mit weiten Blumen- und Gemüsefeldern gelegen; zwischen Weingärten und mit gemütlichen Bauernhäusern, die aussehen, als habe gestern noch die Jungfrau von Orléans in ihnen übernachtet.

Leider hatte Ludwig Zipka für diese romantische Schönheit kein Auge. Als Kathinka Braun auf dem kleinen Marktplatz bremste und die Tür des Wagens öffnete, rollte er sich von seinem Beifahrersitz, schlich gebückt zur Kühlerhaube, richtete sich dort auf, dehnte sich und betastete sich von oben bis unten. Kathinka starrte ihn fassungslos an.

»Hurra! Es geht noch!« hörte sie Zipka rufen. Dann lief er mit angewinkelten Armen dreimal um den Wagen herum und drehte zum Abschluß vor Kathinka auf dem Absatz eine Art Pirouette.

»Sind Sie jetzt total übergeschnappt?« fragte Kathinka.

»Ich habe nicht geglaubt, daß ich noch zu irgendwelchen Bewegungen fähig bin.«

Ludwig Zipka schüttelte die Hände in den Gelenken. Es sah ein wenig erschreckend aus.

»Mein Gott, ich hatte schon Angst, Sie führen bis zur Camargue in einem Rutsch durch! Von Hannover bis Belfort mit einer kurzen Pause und einmal tanken! Und nun stehen Sie da, als wären Sie gerade einmal um die Ecke gefahren! Werden Sie eigentlich nie müde? Spüren Sie nicht Ihre Knochen?«

»Nicht beim Autofahren. Wenn ich hinter dem Steuer sitze, fühle ich mich wie befreit!«

»Das kann ja lustig werden. Wissen Sie, wieviel Kilometer wir heute hinter uns gebracht haben?«

»Das interessiert mich überhaupt nicht. Ich wollte heute nach Baume–les-Dames, und ich bin da! Ich hatte die Stationen genau ausgerechnet.«

»Aha!«

»Bevor ich etwas unternehme, plane ich es genau.«

»Die Architektin!«

»Morgen geht es weiter bis Beaune, dort auf die Autobahn über Lyon nach Avignon. Hier biegen wir ab und fahren über Tarascon und Arles hinein in die Camargue.«

»Alles an einem Tag?«

»Das ist doch keine Kunst.«

»Wie ich das so nach dem ersten Tag sehe, scheinen Sie eine Kilometerfresserin zu sein.« Zipka lehnte sich gegen den vorderen Kotflügel und schüttelte zur Abwechslung seine Fußgelenke. Kathinka verzog das Gesicht.

»Nehmen wir Avignon. Ist keine Zeit, den wunderschönen Papstpalast zu besichtigen? Oder die herrliche mittelalterliche Stadtrundmauer? Die muß man sehen! Acht Tore und 39 Türme, glaube ich. Da beginnt man von Troubadours zu träumen...«

»Bitte, wenn Sie wollen, bleiben wir eine Stunde in Avignon.«

»Oder Arles! Das berühmte römische Amphitheater und die romanische Kathedrale. Hier residierten ab und zu die römischen Kaiser. Ab 406 war es Hauptstadt der Präfektur Gallien. Trara – tschingbum!«

»Was soll denn das nun wieder?« rief Kathinka und sah sich um. Es war ihr peinlich, wie kindisch sich Zipka benahm.

»Ich höre den ehernen Marschtritt der römischen Legionen auf dem Pflaster von Arles...«

»Also gut, Sie sollen Ihren Willen haben: auch eine Stunde Aufenthalt in Arles.«

»Oder Tarascon. Die ganze Stadt duftet nach Obst und Wein! Welch ein Land! Und da rasen wir durch, als hätte sich das Gas verklemmt oder wir hätten keine Bremse...«

»Also gut, auch noch ein Halt in Tarascon genehmigt.«

»Und das alles an einem Tag?«

»Ja.«

»Wieviel Stunden hat bei Ihnen der morgige Tag?«

Sie hob die Schultern, blickte sich um, achtete aber nicht auf den alten VW, der am Rande des Marktplatzes stand. Dann sagte sie wie nebenbei: »Aber jetzt werden Sie erst einmal auf die Suche gehen müssen.«

»Auf die Suche? Nach was?« Zipka knöpfte sein Hemd weiter auf. Es war ein warmer Abend.

»Nach einem Bett. Ich habe, da ich ja allein fahren wollte, natürlich nur ein Einzelzimmer bestellt. Es sollte mich wundern, wenn in dem kleinen Hotel noch ein Zimmer frei wäre.«

Kathinka Braun brauchte sich nicht zu wundern – es war natürlich kein Zimmer mehr frei. Das Hotel »Chez Doubs«, am Rande des Städtchens in einem blühenden Garten gelegen wie ein kleines Zauberschloß, besaß nur neun Zimmer – und die waren belegt. Das letzte war vor einer Stunde an ein holländisches Ehepaar vergeben worden.

Der Patron bedauerte unendlich, rief ein paar kleinere Herbergen an, aber überall waren die Zimmer – es war mittlerweile fast neun Uhr abends geworden – vermietet.

»Die Saison beginnt, Monsieur«, erklärte der kleine, dicke, freundliche Hotelier bedauernd. »Vielleicht können Sie privat unterkommen. Welch ein Malheur! Wenn ich das nur zwei Stunden früher gewußt hätte! Man hätte das Einzelzimmer gegen ein Doppelzimmer tauschen können...«

»Das wäre hervorragend gewesen!« versetzte Zipka schnell, bevor Kathinka einen Einwand anbringen konnte. »Könnte man in das Einzelzimmer nicht vielleicht ein zusätzliches Bett...«

»Nein!« Kathinka schüttelte energisch den Kopf. »Wie kommen Sie denn darauf?«

45

»Das Zimmer wäre tatsächlich zu klein; es gäbe Schwierigkeiten, Monsieur.« Der Patron kratzte sich am Kopf. »Man müßte den Schrank verrücken, und da käme man in Konflikt mit dem Waschbecken. Das Fenster kann man ja auch nicht zustellen – Probleme, Monsieur!«

»Ich finde schon was«, meinte Zipka. »Irgendwo muß es doch eine Möglichkeit geben, sich auszustrecken.«

Während Kathinka mit Hilfe eines Hausdieners den Wagen auslud und die Koffer ins Hotel bringen ließ, wusch sich Zipka in der Toilette Hände und Gesicht und übernahm dann von Kathinka den Autoschlüssel.

»Es tut mir leid«, sagte Kathinka, aber es klang nicht sehr glaubwürdig. »Viel Glück! Morgen früh um sieben geht's weiter. Seien Sie bitte pünktlich.«

Nach einer Stunde war Ludwig Zipka wieder zurück. Kathinka Braun saß im Restaurant und aß ein Stück zartrosa gebratene Lammkeule, als Zipka sich ungeniert an ihren Tisch setzte und schnupperte.

»Knoblauch!« sagte er gedehnt. »Sie schrecken aber auch vor nichts zurück.«

»Ich liebe Knoblauch!«

»Und wie ist die Liebe mit Knoblauch?«

»Ich verstehe Sie nicht.«

»Küssen Sie nur Männer mit Gasmasken?«

»Ihre blödsinnigen Bemerkungen können Sie sich ersparen! Männer, die mich küssen, sind gleichfalls knoblauchbegeistert!«

»Man lernt nie aus.« Zipka winkte. Die schwarzhaarige Kellnerin blinzelte ihm zu und lächelte verheißungsvoll.

»Eine Knoblauchsuppe!« bestellte Zipka. »Danach auch bitte Lammrücken, mit Knoblauch gespickt, dazu Salat mit Roquefort–Knoblauch–Dressing und zum Dessert…«

»Es gibt keinen Pudding, kein Sorbet und auch kein Crêpes mit Knoblauch«, zischte Kathinka dazwischen.

»Aber es gibt in Frankreich einen herrlichen Knoblauchkäse! Davon, Mademoiselle, ein großes Stück als Dessert!«

»Ihre Art wird immer widerlicher«, stieß Kathinka hervor, als die hüftenschwingende Bedienerin gegangen war. »Wenn Sie bei der Kellnerin übernachten wollen, dann klären Sie das bitte nicht in meiner Gegenwart. Es ist geschmacklos.«

»Schlafen. Ach ja!« Zipka goß sich aus der auf dem Tisch stehenden Karaffe Rotwein ein. »Baume-les-Dames ist wirklich überbesetzt. Man sollte es nicht glauben, ich habe nirgendwo ein Nachtquartier bekommen. Und dabei bin ich zum Klinkenputzer geworden! Wie ein Bauchladenhändler – von Tür zu Tür! Nur der Umstand, daß man mich an der Sprache als Deutschen erkannte, verhinderte es, daß mich einige Ehemänner verprügelten. Dreimal hörte ich, daß die Männer leider in der Nacht von der Schichtarbeit aus Besançon zurückkämen. Nur bei einer mittelalterlichen Witwe hätte ich sofort unterkommen können, aber da erschien mir die Miete in keinem Verhältnis zu der zu erwartenden Nachtruhe zu stehen... Die Witwe sah recht unternehmungslustig aus.«

»Und nun?«

»Nun bin ich wieder da.«

»Fragen Sie doch mal die Kellnerin. Sie rückt gewiß gern zur Seite.«

»Ich möchte Sie nicht erregen, Tinka.«

»Mir ist das völlig schnuppe. Das wievielte Tinka war das übrigens heute?«

»Wenn ich mich nicht verzählt habe, das neunundzwanzigste.«

»Sie werden eine orthopädische Spezialklinik aufsuchen müssen, wenn ich Ihnen dafür jedesmal, wie angekündigt, gegen das Schienbein trete.«

Danach verlief das Essen wortkarg. Zipka verzehrte seine mit Knoblauch stark gewürzten Speisen und hauchte hinterher in sein Weinglas.

»Der Wein verfärbt sich noch nicht«, sagte er zufrieden. »Man kann es also noch ertragen.«

47

»Soll das witzig sein?«

Kathinka Braun stand auf und ließ es zu, daß er ihr eine leichte Wolljacke um die Schultern legte. Dabei berührte er ihren Hals. Es durchzuckte sie wie ein Feuerstrahl, aber man merkte ihr nichts an. Sie bezwang sich meisterhaft. Nur ihre Lippen wurden schmal, um die Mundwinkel zuckte es leicht, und ihre Augen wurden ein wenig enger. Bist du denn noch zu retten, Kathi? dachte sie. So etwas darf dir einfach nicht noch einmal passieren. Auf gar keinen Fall! Nie und nimmer bei diesem Ekel Zipka! Wenn du ihn an deiner Seite duldest, dann nur, weil es mal etwas anderes ist, mit einem eigenen Hofnarren zu verreisen.

»Es gäbe eine Möglichkeit«, sagte sie und wandte sich zum Gehen. Zipka winkte der Kellnerin zu. Diese nickte zurück und dehnte ihren beachtlichen Brustkorb in Erwartung. Die enge Bluse spannte sich bis an die Grenze des Knöpfeabplatzens.

Auf Kathinkas Stirn erschien eine steile Falte.

»Im Zusammenhang mit dem Knoblauch?« fragte Zipka naiv.

»Das Badezimmer hat keine Wanne, sondern nur eine Dusche. Dadurch könnte man ein Klappbett aufstellen. Nicht gerade bequem, aber für eine Nacht...«

»Ich schlafe auch vor Ihrem Bett als lebender Teppich. Mir kommt es nur darauf an, meine sportwagengeschädigten Knochen langzustrecken.«

»Ich habe mit dem Patron gesprochen – er hat ein Feldbett.«

»Fabelhaft! Aber wenn ich nun ein Zimmer gefunden hätte?«

»Ich wußte, daß Sie wiederkommen!« Sie sah ihn kurz an. »Es ist nicht schwer, Ihr flegelhaftes Benehmen vorauszusehen.«

Eigentlich war schon alles vorbereitet, als sie Kathinkas Zimmer betraten. Im Badezimmer stand das Feldbett, sogar ein Hocker als Nachttischersatz stand daneben.

Ludwig Zipka trat ans Fenster und blickte hinaus. Das Zimmer lag zu ebener Erde, der Duft des Blumengartens wehte herein. Gleich unter dem Fenster blühte eine niedrige Rosenhecke.

»Bezaubernd!« meinte Zipka. »Ich werde von Dornröschen träumen.«

»Sollten Sie sich nachts aus dem Bad rühren, werde ich gellend schreien!«

»Sie verkennen mich,Tinka.« Zipka setzte sich auf den Hocker. »Wenn ich gleich waagrecht liege, tue ich noch einen Seufzer – und weg bin ich!«

»Wie war das – schnarchen Sie?«

»Man sagt es...«

Sie fuhr herum, als habe man sie getreten, und starrte ihn an. »Wer sagt es?«

»Tinka, ich bin 35 Jahre alt und kein Heiliger.«

»Natürlich nicht. Sie schnarchen also.«

»Und ich träume auch! Wie ich manchmal träume, das ist direkt dramatisch! Einmal – so sagt man – soll ich das Bettlaken zerrissen und dabei Mary–Lou gerufen haben!«

»Widerlich!« Sie drehte sich weg, blieb in ihrem Schlafzimmer stehen und starrte gegen die Wand. »Sie können noch etwas trinken. Kommen Sie in einer halben Stunde zurück, dann liege ich im Bett, und das Badezimmer ist frei.«

Pünktlich nach einer halben Stunde kam Zipka zurück, klopfte höflich an die Tür und schlich auf Zehenspitzen durch das Zimmer, als Kathinka Braun nichts sagte. Im Badezimmer zog er sich aus und blickte dann durch einen Türspalt in das Zimmer. Kathinkas Bett lag im tiefen Schatten. Er sah nur den geschnitzten hölzernen Fuß. Mit einem zufriedenen Lächeln hörte er, wie sich Kathinka im Bett umdrehte und anscheinend zu ihm herüberblickte.

»Sie können Ihren Horchposten verlassen«, sagte sie plötzlich mit durchaus nicht müder Stimme. »Schließen Sie die Tür und dann – gute Nacht!«

49

»Sie heißt Jacqueline...«

»Wer?«

»Die süße Kellnerin. Ihr Zimmer liegt unterm Dach. Oberer Flur, links, vierte Tür von der Treppe...«

»Und warum sind Sie dann noch hier?« Nun war der Klang ihrer Stimme ausgesprochen giftig.

»Die Müdigkeit! Nur die Müdigkeit! Ich möchte tatsächlich nichts als schlafen! Tinka...«

»Schließen Sie endlich die Tür!«

»Sofort. Nur ein Wort...«

»Nein!«

»Ich werde nicht schlafen können.«

»Warum?«

»Mein Zimmer ist angefüllt mit Ihrem Duft...«

»Dann lüften Sie!«

»Ich werde mich hüten! Umgeben von Ihrem Parfüm werde ich träumen, in Ihren Armen zu liegen. Wundern Sie sich bitte nicht, wenn Sie mich nachts rufen hören – Tinka...«

Er schloß schnell die Tür, weil irgendein Gegenstand heranflog und in der Dunkelheit gegen das Holz knallte. Zufrieden legte sich Ludwig Zipka auf das schmale Feldbett, deckte sich zu und löschte das Licht.

»Schlaf gut, Tinka«, sagte er leise in die Dunkelheit. »Und glaub mir: ich liebe dich...«

Irgendwann in der Nacht hatte Zipka das Gefühl, das leicht angelehnte Fenster würde sich öffnen. Aber er war so müde, daß er nicht sofort reagierte. Dann gab es einen Schlag, ein schwerer Gegenstand fiel auf seinen Kopf, und er wollte aufspringen. Er war aber wie gelähmt, ein gewaltiges Rauschen und Brummen erfüllte seinen schmerzenden Schädel – und dann sank er in das Vergessen.

Irgendwann weckte ihn ein heftiges Klopfen an der Tür. Er hob den Kopf, hatte ein dumpfes Gefühl darin, blinzelte und erkannte, daß es heller Morgen war. Das Fenster stand tatsächlich weit offen, und neben seinem Bett, in Kopfhöhe, lag ein faustgroßer Stein, so ein richtiger graubrauner Feldstein, an dem ein Zettel klebte. Der Zettel war außerdem mit einem Gummiband festgehalten.

»Sechs Uhr!« rief Kathinka im Nebenzimmer. »Machen Sie sich zurecht, ich möchte auch noch ins Bad! Pünktlich um sieben fahren wir weiter!«

»Es dauert nur Minuten.« Zipka rutschte von dem Feldbett, hob den Stein auf und las den Zettel.

»KEHREN SIE UM«, stand da in Druckschrift, »ODER SIE KOMMEN NIE WIEDER ZURÜCK. DIE ERSTE UND LETZTE WARNUNG.«

Zipka ging zum Fenster, blickte hinaus, aber da war natürlich nichts zu sehen als ein blühender, üppiger Garten, überstrahlt von einer blanken Morgensonne und einem wolkenlosen blaßblauen Himmel. Ein Hahn krähte fröhlich, auf einer weiter entfernten, eingezäunten Wiese wälzten sich neun schwarzgefleckte Schweine.

Da nach allgemeinen Erkenntnissen weder ein Hahn noch Schweine mit Steinen werfen und Zettel schreiben, tapste Zipka zum Spiegel, betastete eine kleine Beule an der rechten Kopfseite und erinnerte sich daran, daß in der Nacht sein Schlaf durch einen merkwürdigen Schlag auf seinen Schädel unterbrochen worden war.

»Das fängt ja gut an, Ludwig«, sagte er zu seinem Spiegelbild, zog sich aus, duschte kalt und war froh, daß die Haare über die kleine Beule fielen und Tinka sie also nicht sehen würde.

Als es wieder energisch gegen die Tür klopfte, zog er sich an und öffnete. Den Stein warf er vorher aus dem Fenster, den Zettel aber steckte er in seine Hosentasche.

»Brauchen Sie immer so lange?« fragte Kathinka Braun. Sie sah bezaubernd aus in ihrem halbkurzen Morgenmantel. Die langen nackten Beine waren aufreizend. Die Haare hatte sie schon gekämmt und sich Mühe gegeben, sie wieder glatt über die Schulter fallen zu lassen – wie Ludwig Zipka es liebte.

»Ich bin ein reinlicher Mensch.« Zipka, mit bloßem Oberkörper, machte Platz und winkte einladend. »Hereinspaziert! Mein Hemd kann ich auch nebenan anziehen. Wenn es Sie interessiert – was Sie hier riechen, ist der männliche Duft von ›Torero olé‹. Eine Serie exquisiten männlichen Parfüms...«

»Ich rieche nichts«, sagte Kathinka und schloß ihm die Tür vor der Nase zu. Er hörte kurz darauf das Wasser in der Dusche rauschen, zog sein Hemd über, setzte sich in den Sessel am Fenster und dachte darüber nach, wer ihm wohl einen Stein mit einer so eindeutigen Botschaft an den Kopf werfen konnte, und vor allem – warum? In der ganzen Aktion sah er keinen Sinn bis auf die Erklärung, daß ein noch unbekannter Verehrer von Kathinka Braun seine Anwesenheit als lästig empfand, weil er selbst die Absicht hatte, die alleinreisende Dame von den Freuden der Zweisamkeit zu überzeugen.

Auf diese Art – nie! dachte Ludwig Zipka. Ganz im Gegenteil: Ich nehme den Kampf auf! Wir werden sehen, was der Zettelschreiber unter »letzte Warnung« versteht.

Kurz vor halb sieben kam Kathinka aus dem Bad und winkte Zipka hoheitsvoll zu. »Ich ziehe mich jetzt an!« sagte sie. Das hieß: Verschwinde!

Zipka erhob sich und ging in sein Badezimmer, wo er sich rasierte.

»Wie alt ist dieser Dozent?« fragte er dabei.

Kathinka sah ihm fragend nach. »Welcher Dozent?«

»Ihr Freund.«

»Herbert Vollrath? Warum?«

»Ist er im Nebenberuf Geologe? Steinchensammler?«

»Woher wissen Sie das?«

»Aha! Also doch!«

»Herbert sammelt seltene Kristalle. Er besitzt schon eine recht bemerkenswerte Sammlung.«

»Aber er hält nicht viel von Kalksteinen...«

»Was soll das?« Sie musterte Zipka mit schräg geneigtem

52

Kopf. »Hinter diesen Redereien steckt doch etwas! Sie brüten doch wieder was aus...«

»Halten Sie es für möglich, daß dieser Herr Vollrath noch jungenhafte Anwandlungen hat und sich in bestimmten Situationen wie ein zwölfjähriger Karl–May–Leser verhalten könnte?«

»Möglich? Gott, bei Männern ist alles möglich.«

»Vollrath weiß, daß Sie jetzt unterwegs sind?«

»Ja, ja...«

»Er kennt auch das Reiseziel...?«

»Warum nicht?«

»Welchen Wagen fährt er?«

»Einen BMW. Fragen Sie mich jetzt nur nicht nach dem Typ. Weiß ich nicht. Aber – warum das alles? Befürchten Sie tatsächlich, daß Herbert Vollrath uns nachfährt und beobachtet?« Kathinka lachte plötzlich, bog sich zurück, und ihr Morgenmantel sprang auf. Einen Augenblick lang nur sah Zipka die herrliche nackte Haut – dann fiel der Mantel wieder zusammen.

»Das ist ja absurd!« rief Kathinka. »Du lieber Himmmel, Herbert als Verfolger! Und wenn – würde Sie das so nervös machen?«

»Ich könnte – Kopfschmerzen bekommen«, antwortete Zipka doppeldeutig. »Wie ausgedehnt sind seine Rechte?«

»Das geht Sie gar nichts an. Aber ich will Ihnen trotzdem antworten: Er hat überhaupt keine Rechte. Gar keine! Niemand hat Rechte an mir! Ich gehöre mir ganz allein! – Noch etwas?«

»Nein«, sagte Zipka und schüttelte den Kopf.

»Haben Sie irgendeine Beobachtung gemacht? Spioniert uns jemand nach?« Ihre Stimme klang jetzt gespannt. »Ihre Fragen müssen doch einen Hintergrund haben.«

»Sie entspringen der Logik, Tinka.«

»Der Logik?«

»Wenn ich ein Mann wäre, der nur einen Zipfel von dem Recht hätte, Ihnen meine Liebe zu zeigen – ich würde

Ihnen bis Australien folgen oder rund um den ganzen Erdball!«

»Herbert Vollrath nie!« Kathinka griff nach einem Handtuch und wuschelte ihre Haare durcheinander. »Er ist ein Mann von Grundsätzen. Da kann er steinhart sein.«

»Das glaube ich Ihnen aufs Wort!« Ludwig Zipka zog die Tür zum Badezimmer hinter sich zu. Er ging wieder ans Fenster und blickte in den blütenübersäten Garten hinaus.

Unmöglich! dachte er. Ein Dozent wirft nicht mit zettelumwickelten Steinen. Das ist nicht sein Stil. Aber andererseits: Wenn man eine Frau wie Tinka liebt, hört die Vernunft auf. Man kann dann unter Umständen zu Handlungen getrieben werden, die im normalen Geisteszustand in die Kategorie der Idiotie gehören...

Lieber Gott, was läßt du aus einem Mann werden, der liebt!

IV

Das Tempolimit auf französischen Autobahnen liegt bei 130. Die französische Gendarmerie ist darin sehr streng, auch bei Ausländern, denn sie setzt voraus, daß auch Nichtfranzosen Schilder lesen können.

Kathinka Braun fuhr demnach sehr vernünftig, immer um 130 herum. Aber wenn die Autobahn einmal frei war, drückte sie aufs Gas und schoß in altbekannter Manier über die Piste. Immerhin brachte dieses Spielchen so viel ein, daß sie früher in Avignon eintrafen, als Kathinka ausgerechnet hatte. Sie hielt vor den mächtigen Mauern des Papstpalastes und blickte Zipka herausfordernd an.

»Da ist Ihr Prunkstück. Sie können sogar zwei Stunden durch die Vergangenheit wandern.«

»Es ist erstaunlich«, murmelte er.

»Was?«

»Eine Architektin, die kein Interesse an ehrwürdigen Bauten hat. Ich möchte Ihre Häuser mal sehen, Tinka! Hypermodern, was? Auf Knopfdruck fährt ein Bett aus der Wand, und ein Kinderchor singt das Wiegenlied von Brahms…«

»Sie werden es nicht glauben: Für einen Düsseldorfer Industriellen habe ich eine Villa im altgriechischen Stil gebaut. Mit 145 Säulen…«

»Toll!« Zipka blieb im Wagen sitzen. Er blickte in den rechten Außenspiegel und wartete darauf, daß ein Auto mit deutscher Nummer auf den Parkplatz vor dem Palast einbog. Das mußte der Steinwerfer sein – Dozent Vollrath? Aber kein deutscher Wagen kam in Sicht, nur ein alter, verbeulter blauer VW keuchte an ihnen vorbei. Doch den beachtete Zipka nicht, weil zwei Männer darin saßen. »Ich habe noch gar nicht gefragt, wie unsere Endstation heißt.«

»Moulin St. Jacques bei Mas d'Agon.«

»Hui! Das klingt nach Alphonse Daudet – ›Briefe aus

meiner Mühle‹. Moulin St. Jacques! Da riecht man förmlich die Étangs und das Gras.«

»Es ist eine alte Mühle, direkt am Wasser des Étang de Vaccarès. In der Nähe steht eine uralte Wallfahrtskapelle. Aber das ist nur unsere Station. Von dort will ich hinein in die Welt der tausend Inselchen und Seen…«

»Autofahren ist dort verboten«, wandte Zipka ein.

»Ich werde reiten.«

»Das können Sie auch?«

»Sie natürlich nicht!« Kathinka lachte. »Sie können ja in dieser Zeit Ihre neue Camargue-Fliege zeichnen und konstruieren.«

»Wohl kaum! Ich werde Sie nicht allein lassen in den riesigen Schilfgebieten.«

»Die Menschen der Camargue sind die ehrlichsten der Welt! Die grandiose Natur dort schuf auch grandiose Menschen.«

»Trotzdem. Ich werde mir ein Pferd nehmen, das dem Ihrigen nachtrottet. Mehr braucht es ja nicht zu können. – Sie kommen jetzt nicht mit in den Papstpalast?«

»Ich kenne ihn. Ich war schon zweimal in Avignon. Und auch in Arles und Tarascon.«

»Tinka, Sie sind ein Aas!« Zipka schlug die Tür, die er gerade geöffnet hatte, wieder zu. »Warum haben Sie das nicht gestern gesagt? Ich hatte mich so darauf gefreut, Ihnen etwas Schönes zeigen zu können. Extra Ihretwegen habe ich ein Reisebuch über die Provence auswendig gelernt.«

»Mir scheint, Ihre ganze Reise wird sich als Fehlinvestition herausstellen«, antwortete Kathinka Braun fröhlich. »Wollen Sie nun aussteigen?«

»Nein. Auch nicht in Arles oder anderswo. Erst bei Ihrer Moulin St. Jacques. Wie sind Sie eigentlich an die gekommen?«

»In irgendeinem Reisebericht wurde sie erwähnt. Die Beschreibung faszinierte mich. Ich schrieb an den Bürgermeister von Mas d'Agon und bekam eine Antwort. Die Mühle gehöre einem Gastwirt, François Dupécheur. Seit Jahren schon sei sie unbewohnt, sie träume und verfalle so allmählich. Danach habe ich sechsmal mit Monsieur Dupécheur telefoniert, bis er überzeugt war, daß ich keine Irre bin. Er vermietet mir die Mühle für sechs Wochen – auf eigene Gefahr, wie er sagte. Aber ich glaube, er hält mich noch immer für etwas verrückt.«

»Ich werde den guten Mann auf beide Wangen küssen!«

Kathinka blitzte ihn böse an und drehte den Zündschlüssel herum. »Beine rein – ich starte!« rief sie. »Oder soll ich Sie doch noch zum Bahnhof bringen? Noch ist es einfach, von hier wegzukommen.«

»Zu spät, Tinka.« Zipka schloß das Fenster. »Sie haben in mir das wilde Abenteurerblut geweckt...«

»Und ich weiß nicht, wie ich es mit Ihnen sechs Wochen lang aushalten soll«, stöhnte Kathinka.

Sie fuhren durch Avignon und ohne weiteren Aufenthalt durch Arles und Gimeaux les Passerons. Dann bogen sie bei Mas de Goult von der N 570 ab und erreichten über die Straße, die durch das Sumpfgebiet von Marais de la Grand Mar führt, am Nachmittag den winzigen Ort Mas d'Agon. Die Sonne brannte rötlich auf das unendliche Land, die weißgekälkten oder gelb und blau bemalten Häuschen mit den Schilfdächern oder den Steinplatten leuchteten in der Nachmittagssonne. Es herrschte eine Stille, die so vollkommen war, daß man den eigenen Herzschlag als eine Störung empfand.

Sie waren das einzige Auto auf der Straße von Mas d'Agon. Das schien den Dorfgendarmen anzuregen, seinen Schreibtisch zu verlassen, aus der Gendarmerie zu treten und würdevoll auf die Fremden zuzuschreiten.

Kathinka war ausgestiegen und ließ die Haare in dem warmen, sanften Wind wehen, der vom Meer kam; Zipka machte neben dem Auto wieder seine dämlichen Lockerungsübungen.

57

Der Gendarm legte seine Hand an die Mütze und steckte den Daumen der linken Hand hinter sein Koppel. Er warf einen Blick auf die deutsche Autonummer und fragte dann:

»Kann isch Ihnen hälfenn, madame? Sind gefahren falsche Wägg?«

»Wir können in Ihrer Sprache reden, Monsieur.« Kathinka Braun lächelte den Gendarmen an.

Nun ist das so: Wen Kathinka anlächelt, der schmilzt dahin wie Butter an der Sonne. Ein Mann wird willenlos, weil die Verbindung zwischen Vernunft und Handlungsvermögen unterbrochen ist. Auch der Gendarm von Mas d'Agon war nur ein Mann...

Er war ein stattlicher Mann mit einem kleinen Bauch, ein imposanter Mann, dem der Bauch nicht einmal schlecht stand, ja, seine Würde eher noch unterstrich. Außerdem war er Sergeant, seit zwei Jahren Witwer. Er war sehr stolz auf seinen Dienstrang, trug seine Uniform stolz wie der Pfarrer sein Meßgewand und konnte sich rühmen, der erfolgreichste Polizist der Provence, ja vielleicht sogar ganz Frankreichs zu sein: In 26 Jahren Dienst in Mas d'Agon hatte es keinen »Vorfall« gegeben. Keinen Einbruch, keinen Diebstahl, keine Schlägerei, keinen Betrug, nicht einmal einen ehelichen Krach, den man schlichten mußte, von Totschlag oder Mord überhaupt nicht zu reden. Selbst ein Verkehrsprotokoll war nie ausgeschrieben worden, wohl weil es nur zwei klapprige Lastwagen im Ort gab, ansonsten nur Pferdefuhrwerke. Fremde waren in Mas d'Agon ungewöhnlich. Der Schreibtisch der Gendarmerie war sauber, seit 26 Jahren!

Das letzte Ereignis war der Selbstmord eines Malers gewesen, der sich am Ortsrand die Pulsadern aufschnitt, weil er den göttlichen Sonnenuntergang in dieser Schönheit nicht malen konnte. Darüber sprach man noch heute in Mas d'Agon, und die Gendarmerie lebte sozusagen von diesem Protokoll. Es kehrte immer wieder, bei allen Monatsberichten. Letzter Vorfall am... vor 26 Jahren...

»Madame, was kann ich für Sie tun? Ich bin Sergeant Emile Andratte.« Er grüßte noch einmal, noch zackiger als beim erstenmal, und warf einen Seitenblick auf den turnenden Zipka. »Monsieur haben Sorgen mit der Durchblutung?«

»Er kann sich an den Wagen nicht gewöhnen«, erklärte Kathinka Braun. »Dabei sitzt man in ihm wie auf einem Diwan.«

Zipka stellte seine Übungen ein und kam um den Wagen herum. »Sergeant, Sie sind ein Mann von großer Energie. Man sieht es Ihnen an. Besitzen Sie einen Hund?«

»Ja!« antwortete Andratte freundlich. Es sind wirklich gebildete Leute, dachte er. Sie haben einen guten Blick und schätzen die Menschen richtig ein.

»Und einen Vogel?«

»Gewiß. Sogar einen Grau-Papagei.«

»Gratuliere, Sergeant!«

»Ich bedanke mich, Monsieur.«

»Was würde Ihr Hund sagen, wenn Sie ihn in den Papageienkäfig sperrten?«

Sergeant Andratte lachte kehlig, stellte sich das plastisch vor und lachte noch einmal. »Das wäre nicht auszudenken! Mein Caesar würde heulen.«

»Sehen Sie! Meine Selbstbeherrschung verbietet es mir, auch zu heulen. Sehen Sie mich an und dann den Autositz. Ich weiß, Sie werden mich wie einen Bruder voller Mitgefühl umarmen.«

Andratte lachte wieder, blinzelte Kathinka an und heftete seinen Blick auf ihren Busen. Dann leckte er über seine Lippen und stellte innerlich fest, daß dieser Tag sehr angenehm ausklang.

»Wenn ich helfen kann...«, sagte er wieder.

»Ich suche François Dupécheur, Sergeant...«

»Den Gastwirt?«

»Ich habe von ihm Moulin St. Jacques gemietet.«

»Oh, Sie sind das?« Emile Andrattes Augen leuchteten.

Er dachte an Dupécheurs Erzählung und freute sich, daß alles ganz anders war. Nein, diese Frau war nicht verrückt, wie der Gastwirt vermutet hatte. Im Gegenteil... Daß gerade Mas d'Agon mit einer solchen Frau sechs Wochen lang gesegnet war, mußte man als Wohlwollen Gottes ansehen.

»Die Mühle«, sagte Andratte, »ist schon ein einmaliges Bauwerk. François und seine Frau Florence sind unten und warten auf Madame und Monsieur. Ich werde Sie hinführen. Wenn Sie nichts dagegen haben, fahre ich auf dem Rad voraus. Seit fünfzehn Jahren habe ich einen Dienstwagen beantragt...« Andratte seufzte tief. »Aber in der Präfektur von Arles ist man der Ansicht, daß ein Fahrrad genüge. Doch ich gebe die Hoffnung nicht auf. Ich fülle weiter Anträge aus. Wenn nur irgend etwas hier passieren würde... Das wäre ein Grund, sofort ein Auto zu bekommen.«

Andratte, der gemütliche Sergeant von Mas d'Agon, ahnte zu dieser Stunde noch nicht, wie schnell er an einen Dienstwagen kommen sollte.

Er radelte schwitzend dem Sportwagen voraus, zeigte dann mit ausgestrecktem Arm nach vorn, als der Étang de Vaccarès in Sicht kam und man von der Straße abbog.

Man geriet auf einen Weg aus Sand, Kies und Schilf. Etwa hundert Meter entfernt stand, weiß gegen die Sonne, mit zerfledderten Flügeln und buckligem Dach, die Mühle St. Jacques.

Kathinka bremste; sie stiegen aus und kamen zu Emile Andratte, der den Schweiß aus seinem Käppi wischte.

»Das ist sie«, sagte er und wedelte sich frische Luft zu. »Sie soll 500 Jahre alt sein. Im Jahre 1457 ist dort eine Frau geköpft worden – von den Flügeln. Steht in Arles in den Akten.«

»Ein zauberhaftes Fleckchen Erde!« meinte Zipka sarkastisch. »Sind die Flügel noch betriebsfertig?«

Sie blickten hinüber zu der alten Mühle und zu der

silbern schimmernden Wasserfläche des riesigen Sees. Vogelschwärme waren die einzigen Wolken unter dem blauen Himmel.

»Ich freue mich«, sagte Kathinka leise. »Nach all der Hetze dieser Frieden. Es ist wie im Paradies.«

In einiger Entfernung von ihnen, hinter einem Schilfhügel verborgen, lagen zwei Menschen auf dem Boden und beobachteten die Fremden durch Ferngläser. Es waren ein Mann in einem eleganten Reitdreß und eine junge Frau mit einem bemalten Puppengesicht.

»Da sind sie«, sagte der Mann leise. »Es war also doch kein dummes Gerede. Ein Ehepaar aus Deutschland hat tatsächlich Moulin St. Jacques gemietet!«

»Was nun, Raoul?« fragte die junge Frau mit einer kindlich hellen Stimme.

»Wir müssen sofort etwas unternehmen! Sie müssen aus der Mühle raus! Ich kann nur hoffen, daß die Fremden heute zu müde und nicht allzu neugierig sind. Aber morgen wird sich alles ändern...«

Er blickte noch einmal durch sein Glas und schwenkte dann hinüber zur Mühle. Dort wartete das Ehepaar Dupécheur auf die Gäste.

»Ein Mist ist das!« meinte der elegante Mann und bückte sich etwas mehr, weil sich Sergeant Andratte gerade umdrehte. »Wer rechnet auch damit, daß sich verrückte Deutsche eine Ruine zum Urlaub mieten?«

Das Ehepaar Dupécheur begrüßte die Ankommenden zwar äußerst freundlich und mit typisch südfranzösischer Herzlichkeit, aber doch abwartend und abschätzend. Schon als Kathinka und Zipka bei der Mühle aus dem Wagen stiegen und der Sergeant wieder den Schweiß aus seinem Käppi wischte, flüsterte Florence ihrem Mann zu:

»Verrückt sehen sie nicht gerade aus.«

»Madame ist eine Schönheit«, stellte Dupécheur sachkundig fest.

»Das hat mit Verrücktheit nichts zu tun!« Florence

61

lächelte breit, weil Kathinka sie gerade anblickte. »Für dich ist Madame eine Mieterin und keine Schönheit, compris?«

»Hoffentlich gefällt es Monsieur«, sagte Dupécheur, nachdem man sich vorgestellt und begrüßt hatte.

Die große Tür der Mühle St. Jacques stand weit offen, die fünf kleinen Fenster an dem runden Steinbau waren aufgeklappt, der Wind raschelte in dem haubenförmigen Dach und knarrte in den festgestellten Flügeln. Ein Schwarm großer weißgrauer Vögel, die Zipka nicht kannte, zog mit hellen Schreien vorüber, umkreiste die alte Mühle und zog dann ab in den silbern schimmernden See mit seinen Schilf-inseln. Kathinka schien recht zu behalten: Es konnte ein Paradies werden.

»Ich bin begeistert«, antwortete Zipka in einem so perfekten Französisch, daß Kathinka sich – wie schon so oft – fragte, ob dieser grauenhafte Mensch wirklich nur Designer für Anglerfliegen war.

»Diese Landschaft macht«, redete er weiter, »den Menschen demütig. Unter diesem Himmel begreift man, daß man eigentlich ein unwichtiges Nichts ist. Ja, hier kann man das Leben lieben lernen. Nicht wahr, mein Schatz?«

Kathinka Braun ignorierte die letzten Worte. Sie blickte an dem hohen Bau empor und musterte dann die Umgebung. Überall wucherte Unkraut. Ein Gemüsegarten – man erkannte ihn nur noch an der Anlage der Beete – war seit Jahren nicht bestellt worden. Mannshohe Disteln schossen hier in den Himmel.

Sergeant Andratte machte eine weite Handbewegung und schien die Hoffnung zu haben, daß sich Madame im letzten Augenblick doch noch für einen geselligeren Ort entschied.

»Hier ist nichts!« sagte er traurig. »Kein Telefon, kein Kaufmann, kein Bistro. Wie steht's mit dem Wasser, François?«

»Die Handpumpe tut es. Wir haben sie ausprobiert.«

62

»Eine Handpumpe!« Andratte sagte es, als spucke er eine muffige Auster aus.

»Sie befindet sich im ehemaligen Garten. Wir haben auch sechs Eimer bereitgestellt.« Dupécheur hob sechs Finger. »Wenn es nicht genug sind, können wir noch welche besorgen.«

»Eimer –«, sagte Andratte gedehnt. »Und kein Licht...«

»Kein Licht?« fragte Kathinka.

»Natürlich Licht – aber Petroleumlampen. Warum sollte man nach hier eine elektrische Leitung verlegen. Der letzte Bewohner starb hier 1893. Er fiel drinnen die steile Treppe hinunter und brach sich – nein, nicht das Genick, viel schlimmer – einen Rückenwirbel. Er konnte nicht mehr laufen, nicht mehr kriechen, nichts mehr. Und da sich niemand um ihn kümmerte, keiner ihn vermißte, mußte er verhungern. Man fand ihn erst nach einem Jahr, durch Zufall, weil man hier Schnepfen jagte. Er war schon ganz mumifiziert.«

»Eine gesegnete Gegend!« Zipka zeigte nach oben. »Es besteht keine Möglichkeit, daß man durch die Windmühlenflügel geköpft wird?«

»Nein, sie sind festgestellt. Das Drehwerk ist innen durch einen Balken blockiert worden.«

»Aber den Balken kann man entfernen?«

»Man kann. Aber warum sollte man?«

Kathinka bedachte den ewig fragenden Zipka mit einem giftigen Blick und ging dann in die Mühle. Der runde Innenraum war – soweit das noch möglich war – sauber geschrubbt. Aus dem ehemaligen Lagerraum war ein großes Wohnzimmer geworden, von dem eine steile Treppe, die wirklich halsbrecherisch aussah, in die erste Etage führte.

Hier war die ehemalige Wohnung der Müllersleute in zwei Schlafzimmer und ein Waschkabinett umgebaut worden. Zwei riesige Holzbetten, mächtige Kleiderschränke und einige Stühle, denen man ansah, daß sie von Hand gezimmert worden waren, bildeten die spärliche Einrichtung. Im Waschraum dominierte eine lange Truhe, auf der zwei Porzellanschüsseln, zwei Wasserkannen und ein Klappspiegel genug Platz fanden. Als besonderen, typisch französischen Luxus hatten die Dupécheurs ein Bidet aus gelbem Plastik aufgestellt. Einen Abfluß gab es nicht, man schüttete das gebrauchte Wasser einfach aus dem Fenster.

Auch die Toilettenverhältnisse entsprachen ländlich-abgeschiedener Genügsamkeit: Hinter dem Wohnzimmer im Parterre führte ein schmaler Flur zu einer Kammer, an deren Rückwand ein hölzerner Kasten mit einem runden Ausschnitt montiert war. Ein Holzdeckel mit eisernem Griff verschloß die Öffnung und diente als Dufthemmer. Berückend schön dagegen war die Aussicht, wenn man auf dem Kasten saß und aus dem Fenster sah: Man erblickte den schimmernden See, das Schilfufer, die Vogelschwärme und die Fischerboote, die lautlos über das Wasser glitten.

»Hier macht es wirklich Freude, sich aufzuhalten!« meinte Zipka und sprach dabei deutsch. »Die Architektin sollte sich dadurch anregen lassen! Tinka, bauen Sie nächstens auch jeden Lokus mit einer so schönen Aussicht! Das hat einen ungeheuren psychologischen Effekt. Sie wissen doch – ein Mensch, der hier sitzt, ist losgelöst von allen Sorgen...«

Kathinka Braun ließ Zipka einfach stehen und ging zurück ins große, runde Wohnzimmer. Es war mit Tisch und Stühlen kärglich eingerichtet; ein roh gezimmertes Büffet, eine offene Kochstelle hinter der steilen Treppe, eine ärmliche Polstergarnitur in der Mitte des Raumes und der niedrige Clubtisch waren eine Konzession an die Luxusbedürfnisse des modernen Menschen. Die Dupécheurs hatten die Polstergarnitur aus ihrer Wirtschaft herbeigeschafft, genauso wie das Geschirr, die Bestecke, die Wäsche, die Töpfe und Pfannen – eben alles, was man zu einem normalen Leben braucht. Man mußte sie loben: Sie hatten so ziemlich an alles gedacht, selbst an ein Jagdgewehr.

Sergeant Andratte erklärte das so:

»Wir sind hier unter uns, Monsieur, Madame! Für ein Gewehr braucht man einen Waffenschein, der aus Arles besorgt werden müßte. Das wäre ein umständlicher Weg. Die Sache könnte länger dauern, als Sie hier sind.«

Er setzte sich auf die Couch, zündete sich eine Zigarette an und inhalierte genußvoll drei Züge, ehe er weitersprach:

»Aber ganz ohne Gewehr wären Sie hier schlecht dran. Wollten Sie jedesmal für ein Stückchen Fleisch nach Mas d'Agon fahren? Kaninchen, Hasen, Fasane, Schnepfen und Tauben laufen Ihnen vor der Tür herum. Sie können doch mit einem Gewehr umgehen?«

»Ich werde hin und wieder zu Jagden eingeladen«, erwiderte Zipka bescheiden. »Ich habe noch nie einen Treiber getroffen.«

»Haha!« Sergeant Andratte bog sich vor Lachen. »Da hatten wir vor zwei Jahren einen Fall, drüben in Les Cabanes. Nicht mein Bezirk, Gott sei Dank! Ein Tourist hatte sich selbst in den Hintern geschossen! Hahaha! Selbst in den Hintern, Sie werden es nicht glauben! Der war total verblüfft, daß so etwas möglich ist.«

Nach knapp zwei Stunden waren Kathinka Braun und Ludwig Zipka allein. Sie standen draußen vor der Mühle und winkten so lange dem Sergeanten Andratte und dem Ehepaar Dupécheur nach, bis der alte offene Citroën verschwunden war. Dann gingen die beiden um die Mühle herum und blieben vor dem Eingang stehen.

»Sollen wir auspacken?« fragte Zipka vorsichtig.

»Warum nicht?« Kathinka wandte das Gesicht dem Wind zu. »So habe ich mir das vorgestellt.«

»Und hier wollten Sie allein hausen? Sechs Wochen lang?«

»Ja. Glauben Sie, das könnte ich nicht?«

»Kaninchen schießen...«

»Natürlich.«

»Und aus der Decke schlagen...«

65

»Was?«

»Das Fell abziehen. Ausweiden. Zerlegen, Madame Robinson! Seien Sie wenigstens jetzt ehrlich, und geben Sie zu, daß Sie froh sind, mich mitgenommen zu haben!«

»Ihre Einbildungskraft ist wirklich grandios!«

»Ich möchte wissen, womit Sie die Zeit herumkriegen wollten?« Zipka ging zum Wagen und hob die Koffer heraus. »Ich habe da keine Not. Wenn ich etwas Neues entwerfe, bin ich ganz darin versunken...«

»Dann werden Sie selbst zur Anglerfliege, was?« sagte Kathinka angriffslustig. »Woher sprechen Sie eigentlich so gut französisch?«

»Danke.«

»Was heißt hier danke?«

»Das war Ihr erstes Kompliment an mich.«

Zipka schleppte Kathinkas Büffellederkoffer in die Mühle und stellte ihn neben die Couch. »Himmel noch mal! Haben Sie sich etwa auch Arbeit mitgebracht? Was ist denn da so schwer?«

»Sie haben eben keine Ahnung, was eine Frau so braucht«, erwiderte Kathinka und setzte sich auf die niedrige Couchlehne. Sie wartete, bis Zipka mit dem zweiten Koffer erschien. »Und schießen können Sie auch? Entwerfen Sie vielleicht auch das Designe in dieser Branche?«

»Gewiß. Ich habe einmal einen Hirschfänger entworfen.« Ludwig Zipka seufzte und ließ sich in einen der alten Sessel fallen. Das Gestell krachte warnend. »Mit eingebauter Spieldose. Wenn man die Klinge ansetzte, um einen Hirsch aufzubrechen, ertönte es im Griff: ›Im Wald und auf der Heide, da such' ich meine Freude...‹ Das Modell wurde leider kein Erfolg. Die Jäger lehnten es ab.«

»Welch ein Blödsinn!« sagte Kathinka wütend. »Die Koffer müssen in den oberen Stock.«

»Ich weiß.« Zipka musterte die steile Treppe. »Eigentlich sollte man sich dafür anseilen. Aber ich habe ja Sie! Bleiben Sie bitte am Fuß der Treppe, dann falle ich weich.«

Es war wirklich nicht einfach, die schweren Koffer in die oberen Zimmer zu bringen. Zipka trug sie auf der Schulter, hielt sich mit der einen Hand am wackeligen Geländer fest und tastete mit den Füßen die einzelnen Stufen ab. Kathinka stand wirklich unten an der Treppe, starrte ihm nach, nagte nervös an der Unterlippe und stieß sogar einen leisen Schrei aus, als Zipka auf halber Höhe ein Koffer von der Schulter rutschte. Zipka mußte rasch nachgreifen und begann dabei erheblich zu schwanken.

»Merde!« sagte er laut, aber er lächelte dabei, was Kathinka nicht sehen konnte. Sie hat Angst, dachte er glücklich.

Sie hat tatsächlich Angst um mich! Wenn ich ausrutsche, sie würde mich ohne Rücksicht auf ihre eigene Gesundheit auffangen! Es ist ein herrliches Gefühl, das zu wissen. »Verzeihung«, sagte er keuchend. »Es ist mir so herausgerutscht! Ich wollte sagen: Du böser, böser Koffer…«

»Gehen Sie endlich weiter!« rief Kathinka zurück. »Oder nein! Brechen Sie sich den Hals!«

Der Abend war ausgefüllt mit Auspacken und anderen Verrichtungen. Während Zipka in der Küchenecke aus Holz und Holzkohle ein Feuer entfachte und einen Kessel mit Wasser aufstellte, rumorte Kathinka oben herum. Durch die alte Holzdecke hörte man jeden ihrer Schritte.

Zipka begutachtete die Vorräte und entschied sich, eine Dose Ochsenschwanzsuppe und Huhn in Aspik auf den Tisch zu bringen. Die Dupécheurs hatten das Essen für die ersten Tage herausgebracht. Dazu gab es einen hellroten Landwein, der ganz leicht nach Zimt duftete. Zipka hatte ihn probiert und dabei die provençalische Sonne stumm gelobt.

»In zehn Minuten ist das Essen fertig!« rief er hinauf. »Das Ochsenschwänzchen wird gerade erhitzt.«

Da er keine Antwort bekam, kletterte er in den oberen Stock und blieb nun, ehrlich erstaunt, stehen.

Kathinka Braun hatte ausgepackt. Ihre Kleider hingen

67

überall herum, wo man Kleiderbügel anhaken konnte. Der Inhalt des zweiten Koffers lag verstreut auf dem Boden oder dem riesigen Bett. Kathinka saß inmitten der Auslagen und blickte Ludwig Zipka kampfbereit entgegen. In ihren Augen konnte man lesen, daß sie wußte, was Zipka gleich sagen würde.

»Du lieber Himmel!« stieß er hervor und lehnte sich an die Tür. »Das gibt es doch nicht... Zehn Abendkleider, die passenden Schuhe dazu... Sogar zwei Pelzjacken. Nerz und Kaninchen...«

»Chinchilla!« korrigierte Kathinka böse.

»Noch schlimmer. Eine arme Wollmaus. Die kleine Langschwanz-Chinchilla und die große Kurzschwanz-Chinchilla – beides extrem überspannte Tiere. Haben Sie den Unterschied bemerkt? Die kleinen Chinchillas haben lange Schwänze und die großen...«

Zipka winkte mit beiden Händen ab, als Kathinka aufsprang und nach einer Abendtasche griff, die sich als Wurfgeschoß eignete.

»Tinka, bitte nicht! Nicht an meinen Kopf. Da bin ich heute empfindlich. Aber es würde mich doch interessieren, ob Ihre Jacke aus Lang- oder Kurzschwänzen gefertigt...«

»Ich hasse Sie!« sagte Kathinka dumpf und setzte sich wieder aufs Bett. »Jetzt weiß ich endlich, was ich bisher nicht so recht ausdrücken konnte, was ich nicht so recht erklären konnte: Ich hasse Sie! Das ist es!«

»Übrigens, da fällt mir ein: Mein Französisch habe ich in Genf gelernt.«

»Was soll das jetzt?«

»Ihre Frage von vorhin wurde noch nicht beantwortet. Nach dem Abitur konnte ich gerade so viel Französisch, daß ich einem Mädchen einen Antrag machen konnte, ohne daß man mir ins Gesicht schlug. Aber das war mir zu wenig. Da belegte ich einen Ferienkursus: ›Französisch an der Quelle‹ hieß die Sache – und lernte in acht Wochen, was ich heute noch kann. Außerdem konstruierte ich damals am Genfer See meine berühmte Felchen-Flimmer-Fliege.«

»O Gott, verschwinden Sie!« murmelte Kathinka müde. »Kümmern Sie sich um das Abendessen.«

»Das Hühnchen gackert schon im Aspik, Madame.«

»Wollen Sie denn nicht auspacken?«

»Ich hatte immer noch die leise Hoffnung, daß Sie sagen: ›Wig, rein in den Wagen, wir fahren auf dem schnellsten Weg nach St. Tropez! Die ganze Nacht durch...‹«

»Ich bleibe!«

»Mit zehn Abendkleidern...«

»Warum soll man in einer historischen Mühle keine Abendkleider tragen?«

»Eben! Warum nicht?«

Zipka summte eine alte Melodie – es mochte eine Gavotte sein –, machte dazu ein paar zierliche, klassische Tanzschritte und kletterte dann die Treppe wieder hinunter.

Als Kathinka ein wenig später erschien – in einem langen, bunten Kaminkleid, die Haare hochgesteckt, was die ebenmäßige Schönheit ihres Gesichtes noch klarer hervorhob –, hatte Zipka den Tisch gedeckt, goß Wein ein und servierte die Suppe. Er brach von der Weißbrotstange ein großes Stück ab und reichte es Kathinka über den Tisch.

»Dort steht auch Salz«, sagte er mit veränderter, ernster Stimme. »Brot und Salz sind die Symbole des Lebens, der Gastfreundschaft, des Zusammenseins, des Friedens. Lassen Sie uns Frieden schließen.«

Kathinka zögerte, aber dann tauchte sie ein Eckchen ihres Brotes in das Salzfäßchen.

»Ich möchte es auch«, sagte sie gedehnt.

»Und was hindert Sie daran, Tinka?«

»Zum Beispiel Ihr dummes Tinka!«

»Kathinka ist mir zu lang. Ich bin ein rationeller Mensch. Kathi klingt mir zu sehr nach Almenglocken, ist mir zu bieder – was bleibt also übrig?«

Er hob sein Glas. Der Wein funkelte im Licht der beiden Petroleumlampen, als brächen Sonnenfunken aus ihm hervor. »Auf unseren Urlaub!«

Sie stießen an, und es wurde doch noch ein friedliches Abendessen. Aus dem Kofferradio erklang leise Tanzmusik, der Wind vom Meer hatte sich verstärkt und pfiff um die Mühle, ließ die Schindeln klappern, knackte in den Balken und knirschte an den Windmühlenflügeln. Ein bleicher Mond stand über dem weiten Land und verzauberte das Schilf zu wogenden Silberfäden.

»Da ist etwas!« meinte Kathinka plötzlich und hob den Kopf. Sie lauschte und hielt den Atem an. Dann fragte sie gespannt: »Hören Sie nichts?«

»Was soll gewesen sein?« Zipka trank sein Glas leer und goß sich nach.

»Ein Rufen.«

»Das war das Saxophon...«

»Stellen Sie mal das Radio ab.«

Sie saßen und warteten. Jetzt war nur der Wind zu hören oder ab und zu ein leises Knacken des verkohlten Holzes vom Herd.

»Da!« sagte Kathinka und zuckte zusammen. »Da war es wieder! Haben Sie immer noch nichts gehört?«

»Nein.«

»Ganz deutlich. Sie haben schlechte Ohren...«

»Im allgemeinen nicht; aber wenn es Sie beruhigt, sehe ich nach.«

Zipka erhob sich, warf seinen Pullover um die Schultern und ging zur Tür. Kathinkas Augen waren plötzlich voller Angst.

»Nehmen Sie das Gewehr mit!« rief sie mit belegter Stimme.

»Wer um diese Zeit ruft, will bestimmt nichts Böses.«

»Bitte!«

»Wenn es Sie beruhigt.«

Zipka nahm das Gewehr von der Wand, wo es an einem

dicken Nagel hing, lud es mit Schrotpatronen und stieß die Tür auf. Ein Windzug ließ die Petroleumlampen flackern. Außerdem heulte es plötzlich, als seien im Innern der Mühle Pfeifen verborgen.

»Gehen Sie nicht hinaus!« rief Kathinka und sprang auf. »Bleiben Sie hier. Es war sicherlich nur der Wind.«

»Verdammt! Sie haben recht!« sagte Zipka an der Tür.

»Nicht wahr? Der Wind?«

»Nein, da draußen schreit jemand. Vom Étang her. Donnerwetter, haben Sie ein Gehör. Ich sehe nach.«

»Bleiben Sie hier...Bitte!«

»Wenn jemand Hilfe braucht...«

»Sie können mich doch nicht allein lassen.«

»Ich bleibe ja in Sichtweite.«

»Trotzdem...«

»Ganz klar – hören Sie's? Hilfe...«

»Wig...«, sagte Kathinka kläglich. »Wig, bitte, bleiben Sie.«

»Stellen Sie sich in die Tür, und schwenken Sie eine Lampe. Vielleicht hat sich jemand im Schilf verirrt.«

»Wer läuft denn um diese Zeit noch draußen herum?«

»Genau das will ich wissen!« Er blieb stehen und wartete, bis sie mit der Lampe an seiner Seite war. Er legte den Arm um ihre Schulter und zog sie an sich.

»Tinka.«

Sie wehrte sich nicht, sie trat nicht gegen sein Schienbein, wie sie es so oft angedroht hatte – sie hielt krampfhaft die Petroleumlampe hoch und begann, sie zu schwenken.

»Sie zittern ja«, sagte Zipka leise. Eine unendliche Zärtlichkeit erfüllte ihn.

»Es ist kälter geworden«, sagte sie und löste sich von ihm. »Wenn da draußen jemand herumgeistert, findet er jetzt den Weg zu uns...«

»Und wenn er nicht mehr gehen kann?«

»Warum sollte er denn nicht?«

»Denken Sie an den Mann, der sich hier den Rückenwir-

71

bel brach und verhungerte, weil sich keiner um ihn kümmerte. Herumgeistern – Sie haben es gesagt, Tinka. Vielleicht ist es sein Geist...«

Im Étang rauschte das Wasser. Der Wind wühlte es auf, das Schilf bog sich. Unbekannte Laute drangen aus der Nacht, Pfeifen und Raunen, Wispern und Stöhnen... Das Land lebte in einer unfaßbaren Weise.

Zipka nahm das Gewehr unter den Arm und stiefelte los. Verzweifelt schwenkte Kathinka die Lampe und bekam kaum noch Luft vor Angst. Was ist bloß mit mir los? dachte sie. Ich bin doch nie ein ängstlicher Mensch gewesen. Ich bin auf Gerüsten herumgeklettert, die kaum ein anderer zu betreten wagte. Ich habe auf der Plattform von Hochhäusern gestanden, ungeschützt, die Pläne in den Händen, und habe in den Augen der Männer das blanke Entsetzen gesehen.

Und auf einmal, in einer alten Mühle in Frankreich, lerne ich, was Angst ist? Angst, weil dieses Ekel von einem Mann in die Nacht hinausgeht, einem unbestimmbaren Schrei nach? Was ist nur los mit dir, Kathinka Braun?

Zipka tappte durch das hohe Schilf, durch das hohe harte Gras, dem See entgegen. Der Mond, frei im Himmel schwebend, beleuchtete hell das Land. Nach zwanzig Schritten blieb Zipka stehen und zog den Kopf tiefer zwischen die Schultern.

Der Ruf! Da war er wieder. Ganz deutlich, links von ihm. Da war eine kleine Bucht zu sehen, zugewachsen mit Schilf und Röhricht, umgrenzt von windschiefen krüppeligen Weiden.

»Hallo!« schrie Zipka gegen den Wind. »Hallo! Ich komme! Wo sind Sie?«

Nach zehn Minuten fand er die Ruferin – ein junges Mädchen mit einem kindlichen Puppengesicht. Es lag in einem alten Ruderboot auf dem Rücken, klammerte sich an dem schmalen hölzernen Sitz fest, weinte und rief ab und zu mit heller Stimme um Hilfe.

Auch als Zipka schon davor stand, starrte sie an ihm vorbei, als sehe sie ihn gar nicht, krallte die Finger in den Sitz und schrie immer weiter: »Hier! Hier! Hilfe...«

Zipka beugte sich in das Ruderboot, schüttelte das Mädchen und löste seine Hände vom Sitz. Es war eine schwere Arbeit, ihre Finger hatten sich mit ungeheurer Kraft in das Holz gekrallt, mit einer Kraft, wie sie nur die höchste Verzweiflung hervorrufen kann...

Als Zipka die Verunglückte emporhob, schrie sie gellend, dann lag sie schlaff in seinen Armen und ließ sich wegtragen. Mit dem letzten Schrei hatte sie die Besinnung verloren, ihr Kopf fiel nach hinten, und Zipka sah erst jetzt, daß sie aus einer Kopfwunde blutete. Das weißblonde Haar war rot und verklebt, wo es über die linke Schläfe fiel.

Zipka blickte zurück in den Kahn. Kein Ruder, keine Stechstange, mit der man über die flachen Étangs fuhr, ein uraltes, verschimmeltes Boot, das einmal hellblau lackiert war, keine Bootsnummer, kein Name, kein Hinweis...

Er begann zu laufen, drückte die Verletzte an sich und erreichte nach wenigen Minuten die Mühle. Kathinka stand noch immer im Eingang und schwenkte die Petroleumlampe.

»Schnell!« rief Zipka schon von weitem. »Ihre Autoapotheke! Sehen Sie mal, was ich gefunden habe!«

Er lief an Kathinka vorbei ins Zimmer, legte das Mädchen auf die Couch und stellte das Gewehr in die Ecke.

Die Unbekannte lag da – in engen weißen, jetzt natürlicherweise schmutzigen Jeans, einer goldgelben Bluse, die durch die Nässe fast durchsichtig geworden war und ohne Mühe erkennen ließ, daß sie keinen Büstenhalter trug – was sie auch nicht nötig hatte. An den Füßen trug sie zierliche weiche Stiefel mit hohen Absätzen. Zwischen den Brüsten schimmerte durch die nasse Bluse eine Goldkette mit einem Talisman in Form eines gegliederten, beweglichen kleinen Fisches mit rubinroten Augen.

Zipka hob die Lampe und beleuchtete die Unbekannte. Sie mochte etwas über zwanzig Jahre alt sein, die Haare waren offensichtlich gebleicht, was ein dunkler Strich im Scheitel verriet, die vollen Lippen trugen noch die Farbe eines dunkelorangefarbenen Lippenstiftes.

»Ein schöner Fang!« sagte Zipka und setzte sich neben das Mädchen. Er strich das Haar zur Seite und legte die bereits verkrustete Wunde oberhalb des Schläfenansatzes frei. »Wo bleibt die Apotheke?«

Kathinka starrte die Fremde an. Instinktiv spürte sie, daß für die nächste Zeit die Ruhe in der Moulin St. Jacques vorbei war und daß Zipka sich eine angenehme Abwechslung ins Haus gebracht hatte. Das machte sie nervös. Sie rührte sich nicht vom Fleck, sondern betrachtete stumm das ohnmächtige Mädchen.

»Was ist denn?« fragte Zipka ungeduldig.

»Sie blutet ja nicht mehr.«

»Man muß die Wunde trotzdem mit Jod säubern. Es könnte sonst eine Infektion entstehen. Die Kleine ist besinnungslos.«

»Sie können Sie ja wachküssen!«

»Kognak wäre besser! Dort drüben steht die Flasche. Wenn Sie die Güte hätten, Tinka...«

Kathinka stapfte in die »Küche«, entkorkte die Flasche und reichte sie Zipka hin. Mit Mühe gelang es ihm, dem Mädchen ein paar Tropfen einzuflößen. Sie schluckte sie nicht, der Kognak lief über ihre Lippen und rann über das Kinn in ihre Bluse. Aber der Alkoholgeruch schien zu wirken – sie zuckte mit den Augenlidern und bewegte die Finger.

Zipka beugte sich über sie und tätschelte ihre Wangen.

»Halli-hallo, da sind wir ja! Wen Sie hören, Mademoiselle, ist nicht Petrus. Auch wenn Gott in Frankreich lebt, wie man sagt, so spricht Petrus doch kein Französisch! Sie leben...«

»Ihre dummen Reden werden ihr gleich einen Herz-

74

schlag einbringen!« sagte Kathinka ironisch. »Was macht ein Mädchen draußen allein in der Nacht?«

»Das werden wir gleich erfahren. Man sollte sie ausziehen.«

»Das glaube ich!«

»Die nassen Sachen, Tinka. Das gibt sonst eine Lungenentzündung.« Er stand von der Couch auf. »Ich hole die Apotheke. Unterdessen können Sie die Unbekannte ausziehen und in eine warme Decke wickeln.«

Er rannte hinaus und hörte, wie Kathinka zu dem Mädchen sagte: »Wachen Sie auf! Sehen Sie mich an! Sie brauchen jetzt keine Angst mehr zu haben!«

Als Zipka zurückkam, lag die Unbekannte, in eine Decke gehüllt, auf der Couch und starrte an ihm vorbei wie vorhin im Boot. Sie schien ihre Umwelt nicht wahrzunehmen. Ihre Kleider hingen am Ofen zum Trocknen.

»Sie gibt keine Antwort«, berichtete Kathinka und trank ein Glas Kognak aus. »Sie nimmt auch nichts an. Man kann sie fragen – sie starrt an einem vorbei.«

Das Mädchen hatte, wie Zipka jetzt feststellte, wasserblaue helle Augen, die zu ihr paßten und die das Puppenhafte ihres Gesichts abrundeten.

»Sie muß einen mächtigen Schock bekommen haben. Man sollte sie am besten sofort in ein Hospital bringen.«

»Aber wo ist das nächste?«

»In Arles sicherlich. O abgeschiedenes Paradies!«

Zipka öffnete die Autoapotheke, nahm einen Jodstift und ein Verbandspäckchen heraus, betupfte die kleine Wunde mit Jod, wobei das Mädchen heftig zusammenzuckte, und wickelte dann die Binde um den Kopf.

»Das ist zunächst alles, was ich tun kann, Mademoiselle«, sagte er und stellte sich dicht vor sie hin. Aber ihr Blick blieb leer, leblos, starr und ging durch ihn hindurch, als sei er aus Glas.

»Ich heiße Ludwig Zipka...«

»Ludwig...«

75

»Das kann keiner aussprechen. Das würde hier ›Lüd-wisch‹ heißen. Sehen Sie mich an, Mademoiselle! Es ist alles gut! Sie sind gerettet! Es gibt keinen Grund mehr, Angst zu haben. Erinnern Sie sich: Sie fuhren mit einem Boot über den Étang, da kam plötzlich ein Wind...«

Die Unbekannte schwieg. Sie lag auf dem Rücken, rührte sich nicht und starrte gegen die Balkendecke.

»Stellen Sie doch mal das Radio an, Tinka«, meinte Zipka.

»Jetzt?«

»Vielleicht hilft Musik? Auf irgendeinen Reiz muß sie doch reagieren.«

Aber auch die Musik half nicht. Das Mädchen drehte zwar den Kopf zur Seite, zu dem Radio hin, aber sein Blick blieb ausdruckslos.

»Immerhin etwas!« sagte Zipka leise. »Sie nimmt Musik wahr. Ich frage mich: Wo kommt in dieser Einsamkeit nachts ein so hübsches Mädchen her? Haben Sie die Figur gesehen?«

»Ich habe sie ja ausgezogen.«

»Toll, was?«

»Sie hat leichte O-Beine«, erklärte Kathinka dunkel. »Und ein Muttermal an der rechten Hüfte...«

»Wie süß!«

»Damit entlarven wir sie...«

»Entlarven? Wie das klingt! Wieso denn?«

»Muttermale an der rechten Hüfte dürften nicht alltäg-lich sein. Damit könnte man ihre Identität feststellen.«

»Tinka, Sie entwickeln ja einen richtigen Kriminali-steninstinkt!« Zipka goß sich auch einen Kognak ein und trank ihn. Die Unbekannte starrte an die Decke und rührte sich nicht. Eine Porzellanfigur, die leise atmet...

»Wir werden in die großen südfranzösischen Zeitungen ein Inserat setzen: ›Wer kennt Mädchen, Mitte Zwanzig, Typ Barbiepuppe, mit Muttermal an rechter Hüfte.‹ Glau-ben Sie an einen Erfolg?«

Kathinka schwieg verbissen. Sie trommelte mit den Fingerspitzen gegen ihr Kognakglas. »Wie soll es weitergehen?« fragte sie schließlich.

»Wir müssen ihren Schock lösen.«

»Wir? Ist das unsere Aufgabe? Wir melden die Sache morgen dem Sergeanten Andratte und lassen die Fremde abtransportieren.«

»Wenn sie transportfähig ist.«

»In einem Krankenwagen allemal!«

Irgendwie schien diese Unterhaltung doch ins Bewußtsein der Unbekannten zu dringen. Sie bewegte den Kopf, drehte ihn, sah Zipka mit einem halbwegs normalen Blick an und öffnete den Mund.

»Ahhh...«, sagte sie gedehnt, mit einem zierlichen Stimmchen.

»Na, wenigstens etwas!« Zipka beugte sich zu ihr und strich ihr das Haar aus der Stirn.

Kathinka empfand das als zu zärtlich und knurrte in sich hinein: »Willkommen im Diesseits, Mademoiselle! Sie befinden sich hier bei Monsieur Zipka in der Moulin St. Jacques...«

»Ahhh...«, antwortete die schöne Unbekannte gedehnt.

»Und neben mir ist Madame Braun«, vollendete Zipka die Vorstellung. »Sie können auch ›Brun‹ sagen, das fällt Ihnen leichter und ist dasselbe.«

»Ahhh...«

»Wir sind liebe Menschen und wollen Ihnen helfen.«

»Ahhh...«

Zipka richtete sich auf und nahm wieder einen Schluck Kognak. »Ihr Wortschatz ist nicht umfangreich«, meinte er sarkastisch. »Vielleicht ist sie gar keine Französin?«

»Nach Kisuaheli sieht sie auch nicht aus!« antwortete Kathinka.

Zipka kratzte sich den Haaransatz und nahm die schlanken Finger der Unbekannten zwischen seine Hände. Kathinka bemerkte es mit Mißfallen.

»Wer sind Sie?« fragte er.

»Ich weiß nicht«, antwortete das Mädchen mit klarer, aber in einer Tonhöhe bleibenden Stimme.

»Woher kommen Sie?«

»Ich weiß nicht...«

»Wo sind Sie in den Kahn gestiegen?«

»Ich weiß nicht...«

»Wie heißen Sie?«

»Ich weiß nicht...«

Zipka griff wieder zur Kognakflasche. »Wenigstens ein Fortschritt! Jetzt sagt sie außer ›Ahhh‹ auch noch ›Ich weiß nicht‹.« Er feuchtete den Zeigefinger mit Kognak an und strich ihr damit über die trockenen Lippen.

Das Mädchen öffnete sofort den Mund und begann leicht – wie ein junges Kätzchen – zu saugen. Ihr Blick wurde ein wenig lächelnd.

»Wo waren Sie, als die Sonne schien?« fragte Zipka schnell.

Und wieder antwortete die gedehnte Stimme in einer Tonhöhe: »Ich weiß nicht...«

»Da haben wir ein Problem aufgefischt.« Zipka erhob sich, holte aus seinem Jackett eine Zigarettenschachtel und steckte sich eine Zigarette an. Dann zündete er eine zweite an und gab die erste an Kathinka weiter.

»Danke«, sagte sie und warf sie nicht in hohem Bogen weg, wie er erwartet hatte.

»Welches Problem?«

»Ein äußerst seltenes Phänomen: Unsere schöne Unbekannte hat ihr Gedächtnis verloren. Was machen wir mit ihr? Sie weiß nicht, wer sie ist, woher sie kommt, wohin sie will, sie scheint überhaupt nichts zu begreifen und besitzt nur noch einen minimalen Wortschatz.«

Kathinka rauchte nervös und spürte den Kognak in den Schläfen. »Das kann ja heiter werden«, sagte sie lakonisch.

»Ob wir ihr eine Tasse Tee kochen?« fragte Zipka.

»Franzosen sind Kaffeetrinker.«

»Stimmt. Ich bin ganz verwirrt.«

»Dazu ist nun wirklich kein Anlaß vorhanden.«

»Für Sie nicht, Tinka. Aber für mich als Mann! Haben Sie diesen gottgesegneten Busen gesehen?«

»Sie übertreiben – wie immer! Gottgesegnet! Im Zusammenhang mit Busen! Sie spinnen doch.« Kathinka zerdrückte die Zigarette in einem hölzernen Becher und stand abrupt auf. »Ich werde einen Kaffee machen, der ihren Pulsschlag verdoppelt! Vielleicht kommt mit dem Blut im Hirn auch die Erinnerung zurück. Und wenn es hell wird, holen wir Sergeant Andratte. Er wird sich um sie kümmern und uns die Verantwortung abnehmen. Oder hatten Sie etwa vor, hier ein Asyl für umherirrende Mädchen zu gründen?«

Zipka ging auf und ab und sah mit Freude, daß die Blicke des Mädchens ihm folgten. Es nahm also teil an dem Geschehen ringsum, ohne allerdings darauf näher zu reagieren.

»Ich gestehe«, sagte Zipka betont, »daß mich der Fall sehr interessiert.«

»Sie muß in ein Krankenhaus!« protestierte Kathinka aus der Herdecke heraus. »Sie sind kein Arzt, Zipka. Denken Sie an die Schläfenwunde. Wenn sie nun einen Schädelbruch hat?«

»Den hat sie bestimmt nicht.«

»Woher wollen Sie das so genau wissen?«

»Dann wäre sie noch besinnungslos, ihr Allgemeinzustand wäre ganz anders, und außerdem würde sie mir nicht zublinzeln…«

»Was tut sie?« Kathinka kam sofort vom Herd zurück zur Couch.

Die Unbekannte lag reglos, in die Decke gewickelt, und lächelte wie ein frisch gebadetes Kind. Aber es war ein abwesendes Lächeln… Sie schien etwas Schönes zu sehen, was aber außerhalb dieser Welt war.

»Sie grinst ziemlich dumm«, meinte Kathinka. »Eine

angemalte Fassade sagt noch nichts darüber aus, wie es dahinter aussieht. Das weiß ich nun als Architektin wirklich besser als Sie! Wenn sie nun ausgebrochen ist...«

»Was soll denn das heißen – ausgebrochen?«

»Ist es nicht denkbar, daß sie geistig behindert ist, bisher irgendwo gepflegt wurde und bei einer sich bietenden Gelegenheit einfach ausgerückt ist? Solche Kranken sind doch unberechenbar. Zahm wie Lämmer, plötzlich reißend wie Wölfe. Der Unfall bei der Flucht kann den Zustand noch verstärkt haben.«

»Das ist Ihre Version, Tinka.«

»Und wie sehen Sie die Sache? Natürlich butterweich. Typisch Mann: Ein Madonnengesichtchen, ein strammer Busen und schon jubilieren die Engel!«

»Sie wollen doch nicht sagen, unsere Unbekannte habe den Teufel im Leib!« Zipka schnupperte. Starker Kaffeegeruch drang vom Herd in den Raum. »Ihr Kaffee wird dick wie Gift.«

»Er soll ja auch Medizin sein.«

Kathinka eilte in die Kochnische, goß den Sud – anders konnte man den dicken Kaffee nicht nennen – in eine Tasse und kam mit dem dampfenden Getränk zurück. Das Mädchen hob den Kopf und schnupperte wie ein Hündchen.

»Aha!« rief Zipka begeistert. »Ihr Gebräu weckt die Lebensgeister allein schon durch den Geruch, Tinka. Sie haben zweifellos Begabung zur Isolde – ich traue Ihnen nun auch das Mixen eines umwerfenden Liebestrankes zu!«

»Den ich Ihnen bestimmt nicht kredenzen werde!« Sie stellte die Kaffeetasse auf den Tisch und setzte sich neben die Unbekannte auf die Couchkante. »Möchten Sie etwas trinken?« fragte sie auf französisch.

»Ja – ich rieche Kaffee...«

»Sie riecht!« Zipka rief es mit jubelnder Stimme. »Welch ein Fortschritt!«

»Nun drehen Sie nicht gleich durch!« dämpfte Kathinka den Ausbruch ihres Reisebegleiters.

Kathinka reichte dem Mädchen die Tasse hin.

Die Unbekannte nahm sie an, schnupperte, setzte sie dann vorsichtig an den Mund und trank einen kleinen Schluck.

»Oh!« sagte sıe darauf. »Gut...«

»Sie findet zu Gefühlsregungen zurück«, stellte Zipka fest. »Mademoiselle, ich kann Ihnen auch noch Huhn in Aspik anbieten!«

»Danke...«

Das Mädchen setzte sich auf. Dabei rutschte die Decke von seinen Schultern und gab den Oberkörper frei. Es schien sie nicht zu stören, sie trank noch ein paar Schlucke von dem heißen Kaffee und gab dann die Tasse an Kathinka zurück.

»Nicht wahr, das brennt wie Feuer«, sagte Zipka.

»Glotzen Sie sie nicht so lüstern an!« Kathinka stellte die Tasse auf den Tisch zurück. Es klirrte alarmierend. »Sie sehen doch, daß ihr Benehmen nicht normal ist.«

»Warum sollte sie sich schämen? Vor mir? Ich habe ihr schließlich das Leben gerettet.« Er beugte sich zu der Unbekannten vor, und seine Stimme klang eindringlich, als er fragte:

»Wie heißen Sie, Mademoiselle?«

»Heißen?« Sie sah sich mit großen Augen um. Dann zuckte sie mit den Schultern, betastete ihren verbundenen Kopf, zog die Decke wieder über die Brust und lehnte sich zurück. »Wer sind Sie?«

»Dies ist Madame Brun, ich heiße Ludwig Zipka. Sie befinden sich in der Moulin St. Jacques am Ufer des Étang de Vaccarès.«

»Wo ist das?« fragte die Unbekannte.

»Jetzt wird's lustig!« Zipka trank den Rest des höllisch starken Kaffees aus. »Sie haben keinerlei Erinnerung?«

»Erinnerung...?«

»Wo haben Sie bisher gelebt?«

»Ich weiß nicht.« Die Fremde sah Zipka mit ihren wasserhellen, blauen Augen flehend an. »Ich bin hier. Wo komme ich denn her? Warum liege ich hier? Bitte, helfen Sie mir, Monsieur...«

»Ein totaler Ausfall«, erklärte Zipka auf deutsch. »Tinka, ich habe bis heute nicht geglaubt, daß es so etwas gibt. Da bumst einer mit dem Kopf gegen einen harten Gegenstand und weiß nicht mehr, wer er ist. Die Mediziner nennen das totale Amnesie.«

»Was ein Designer für Anglerfliegen alles weiß!«

»Zwei Freunde von mir sind Ärzte. Beim Angeln unterhält man sich bekanntlich über die ausgefallensten Themen.«

»Und was machen wir nun mit ihr?«

»Wir können nicht mehr tun, als bis zum Morgen zu warten. Ich schlage vor, Sie bleiben hier unten bei unserem Findling, ich ziehe mich brav nach oben zurück. Vielleicht sieht in ein paar Stunden alles anders aus. Wenn man bedenkt, daß ein normales Hirn gewissermaßen in einer knöchernen Wanne schwimmt...«

»Gute Nacht!« sagte Kathinka laut. »Stören Sie nicht weiter... «

Ludwig Zipka kletterte die steile Treppe hinauf, legte sich in seiner Kammer auf das riesige Holzbett und drehte seine Petroleumlampe herunter. Von unten hörte er keinen Laut.

Irgend etwas stimmt da nicht, sinnierte Zipka, und je länger er die Situation überdachte, um so merkwürdiger erschien ihm das Auftauchen der Unbekannten.

Da war der verrottete Kahn. Seinem Aussehen nach war er längst ausrangiert worden und hatte irgendwo an Land dahingemodert. Es gab kein Ruder, keine Stechstange... Oder konnte es sein, daß die Unbekannte auf dem plötzlich vom Wind bewegten Étang das Ruder verloren hatte? Dann war sie abgetrieben und hier ins Schilf gedrückt worden. Genau das aber war unwahrscheinlich, denn der Kahn wäre draußen auf dem freien See, von den plötzlich hochgehenden Wellen geschlagen, mit Sicherheit auseinandergebrochen. Er hätte nie mehr ein Ufer erreicht, das Holz war so morsch, daß man mit einem Fußtritt die ganze Wand eintreten konnte. Eine einzige Welle hätte also genügt... Aber nein! Die Unbekannte mußte in diesem Kahn weit abgetrieben worden sein, denn zwischen Les Cabanes im Osten und Dom de Méjeanne im Westen gab es keinen Ort, nur ein paar verstreute Fischerhäuser und winzige Bauernhöfe, wo man Gänse, Enten, Hühner, Schweine und Pferde züchtete. Aus diesen Gehöften stammte die Unbekannte nicht, das war sicher.

Und immer wieder der Gedanke: Es war doch unmöglich, in diesem morschen Kahn auch nur ein paar hundert Meter zu fahren. Also blieb nur eine Deutung: Jemand hatte das Mädchen in das Boot gesetzt, um ein Anschwemmen vorzutäuschen, und war dann davongefahren.

Zipka erschrak. Kathinka stand in der Tür und legte den Finger auf die Lippen.

»Jetzt schläft sie«, flüsterte sie.

»Nach diesem starken Kaffee? Die Nerven möchte ich haben!« Zipka winkte und zeigte auf die Bettkante. »Kommen Sie...«

»Was soll ich?«

»Es sich gemütlich machen.«

»Sie sind wohl verrückt?«

»Ich habe nicht verlangt, daß Sie sich an mich kuscheln sollen. Sie sollen sich nur setzen. Ich rede nicht gern so auf Distanz.«

Kathinka kam langsam ins Zimmer, setzte sich auf die Bettkante und legte die Hände in den Schoß. Vorsichtig legte Zipka seinen Arm um ihre Hüfte und spürte, wie sie zusammenzuckte und wie sich ihre Muskeln anspannten.

»Wir lassen sie nicht nach Arles transportieren«, sagte er.

Kathinka fuhr zu ihm herum und schlug ihm leicht auf die Hand. »Das habe ich mir doch gedacht! Sie würden

83

keine Hemmungen haben, ein offensichtlich krankes Mädchen zum Gegenstand Ihrer erotischen Wünsche zu machen, nur weil die anatomischen Gegebenheiten Sie reizen...«

»Das haben Sie wunderbar gesagt, Tinka. Diskreter geht's gar nicht. Aber Sie denken um die Ecke. Ich will unsere Unbekannte hier behalten, weil bei logischer Überlegung einiges nicht stimmt.«

»Eben! Deshalb muß sie in ärztliche Behandlung.«

»Sie ist nicht angetrieben worden«, erklärte Ludwig Zipka.

»Wieso denn nicht?«

»Sie ist in einem morschen Kahn, der seit Jahren im Schilf vermoderte, ausgesetzt worden. Das bedeutet: Wer sie dort hineingesetzt hat, der wußte genau, daß wir sie finden würden. Das war eingeplant, Tinka! Ich frage mich nur: Warum sollten wir sie finden? Da hört es zunächst noch für mich auf, logisch zu sein.«

»Jemand wollte sich des Mädchens entledigen«, meinte Kathinka. Es war ein unangenehmer Gedanke, und sie war in diesen Minuten froh, daß Zipka wieder den Arm um ihre Hüfte legte und sie die Wärme seines Körpers durch ihr Kleid spürte. »Der Grund ist einleuchtend«, fuhr Kathinka fort, »sie ist geisteskrank, hat das Gedächtnis verloren – sie wird lästig, die Pflege ist zu anstrengend – man will sie einfach loswerden.«

»Da gibt es aber auch noch andere Möglichkeiten, Tinka.«

»Töten wollte man sie nicht. Vor einem Mord schreckte man zurück. Aber aussetzen – das war eine gute Idee. Dort aussetzen, wo man sie finden kann und wo sich dann andere Menschen um sie kümmern werden. Wig, Sie haben tatsächlich recht: Das ergibt einen Sinn!« Sie sah Zipka fragend an. »Aber Sie wollen doch wohl nicht die Rolle des Pflegevaters übernehmen?«

»Ich will herausfinden, wo sie herkommt, das ist alles.«

»Frankreich ist groß. Du lieber Himmel, lassen Sie die Hände von so etwas. Morgen holt sie Emile Andratte ab und bringt sie nach Arles. Das ist der einfachste Weg.«

Sie sprachen noch lange über das Problem, das sie sich da ins Haus geholt hatten. Und so merkten sie nicht, daß unten die Unbekannte zur Haustür schlich, die Lampe mitnahm und sie draußen schwenkte. Dann hielt sie die Hand vor die Flamme und gab sie wieder frei. Zweimal kurz hintereinander, dreimal lang: ein Morsen mit Lichtzeichen.

Aus einiger Entfernung antwortete ihr das Aufblitzen einer Taschenlampe. Das Mädchen schwenkte die Laterne noch einmal und schlich dann zurück in die Mühle, auf Zehenspitzen, nackt wie sie war. Sie wickelte sich wieder in die Decke, blies das Petroleumflämmchen aus und streckte sich wohlig aus. Von oben hörte sie gedämpfte Stimmen. Der Wind knackte im Gebälk, er jammerte durch Ritzen und hinter Kanten. Draußen rauschte der Schilfwald.

In dieser grandiosen Natur ist der Mensch wirklich nur ein Körnchen.

V

Am nächsten Morgen schien die blanke Sonne, als habe es nie eine stürmische Nacht gegeben. Zipka war schon früh auf den Beinen und kletterte die Treppe hinunter. Aber er war nicht früh genug aufgestanden, denn die Unbekannte stand bereits am Herd und beobachtete den Wasserkessel, der gerade zu summen begann.

Sie trug ihre engen Jeans, die getrocknete Bluse, und sie hatte ihr weißblondes Haar hochgesteckt. Ein rotes Samtband, das Zipka vorher nicht gesehen und das sicherlich in der Hosentasche gesteckt hatte, war um ihre Stirn geschlungen. Sie sah herrlich jung aus und drehte sich mit einem kecken Schwung um, als sie die Schritte hinter sich hörte.

»Na, was sehe ich denn da?« rief Zipka überrascht aus und lehnte sich gegen eine hölzerne Säule, die als Stütze der oberen Plattform diente. »Alles in Ordnung?«

»Ich weiß nicht«, antwortete sie. Es klang wieder hilflos, aber ihre Augen lachten ihn an. »Monsieur Louis, nicht wahr?« Und da Zipka nickte, klatschte sie in die Hände und freute sich kindlich. »Sehen Sie, ich habe es behalten. Und Madame heißt Brun.«

»Cathérine…«

»Das Wasser kocht gleich. Der Tisch ist schon gedeckt.«

Zipka blickte sich um. Wie zu einem Fest hatte die Unbekannte den Tisch geschmückt, sogar die Servietten waren kunstvoll gefaltet. Ein Strauß bunter Feldblumen stand in einem hohen Topf.

»Zauberhaft!« lobte Zipka.

»Ich habe keine Vase gefunden.«

»Das können Sie auch nicht, denn ich vermute, daran hat niemand gedacht.«

»Ich habe die Blumen draußen gepflückt. Beim Morgengrauen.« Sie schob den Kessel etwas von dem Feuer, weil das Wasser zu brodeln begann. »Bei uns gibt es eine alte

Sage: Wer Blumen im Morgengrauen pflückt, der trägt die Sonne ins Haus.«

»Wo ist das – bei uns?« fragte Zipka schnell. Jetzt habe ich sie, dachte er triumphierend. Sie hat einen Hinweis auf ihr Erinnerungsvermögen gegeben, jetzt muß sie etwas erklären...

»Das war in Oberpfaffenhofen«, erwiderte die Fremde leichthin.

»Wo, bitte?«

»Auf Korsika.«

Zipka fuhr sich mit beiden Händen durch die Haare und griff nach dem Arm der Unbekannten. Er zog sie aus der Küchenecke zur Couch und drückte sie dort auf die Polster. Sie trottete gutmütig mit und lachte lautlos, als sich Zipka zum Verhör auf die Couchlehne setzte.

»Immer langsam und der Reihe nach«, sagte er begütigend, obwohl es gar nichts zu besänftigen gab. »Da wirbelt etwas durcheinander. Was soll das mit Oberpfaffenhofen? Mademoiselle, den Ort kenne ich persönlich, da bin ich oft gewesen.«

»Oh!« Ein leuchtender Blick aus ihren blauen Augen traf ihn und erzeugte eine angenehme Wärme in der Herzgegend. Ludwig Zipka fühlte, wie sein Gaumen trocken wurde. Tinka, komm herunter, dachte er. Komm schnell herunter! Hier wird's gefährlich.

»Sie waren auf Korsika, Monsieur?«

»Moment mal!« Zipka schüttelte den Kopf. »Oberpfaffenhofen liegt in Deutschland – genauer in Bayern. Das wollen wir einmal festhalten. Davon können Sie mich nicht abbringen, Mademoiselle. Und wenn Sie mir hundertmal erzählen wollen , es läge auf Korsika – da gehe ich nicht mit Ihnen konform. Völlig unwahrscheinlich dürfte auch sein, daß es auf Korsika gleichfalls ein Oberpfaffenhofen gibt. Also: Wie kommen Sie auf diesen Ort?« Er wechselte plötzlich in die deutsche Sprache und schloß einen Test ab: »Ich habe oft auf der Alm von Oberpfaffenhofen gelegen.«

Das war völlig idiotisch, denn es gibt keine Almen bei Oberpfaffenhofen. Doch die Überrumpelung mißlang, die Unbekannte fiel nicht auf den Trick herein. Sie antwortete: »Unmöglich!«, sah Zipka mit einem süßen Lächeln an und hob dann in einer anmutigen Bewegung den Arm.

»Das Wasser kocht...«

»Sie kommen also aus Korsika. Aber Sie sind doch nicht von Korsika bis hierher in dem verfaulenden Kahn gerudert. Wo kommen Sie denn unmittelbar her? Wo waren Sie gestern?«

»Sie werden es mir erzählen, Monsieur Louis.«

»Ich? Wieso?«

»Sie haben mich ausgezogen.«

»Nein, das war Madame Cathérine.«

»Sie müssen also wissen, woher ich gekommen bin.«

»Sie lagen in einem Kahn, drüben in der Bucht. Wie Moses im Schilf...«

»Wer ist Moses?«

»Das klären wir später. Sie haben doch sicherlich einen Namen?«

»Lulu...«

Sie sprach es natürlich französisch aus, was wie »Lülü« klang. Das irritierte Zipka maßlos, denn auch im Französischen gibt es Lulu – man schreibt es aber dann Lou-Lou, und die Aussprache ist richtig. Die Unbekannte sagte aber Lülü – warum nicht Lou-Lou?

»Sie sind doch unmöglich auf den Namen Lulu getauft worden«, sagte Zipka. »Heißen Sie etwa Louise?«

»Lulu...«

»Das ist weder korsisch noch oberpfaffenhofisch! Aber nehmen wir es hin: Lulu. – Und weiter?«

Sie sah ihn mit einem gekonnten Augenaufschlag an und ging mit wiegenden Hüften in die Küchenecke. Dort goß sie eine große Kanne mit Kaffee auf und schob eine Pfanne auf das Feuer.

»Ich weiß nicht«, sagte sie dabei.

»Was wollen Sie mit der Pfanne?«

»Eier backen. Eier mit Speck. Oder mögen Sie keine Speckeier zum Frühstück? Bei uns in Korsika essen wir jeden Morgen Eier mit Speck. Direkt aus der Pfanne.«

»Sie meinen – auf dem Land bei Oberpfaffenhofen?«

»Das sage ich ja, Monsieur.«

Ludwig Zipka war allmählich verzweifelt. Diese Mischung von Bayern mit Korsika bei einem Mädchen, das sein Gedächtnis verloren hatte, war das Verrückteste, was man sich denken konnte. Eine solche Konstellation überstieg einfach jegliches Vorstellungsvermögen. Legte man sich darauf fest, daß Lulu aus Korsika stammte – was auch ihr etwas hartes Französisch beweisen konnte –, dann war der Zusammenhang mit Oberpfaffenhofen geradezu irrsinnig. Wie kann eine Korsin diesen Ort kennen? Möglich, daß sie bei einem Deutschlandbesuch irgendein Erlebnis gehabt hat, bei dem Oberpfaffenhofen tief in ihre Psyche gerutscht war und nun – in diesem seltenen Fall von Amnesie – sich in der Bewußtseinsspaltung mit Korsika vermengte...

Es blieb dann immer noch ein Rätsel, wie Lulu nachts in einen vermodernden Kahn kam und im Schilf um Hilfe schrie. Allein, ohne fremde Einwirkung, war das kaum möglich. Mindestens noch eine Person mußte an Lulus Schicksal beteiligt, ja sogar der bestimmende Teil gewesen sein.

Zipka atmete erleichtert auf, als Kathinka die Treppe herunterkam. Sie warf sofort mißtrauische Blicke, die Unheil verkündeten, auf Zipka und das Mädchen.

»Was geht denn hier vor?« fragte sie ziemlich scharf.

»Der Kaffee ist aufgebrüht. Gleich brutzeln die Eier in der Pfanne.«

»Guten Morgen, Madame!« rief Lulu aus der Küchenecke.

»Wie lange sind Sie schon auf?« wandte sich Kathinka an Zipka.

»Ungefähr zwanzig Minuten. Lulu war schon früher munter. Sie hat Kaffee gekocht, Blümchen gepflückt, den Tisch gedeckt – eine wahre Perle!«

»Sie heißt also Lulu? Das haben Sie herausgekriegt?«

»Ich war nicht untätig...«

»Das glaube ich Ihnen gern«, versetzte Kathinka giftig.

Die Eier schmurgelten hörbar in der Pfanne, es duftete köstlich nach Speck. Auch Lulu schien sich zu freuen – sie pfiff laut vor sich hin.

»Welche allgemeine Fröhlichkeit!« stellte Kathinka ironisch fest. »Die Verständigung scheint ja hervorragend zu klappen.«

Aus der Kochnische kam Lulu, balancierte die Eisenpfanne vor sich her, verteilte die gebackenen Eier auf drei Teller und nickte Kathinka strahlend zu.

»Das ist Lulu aus Oberpfaffenhofen auf Korsika!« stellte Zipka vor und schnalzte mit der Zunge. »Da sind Sie aber baff, was, Tinka?«

»Ihre Albernheiten werfen mich nicht mehr um. Ich staune nur immer wieder über Ihre Variationen.« Kathinka nahm Lulu ziemlich unwirsch die leere Pfanne aus der Hand, trug sie in die Kochnische und kam mit der Kaffeekanne zurück.

»O Madame«, sagte Lulu in einem Ton, der Basalt schmelzen lassen konnte. »Lassen Sie mich das tun...«

»Ist sie jetzt Hausgehilfin?« fragte Kathinka Zipka. »Ich brauche im Urlaub niemanden. Wenn das eine neue Art der Stellenvermittlung sein soll...«

»Lulu möchte sich erkenntlich zeigen dafür, daß wir ihre Fahrt von Korsika bis hier so reibungslos beendeten.«

»An reibungslos glaube ich noch nicht.« Kathinka wurde sichtbar unsicherer. »Das mit Korsika stimmt also?«

»Es scheint so.«

Zipka setzte sich an den Tisch, die Speckeier zogen ihn an. »Das Ganze hat nur einen Schönheitsfehler.«

»Und welchen?«

»Oberpfaffenhofen!« Zipka hob abwehrend Messer und Gabel. »Tinka, ehe Sie nach einem Gegenstand suchen, mit dem Sie nach mir werfen können: Diese Kombination stammt von Lulu! Ich gebe zu, auch mich wirft das um. Jeden anderen Ort auf Korsika hätte ich akzeptiert, aber nicht diesen. Das ist zu absurd! Andererseits müssen wir damit leben: Sie behauptet, dort sei ihr Zuhause.«

»Was ich gesagt habe: eine Irre!« Kathinka starrte die Eier an. »Haben Sie den Bratvorgang kontrolliert? Haben Sie gesehen, was sie über die Eier gestreut hat?«

»Zyankali ist es nicht, das riecht nach Mandeln. Rattengift klumpt in der Pfanne... Tinka, spüren Sie noch nichts? Kein wildes Rauschen in den Adern?«

»Ich rühre nichts an!« sagte Kathinka und schob ihren Teller fort. Mit einer steilen Falte über der Nasenwurzel sah sie zu, wie Lulu und Zipka mit Genuß frühstückten.

»Es ist so schade, daß Madame krank ist«, sagte Lulu zwischendurch mit kauenden Backen.

»Wieso bin ich krank?« fragte Kathinka mißgelaunt. »Ich fühle mich pudelwohl.«

»Ich nehme zu den Eiern noch ein wenig Knoblauch und Muskat...«

»Knoblauch ist gut!« Zipka grinste und dachte an Baume-les Dames und ihre Duftorgie. »Madame ist eine Knoblauch-Fetischistin!«

Nach der zweiten Tasse Kaffee erhob sich Kathinka und erklärte: »Ich hole jetzt Emile Andratte. Dieses Theater muß endlich ein Ende haben!«

Sie stand auf und band sich ein Voiletuch um die Haare. Sie ging zur Tür, zögerte und bedachte erst jetzt, daß Zipka längere Zeit mit dieser Lulu allein blieb, wenn sie wegführe. Das war ein Gedanke, der plötzlich schwer aufs Gemüt drückte und der sie zunächst wieder zur Untätigkeit verdammte.

»Ein anderer Vorschlag«, meinte Kathinka möglichst unbefangen, »Sie fahren zu Andratte!«

91

Ludwig Zipka grinste verhalten und tauchte ein Stück Brot in den Topf mit goldgelbem Honig. »Sie wollen mir Ihren kostbaren Wagen anvertrauen? Ihren dritten Augapfel?«

»In dieser Ausnahmesituation – ja!«

»Ich habe absolut keinen Orientierungssinn.«

»Man kann sich nicht verfahren. Es gibt nur eine Straße nach Mas d'Agon.«

»Außerdem haben Sie selbst gesagt, wie gefährlich solche Kranken sein können. Erinnern Sie sich? Vom Lämmchen bis zum Wolf... Tinka, ich lasse Sie doch nicht mit einem reißenden Untier allein! Ein Mann kann sich da viel besser wehren...«

»Nun gut!« Sie preßte die Lippen zusammen. Sie hatte sich selbst in eine Entscheidung gedrängt und mußte jetzt die Folgen tragen. »Ich fahre! Aber das sage ich Ihnen: Bis zum Mittag ist der ganze Spuk vorbei! Den Krankenwagen bringe ich gleich mit.«

Sie drehte sich um, verließ die Mühle und knallte hinter sich die Tür zu.

Lulu blickte betroffen auf und zog einen entzückenden Schmollmund. Natürlich hatte sie die in deutscher Sprache geführte Unterhaltung nicht verstanden, wohl aber Kathinkas scharfen Ton. Jeder andere Mann wäre sicherlich aufgesprungen, hätte sie tröstend an sich gezogen und sanft gestreichelt. Es kostete Zipka eine heldenhafte Überwindung, seinem männlichen Beschützer- und Trösterdrang nicht nachzugeben.

»Madame ist böse«, klagte Lulu mit ihrer kindlichsten Stimme, in deren Hintergrund ein Schluchzen zu hören war. »Warum? Waren die Eier zu scharf?«

»Diskutieren wir nicht jetzt über scharfe Eier, Lulu«, sagte Zipka mit belegter Stimme. »Es geht um Kopf und Kragen! Sie müssen einfach Ihre Erinnerung zurückgewinnen. Du lieber Gott, strahlen Sie mich nicht so an mit Ihren blauen Azuraugen – wir könnten alles mit einem Schlag lösen, wenn Sie sich nur einen Funken erinnern könnten! Sollen wir mal üben?«

»Ja. Üben wir…« Lulu legte sich auf die Couch zurück und streckte die schlanken Beine von sich.

Draußen heulte der Motor auf. Kathinka preschte der Straße zu…

»Um Mißverständnissen vorzubeugen, Lulu: Ich frage!«

»Bitte, Monsieur Louis.«

»Also – Sie hatten doch Vater und Mutter?«

»Sicherlich.«

»Und Oma und Opa, Tanten und Onkels – was sagten die zu Ihnen?«

»Lulu…«

»Und weiter?«

»Pupette…«

»O Gott! Ich will nicht wissen, daß Sie früher Püppchen genannt wurden! Sie hatten doch noch einen Nachnamen! Wenn man Sie fragte, Lulu: Wie heißen Sie? Was haben Sie da geantwortet?«

Die Fremde legte den Kopf zur Seite, starrte ins Leere und schien im Nebel ihrer versunkenen Erinnerung zu suchen. Zipka wagte nicht zu atmen. Er spürte, daß ein entscheidender Augenblick gekommen war.

»Ich weiß es doch nicht –«, jammerte sie schließlich kläglich. »Warum helfen Sie mir nicht?«

»Können Sie sich an ein Haus erinnern, an Personen, an Gegenstände aus Ihrem Leben? An Tiere?«

Über Lulus Puppengesicht flog ein Leuchten. »Wir hatten einen Hund…«

»Fabelhaft!«

»Er hieß Wurstl…«

»Das klingt nach Oberpfaffenhofen.«

»Wurstl war groß und zottig – ein korsischer Hirtenhund.«

»Ich gebe es auf, Lulu!« Zipka verbarg sein Gesicht in den Händen. So kommen wir nie weiter, dachte er. Nicht mit Schnelligkeit. Hier muß man Geduld haben, viel Geduld und viel Zeit.

Aber gerade Zeit hatte er nicht mehr. In drei Stunden konnte Kathinka mit Sergeant Andratte zurück sein. Und mit ihnen der Krankenwagen, der Lulu in ein Hospital bringen würde, wo man sie in einen Raum zu anderen Geisteskranken sperren würde.

Eine abscheuliche Vorstellung!

Ein Raum ohne Klinke an der Tür. Gitter vor dem Fenster. Ausgestoßen aus der menschlichen Gesellschaft. Ein Körper nur noch – mit niedrigen Funktionen...

Ob wohl dort, in der Gemeinschaft des Untergangs, die Erinnerung wiederkehrte?

»So geht es nicht«, sagte Zipka rauh. »So nicht, Lulu! Ich habe Sie gefunden, ich fühle mich jetzt auch verantwortlich für Sie. Haben Sie keine Angst. Ich bin bei Ihnen...«

Es dauerte keine zwei Stunden, da hörte Zipka sie kommen.

Er trat vor die Mühle und sah zunächst den Sergeanten Andratte, der auf einem knatternden Motorrad durch die Schilflandschaft hüpfte und Mühe hatte, die Balance nicht zu verlieren. Es war das Motorrad von François Dupécheur, ein uraltes Ding, das böse fauchte, wenn man es antrat und das auch noch andere Tücken hatte. Zum Beispiel den Drehgriff: Man konnte ihn bis zum Anschlag drehen, und es geschah nichts. Aber plötzlich besann sich das alte Biest von Motorrad, vollführte einen Luftsprung und raste mit Vollgas davon. Wer das nicht kannte, flog im hohen Bogen herunter. Dupécheur selbst war auf diese Art von seinem eigenen herrenlosen Motorrad überfahren worden und mußte drei Wochen das Bett hüten.

Sergeant Andratte wußte von diesen Tücken, aber trotzdem lieh er sich immer wieder, wenn es dringend war, von François das Höllenfahrzeug – gewissermaßen aus Protest gegen die Sturheit der Behörden von Arles, ihm keinen Dienstwagen zu genehmigen.

Auch heute fegte er über Land, klammerte sich an der Lenkstange fest und betete innerlich, daß im richtigen Augenblick auch die Bremsen funktionieren möchten und er nicht gezwungen war, ein paarmal die Mühle zu umkreisen, bis das Miststück von einem Motor mit einem Röcheln stillstehen würde.

Hinter Andratte tauchte Kathinkas schnittiger Sportwagen auf, aber dann kam nichts mehr. Ein Krankenwagen war nicht zu entdecken. Zipka atmete auf – das war schon ein halber Gewinn. Mit Andratte konnte man reden. Ein Kognak, eine Zigarette, ein Fachgespräch über Angeln... Im Notfall – aber nur im äußersten Notfall, mußte sich Lulu ohne Bluse zeigen und sehr verschämt tun...

Emile Andratte knatterte auf den Vorplatz der Mühle, drehte das Gas weg, trat auf die Bremse, spürte, daß das Teufelsding reagierte und sprang aus dem Sattel, noch bevor der Motor ganz abgewürgt war.

Das Motorrad rollte noch ein paar Meter allein weiter und kippte dann im verwilderten Gemüsegarten um. Mit einem Seufzer der Erleichterung riß Andratte sein Käppi ab, wedelte sich Luft zu und rückte sein Koppelschloß in die Mitte des Bauches.

Mit knirschenden Bremsen hielt auch Kathinka. Sie sprang aus dem Wagen, rannte um ihn herum und öffnete die Beifahrertür. Ein kleiner, alter vertrockneter Mensch kletterte heraus, legte eine typische Arzttasche auf das Autodach, schüttelte seine Beine – was Zipka mit verständnisvollem Mitgefühl beobachtete – und raufte sich dann die schütteren weißen Haare.

»Ich kenne das!« rief Zipka ihm zu. »Der Kognak steht schon bereit.«

Das Männchen riß seinen Arztkoffer an sich, flitzte wie von einer Feder getrieben auf Ludwig Zipka zu und bremste, unmittelbar vor einem Zusammenstoß, gekonnt.

»Ich bin Dr. Bombette«, stieß er erregt hervor. Er sprach, als müsse er einen aufgestauten Atem rasch herausblasen. »Julien Bombette! Monsieur, ich bin siebzig Jahre alt geworden und habe in meinem Leben noch nie Angst gehabt. Aber jetzt weiß ich, was das ist! Sie müssen ein Held sein, Monsieur, daß Sie immer noch mit Madame fahren. – Wo ist die Kranke?«

»Weg!« sagte Zipka trocken.

»Weg?« wiederholte Sergeant Andratte und schwitzte heftig dabei.

»Was heißt das – weg?« rief Kathinka.

»Sie hat die Tür aufgemacht, ist aus dem Haus gegangen und ist nicht wiedergekommen. So einfach war das.«

Ludwig Zipka befand sich in einem Irrtum, wenn er geglaubt hatte, daß sich Kathinka Braun mit dieser Erklärung zufriedengeben würde.

Sie starrte ihn wütend an, schob die Unterlippe vor, was ihr gar nicht so schlecht stand – wie sie überhaupt besonders attraktiv aussah, wenn sie wütend war – und zupfte nervös an ihrem Schal.

»So einfach finde ich das gar nicht«, widersprach sie trotzig. »Warum haben Sie sie nicht festgehalten?«

»Dazu war ich nicht befugt. Ich werde mich hüten, mich auf eine Freiheitsberaubung einzulassen.«

»Aber sie ist doch verrückt...«

»Ich bin kein Arzt. Es steht mir nicht zu, eine solche Diagnose zu stellen.«

Das Wort »Arzt« brachte Dr. Bombette von neuem in den Dialog. Er reckte sich, blies Zipka seinen Atem ins Gesicht und erklärte:

»Dazu bin ich da. Ich habe Erfahrung in diesen Dingen. Was glauben Sie, Monsieur, wieviel Verrückte hier wohnen? Sie sehen alle ganz vernünftig aus – aber wenn man sie näher kennenlernt –, ich sage Ihnen: Irgendwo ist bei jedem eine Ecke abgeschlagen!«

Sergeant Andratte räusperte sich und wedelte sich mit seinem Käppi Luft zu. »Hatten Sie nicht gesagt, Monsieur, es stände Kognak bereit?« fragte er.

96

»Aber ja! Sergeant, Sie sind ein Mann der Realitäten. Gehen wir ins Haus.«

Im großen Wohnraum war es kühl. Zipka servierte den Kognak, man trank ihn schweigend, starrte ins Glas und dachte nach. Nur Kathinka lief unruhig im Raum auf und ab, getrieben von einer unbeherrschbaren Nervosität. Sie spürte etwas – es »lag etwas in der Luft«, wie man so sagt, aber sie konnte es nicht in Worte kleiden.

»Erzählen Sie«, sagte Dr. Bombette endlich. Er genoß das dritte Glas Kognak mit einer Wonne, wie sie nur Franzosen eigen ist.

»Madame hat Ihnen doch sicherlich schon alles berichtet, Doktor...«

»Einseitig!« Dr. Bombette entpuppte sich als ein ungeheuer ehrlicher, geradliniger Mensch. »Sie kam in mein Haus gestürmt«, berichtete er, »und schrie: ›Kommen Sie rasch! Mein Mann hat eine Verrückte aus dem See gezogen!‹«

Zipka lächelte vor sich hin und schielte zu Kathinka hinüber. Diese war in der Küchennische verschwunden und klapperte dort ziemlich sinnlos mit einer eisernen Pfanne.

»Und sie hat ›mein Mann‹ gesagt?« fragte Zipka harmlos.

Der ahnungslose Dr. Bombette nickte. »Stimmt das etwa nicht?«

»Aber natürlich stimmt das! Ich habe das Mädchen gerettet. Aber meine Frau hatte das Schreien zuerst gehört.« Zipka betonte »meine Frau« besonders, und Kathinka stieß am Herd zwei Töpfe gegeneinander. »Ja, sie hat ein fabelhaftes Gehör – meine Frau!«

Sergeant Andratte beugte sich vor und schnaufte erregt. »Sie hat geschrien? Was schrie sie?« Wenn jemand schreit, so fällt das in den Zuständigkeitsbereich der Polizei. Andratte war glücklich, daß endlich die Stille seines Bezirks durch einen Schrei und eine anscheinend irre Person gebrochen wurde. »Berichten Sie, Monsieur!«

»Sie hat ›Hilfe, Hilfe!‹ geschrien. Als ich sie endlich fand, in diesem verrotteten Boot, das wie durch ein Wunder überhaupt noch schwimmen konnte, war sie bereits ohnmächtig. Als sie dann später aufwachte, hatte sie ihr Gedächtnis verloren.«

»Total?« fragte Bombette sofort interessiert.

»Völlig! Sie behauptete, aus Oberpfaffenhofen auf Korsika zu stammen.«

»Aha!« machte Dr. Bombette. »Und?«

»Und? Ist das nicht genug?«

»Zumindest erinnert sie sich daran, woher sie stammt. Das ist schon ein Fortschritt.« Dr. Bombette lehnte sich zurück. »Ein Lichtstrahl im Dunkel. Aus Korsika...«

»Oberpfaffenhofen liegt aber in Deutschland, in der Nähe des Ammersees! Wenn man von der Lindauer Autobahn abbiegt nach Wessling...«

»Sind Sie sicher?« fragte Andratte, dienstlich knapp.

»Ganz sicher! Diese Strecke fährt mein Auto praktisch allein, so gut kennt es die Straßen.«

»Dann kann die Kranke doch nicht von Korsika stammen!« stellte der Arzt wichtig fest.

»Das sage ich ja! Und für eine Deutsche spricht sie auch viel zu akzentfrei französisch! An diesem Rätsel kaue ich ja herum, meine Herren. Wie kommt ein Mädchen aus Korsika ausgerechnet auf Oberpfaffenhofen?«

»Eine vollkommene Bewußtseinsspaltung!« Dr. Bombette leerte sein Kognakglas und hielt es so lange hoch, bis Zipka verstand und nachgoß. »Die medizinische Literatur erwähnt eine Reihe solcher Phänomene, ohne sie erklären zu können. Da gab es einmal eine Frau, die nach einem Sturz vom Fensterbrett – sie putzte gerade Fenster – assyrisch sprach! Begreifen Sie das? Sie sprach fließend eine Sprache, die seit über 3000 Jahren keiner mehr kennt! Was ist dagegen Ihr Oberpfaffenhofen? Zu schade, daß Sie dieses neue Phänomen der medizinischen Wissenschaft haben weglaufen lassen, Monsieur.«

»Wir werden das Mädchen sofort suchen!« Sergeant Andratte erhob sich ächzend. »Zu Fuß kann man nicht weit kommen, nicht hier im Étanggebiet.« Er setzte sein Käppi auf und wurde damit zur rein dienstlichen Erscheinung. »Fangen wir mit dem Boot an. Führen Sie uns bitte an die Stelle, Monsieur.«

Zipka nickte. Er blickte in die Küchennische, wo Kathinka an einer der Holzsäulen lehnte. »Kommst du auch mit, Schätzchen?«

»Wie bitte?« zischte sie und zog ihr Kinn an.

»Willst du uns nicht begleiten, mein Liebling? Frauen sind oft die besseren Detektive. Mit ihrem Instinkt...«

Sie warf den Kopf in den Nacken, zog den Schal fester um den Hals und verließ wortlos die Mühle.

Dr. Bombette schaute ihr nach und blinzelte dann Zipka zu. »Madame ist schlecht gelaunt?«

»Das Mädchen, das wir gefunden haben, ist sehr hübsch, Doktor...«

»Haha! Das erklärt vieles!«

Der Doktor war ein guter Psychologe. Er zwinkerte Zipka von neuem zu, ließ den Sergeanten vorausgehen und hielt Zipka am Ärmel fest. Wie ein Verschwörer rückte er näher.

»Wie alt?« fragte er leise.

»Anfang Zwanzig wohl...«

»Typ?«

»Püppchen! Weißblondierte Haare, Schmollmündchen! Alle Rundungen ideal dosiert.«

»Und sie ist wirklich krank?« Dr. Bombette sah Zipka fragend an. »Wir sind unter uns, Monsieur...«

»Doktor, ich schwöre Ihnen: Ich habe das Mädchen heute nacht aus dem Schilf gezogen und es vorher nie gesehen! Und als die Kleine den Mund aufmachte, kamen die verworrenen Dinge heraus.«

»Und trotzdem platzt Madame vor Eifersucht?«

»Ja, das ist für mich die größte Überraschung, Doktor.«

»Warum? Haben Sie etwas anderes erwartet? Madame liebt Sie...«

»Wenn Sie es sagen...«

»»Sie muß weg, sofort weg!‹ hat sie gerufen, nachdem sie mir in kurzen Worten den Fall geschildert hatte. Schon da dachte ich mir: Der Findling muß sehr hübsch sein. Armen Kranken gegenüber reagiert man nicht so heftig, da ist man mitleidiger, compris? Glauben Sie, daß wir sie noch finden?«

»Ich hoffe es.« Zipka lächelte breit. »Doktor, Sie sind ein ganz raffinierter Bursche...«

Wenig später verließen sie alle miteinander die Mühle, stapften über das Land, patschten durch die Schilfinsel und erreichten das Ufer des Étang, wo Zipka das Boot mit Lulu gefunden hatte. Diesen morschen verrotteten Kahn ohne Ruder und Stange.

Aber er war weg.

Auch für Zipka war das eine echte Überraschung. Mit ausgestrecktem Arm zeigte er auf die Stelle, wo das Boot gelegen hatte.

»Hier!« sagte er. »Genau hier stak es im Schilf.«

»Und wo ist es nun?« fragte Sergeant Andratte dienstlich.

»Sie ist mit dem Boot wieder weggefahren«, sagte Kathinka, und etwas wie Erlösung, ja sogar Frohsinn klang aus ihrer Stimme. »Vielleicht nach Korsika...«

»Bitte jetzt keine dummen Witze!« Zipka war sehr ernst geworden. »Sie kann nicht mit dem Boot fort sein.«

»Und warum nicht?« wollte Andratte wissen.

»Erstens war der Kahn zu morsch, um nochmals auf dem See schwimmen zu können, zweitens müßten wir ihn sehen, denn Mademoiselle ist ja höchstens erst seit zwei Stunden weg. Außer Sichtweite kann sie noch nicht gerudert sein – bei ihrer zarten Konstitution!«

»Mir kommen gleich die Tränen«, warf Kathinka spöttisch ein. »Vielleicht ist sie untergegangen?«

100

»Das wäre möglich«, äußerte sich Dr. Bombette zustimmend.

»Gerechter Gott!« Sergeant Andratte ging in die Knie und untersuchte das Schilf, wo das Boot gelegen hatte. Er hatte darüber nachgedacht, daß endlich im Berichtsbuch der Polizeistation Mas d'Agon ein richtiger »Fall« eingetragen werden konnte: Verschwinden eines kranken Mädchens am hellen Tag! Voraussichtlich in einem Boot ertrunken. Das bedeutete: Große Meldung an die Präfektur nach Arles, Einsatz der Wasserschutzpolizei, ja der Kriminalpolizei – Alarm bei den Feuerwehren von Dom de Méjeanne, St. Gilles, Arles und natürlich auch Einsatz des alten keuchenden Spritzenwagens von Mas d'Agon, gewaltige Suchaktion an den Ufern des Étang de Vaccarès, vielleicht sogar Einsatz von Militär mit Pionierbooten und Froschmännern... Andratte schwindelte es ein wenig, wenn er sich ausmalte, was er mit seiner Meldung alles auslösen würde. Vor allem aber: Seinem neuen Antrag auf Zuteilung eines Dienstwagens würde dieser »Fall« großes Gewicht geben.

»Es stimmt!« rief Andratte plötzlich, durch seine wirbelnden Gedanken ein wenig aus dem Konzept. »Hier hat ein großer Gegenstand gelegen. Aber er ist schon seit Stunden weg, nicht erst vor zwei Stunden. Das Schilf hat sich bereits wieder aufgerichtet – und dazu braucht es längere Zeit!«

»Ein neues Rätsel!« meinte Zipka mit etwas belegter Stimme. »Meine Frau kann bestätigen, daß Lulu noch vor zwei Stunden in der Mühle Spiegeleier mit Knoblauch und Muskat zubereitet und verzehrt hat...«

»Was hat sie?« rief Dr. Bombette entsetzt. »Sie hat gearbeitet?«

»Sie wollte Monsieur mit der Bratpfanne anlocken!« erklärte Kathinka Braun giftig.

»Und sie hat einwandfrei gekocht?«

»Sehr appetitlich«, bestätigte Zipka ruhig.

»Und Sie haben es auch mit gegessen?«

»Warum nicht? Knoblauch am frühen Morgen wirkt bei mir wie Ölwechsel bei einem Motor...«

»Fassen wir zusammen!« Dr. Bombette zählte die Fakten an seinen kleinen, wurstähnlichen Fingern ab. »Sie hat das Gedächtnis verloren, sie ist in eine Bewußtseinsspaltung gefallen, sie kocht trotzdem vorzüglich und ist plötzlich mit einem fahruntüchtigen, morschen Boot verschwunden. Ein bißchen viel auf einmal, nicht wahr? Und dazu noch hübsch wie eine Puppe...«

»Woher wissen Sie das, Doktor?«

»Monsieur hat es mir mit begeisterten Worten geschildert«, antwortete der Arzt mit satanischer Gleichgültigkeit.

»Aha! Hat er?« Kathinka blickte über das jetzt ruhige Wasser des Sees. Ein Schwarm Flugenten zog weit draußen einige Runden unter dem blauen Himmel. Ihr Flügelklatschen drang bis hierher... In der Stille klang es wie Applaus.

Dann fragte Kathinka mit mühsam beherrschter Stimme:

»Was nun? Suchen wir weiter oder akzeptieren wir, daß die Dame Lulu ihr Leben wieder selbst in die Hand genommen hat?«

»Eine Kranke, Madame?« rief Dr. Bombette. »So, wie Sie sie geschildert haben, kann sie unmöglich allein gelassen werden. Wir müssen sie finden.«

»Das müssen wir, genau!« Sergeant Andratte straffte sich. Er hakte beide Daumen hinter sein Koppel, für ihn hatte ein wichtiger Lebensabschnitt begonnen. »Man kann nicht erlauben, daß ein Mensch einfach verschwindet. Das widerspricht der Ordnung. Jeder Bürger hat die Pflicht, solange er lebt, anwesend zu sein. Der Staat wird sich jetzt um die arme Kranke kümmern. Madame, Messieurs – verlieren wir keine Zeit!«

Kathinka und Zipka winkten Sergeant Andratte und Dr. Bombette nach, als die beiden mit dem alten knatternden

102

Motorrad Dupécheurs den Weg von der Mühle zur Straße hinunterhopsten.

Der Doktor klammerte sich auf dem Rücksitz bei dem Sergeanten fest, die Arzttasche gegen die Brust gedrückt, von hinten einem Äffchen gleich. Bombette machte das nichts aus, er war schon unbequemer gefahren. Wer ein Leben lang in der Camargue Arzt gewesen ist, den kann kaum noch etwas erschüttern.

»Das wäre erledigt«, sagte Kathinka erleichtert. »Jetzt kann der Urlaub wirklich beginnen.«

»Es wäre zu schön, mein Schatz.«

»Wie bitte?« Sie fuhr herum und musterte Zipka, als habe er sie angespuckt. »Was war denn das?«

»Ich nenne meine Frau grundsätzlich ›mein Schatz‹. Ich bin ein zärtlicher Typ. Ich habe übrigens eine Menge Namen auf Lager: Muschelchen, Katzilein, Mäuschen, Zwitscherchen...«

»Wer Sie ermordet, müßte belohnt werden«, fauchte Kathinka.

»Moment! Wer hat gesagt: ›Mein Mann hat...‹?«

»Das war eine Notlüge. Wie sollte ich dem alten Arzt klarmachen, in welchem Verhältnis wir zueinander stehen?«

»In keinem...«

»Was heißt denn das nun wieder?«

»Wir haben doch kein Verhältnis miteinander! Ich gebe zu, das ist für Außenstehende schwer zu begreifen. Da wohnt man unter einem Dach, reist miteinander durch Frankreich – und nichts ist! Das glaubt uns keiner, aber es ist nun einmal eine traurige Tatsache.«

»Es ist das Normalste von der Welt!« Kathinka wandte sich ab und ging zur Mühle zurück. »Wer Ihnen länger als fünf Minuten zuhört, wird es sofort begreifen.« Plötzlich blieb sie ruckartig stehen und schnupperte. »Merkwürdig! Ich rieche etwas. Sie auch?«

»Es duftet nach Kaffee«, stellte Zipka sachlich fest.

»Aus der Mühle.«

»Vom Himmel kann dieser Geruch nicht kommen...«

»Haben Sie Kaffe aufgesetzt, bevor wir zur Schilfinsel gingen? Sie hatten doch Kognak angeboten – ich war in der Kochnische...«

»Genau so war's, mein Schatz.«

»Aber es riecht...« Kathinka erstarrte für ein paar Sekunden, dann rannte sie in die Mühle. Zipka folgte ihr und prallte mit ihr zusammen, weil sie auf der Türschwelle stehengeblieben war.

Das Mädchen Lulu saß in einem der Sessel und hatte vor sich einen Teller mit aufgebackenen Croissants stehen. Butter und Honig in gläsernen Schalen, Tassen und Teller vervollständigten den gedeckten Tisch. Das Mädchen lächelte mit einer unbeschreiblichen Süße – eine unantastbare Unschuld.

»Das – ist unerhört!« brachte Kathinka stockend heraus.

»Madame haben jetzt sicherlich mehr Appetit«, meinte Lulu sanft.

»Wo kommt sie her?«

»Von oben«, erklärte Zipka. »Über unserem Schlaftrakt liegt noch ein Raum mit der gesamten technischen Anlage der Windmühlenflügel. Total verrostet und unbrauchbar.«

»Sie war die ganze Zeit hier? Unsere ganze Suche war nur Theater von Ihnen?«

»Ich brachte es einfach nicht übers Herz, Lulu in eine geschlossene Anstalt transportieren zu lassen«, gestand Ludwig Zipka.

»Der edle Ritter!« spottete Kathinka und setzte sich auf die Lehne der Couch. Ihr sportlicher Glockenrock rutschte hoch und gab ihre langen Beine frei. Es waren die schönsten, die Zipka je gesehen hatte. »Halten wir grundsätzlich eines fest: Wer hat eine Urlaubsbegleitung gesucht?«

»Du, mein Schatz.«

»Habe ich mich Ihnen – oder haben Sie sich mir angeboten?«

»Ich war so frei, mich um eine vakante Position zu bewerben.«

»Also ist das mein Urlaub!« Kathinka blieb ganz fest.

»Mit um die Ecke geführter Logik – ja!«

»Und dann ist es mein Recht, zu bestimmen, wer in meinem Urlaubsquartier wohnt.«

»Mit getrennter Kasse...«

»Aber ich möchte allein sein.«

»Soso...«

»Was heißt ›Soso‹? Herr Zipka, wenn Sie Wert darauf legen, Bewußtseinsgespaltene zu betreuen, dann überall, aber nicht in der Moulin St. Jacques.«

»Madame, der Kaffee wird kalt«, sagte Lulu und lächelte immer noch bezaubernd. »Und die Croissants schmecken warm am besten.«

»Mit anderen Worten: Ich soll ausziehen?« fragte Zipka und war ganz ruhig dabei.

»Wenn diese Dame Lulu aus dem korsischen Oberpfaffenhofen Ihr ungeteiltes Interesse verdient, dann müssen Sie sich dafür entscheiden.«

»Das haben Sie aber wirklich herrlich geschraubt ausgedrückt, Tinka!«

»Dem Himmel sei Dank!«

»Wofür?«

»Daß Sie mich nicht mehr duzen. Ein Fortschritt.«

»Ich tue es sofort wieder, sobald wir uns einig sind.«

»Dann werden wir uns nie einigen.«

»Ein anderer Vorschlag: Wir tun so –«, Zipka hatte ein Stück des warmen Gebäcks genommen, es in den Honigtopf getaucht, dann genußvoll verzehrt und leckte sich nun die Finger ab, »als sei sie gar nicht da.«

Kathinka hatte ihn mit zusammengekniffenen Augen beobachtet. »Wer?«

»Lulu! Oder anders gesagt: Wir tun so, als gehöre sie zum Mühleninventar. Ein Teil dieses Hauses. Ein zugelaufenes Hündchen vielleicht...«

105

»Schon mehr ein Kätzchen!«

»Auch einverstanden.«

»Überhaupt nicht einverstanden! Wie stellen Sie sich das denn praktisch vor? Man kann doch einen Menschen, der ständig um einen ist, nicht übersehen.«

»Dann versuchen wir mal, uns an diesen Menschen zu gewöhnen.«

»Völlig unmöglich. Ich hole sofort Andratte und Dr. Bombette zurück!«

»Wenn du das tust, mein Schatz«, sagte Zipka langsam und betont, »dann...«

»Was dann?«rief Kathinka kampfbereit.

»Dann lasse ich dich wirklich in dieser Mühle allein.«

»Das ist keine Drohung – sondern wäre eine Befreiung!«

»Wie du willst!« Zipka beugte sich zu Lulu hinunter. »Mademoiselle, in ein paar Minuten wandern wir los. Ich muß nur noch etwas zusammenpacken. Leider kann ich Ihnen keinen fahrbaren Untersatz bieten, wir müssen zu Fuß gehen. Wo möchten Sie hin? Korsika oder Oberpfaffenhofen? Überlegen Sie es sich. Ich bin gleich wieder zurück.«

Er nippte kurz an dem Kaffee und ging dann zur Treppe. Kathinka blickte ihm aus großen Augen nach. Als Zipka auf der zweiten Stufe stand, rief sie:

»Wo wollen Sie hin?«

»Packen. Ich sagte es schon.«

»Seien Sie nicht kindisch, Wig.«

»Ich bin nur konsequent.«

»Sie benehmen sich wie ein kleiner, störrischer Junge! Wie im Struwwelpeter: Nein, meine Suppe eß' ich nicht!«

»Ich will sie ja essen, aber Sie lassen es ja nicht zu.«

»Was halten Sie davon, wenn wir wegfahren?«

»Ein Quartierwechsel? Warum?«

»Ich denke an einen Ausflug. Nach St. Maries de la mer. Besichtigung der berühmten Kirche. Am Abend sind wir zurück – und wir könnten über alles sprechen.«

»Und wir wollen Lulu allein lassen?«

»Sie ist ja auch von allein gekommen.«

»Fahren Sie ruhig, Monsieur«, warf Lulu ein und schlug die Beine übereinander. Wie ein vom Himmel gefallener Engel sah sie aus. »Ich werde das Haus in Ordnung bringen. Es ist noch viel zu tun.«

»Phantastisch!« Zipka kam zurück. »Lulu, Sie machen sich! Nur weiter so. Wir bekommen schon noch heraus, wer Sie sind.« Er legte den Arm um Kathinka, zog sie an sich und küßte sie auf die Wange. »Ist das nicht toll, mein Schatz? Lulu wird dem Leben zurückgegeben. Ich glaube, das war eine gute Idee: Wir machen einen Ausflug und lassen Lulu mit ihrer nebligen Vergangenheit allein...«

VI

Die Idee war gut, solange Kathis Sportwagen über die Straße schnurrte. Aber in der Nähe von Mas de Cacharet begann er zu hüpfen, die Zündung setzte immer häufiger aus, bis schließlich der Motor ganz streikte und verröchelte. Kathinka ließ das Auto noch bis zu einem kleinen Strand ausrollen und zog dann mit einem wilden Ruck die Handbremse.

»Dabei habe ich ihn in der Werkstatt extra für eine große Fahrt durchsehen lassen!« sagte sie und stieg aus. »Was kann das sein?«

»Vielleicht ist der Kleine nur müde? Immer nur Vollgas – wer hält das aus?«

»Ich. Bei mir sind Höchstleistungen die Norm.«

»Ich kann verstehen, daß Männer in Ihrer Gegenwart ganz klein werden.« Zipka kroch von seinem Sitz und machte wieder ein paar Lockerungsübungen.

Kathinka ging hinunter zum See, setzte sich dort ins hohe Gras und schlang die Arme um die angezogenen Knie. Vor ihr stolzierten Silberreiher und Stelzen durch einen vom Schilf abgetrennten Tümpel, grün und blau schillernde Enten schwammen in Gruppen landnah über den See. Links von ihr raschelte der Wind in einer bizarr geformten Strauchgruppe, aus der das Zirpen, Pfeifen und Singen ungezählter Vögel erklang.

Kathinka legte sich zurück, verschränkte die Arme unter dem Nacken und schloß die Augen. Sie hörte, wie Zipka zu ihr kam. Sie zuckte leicht, als sie spürte, daß er sich an ihre Seite legte. Ihre Körper berührten sich.

»Diese Stille –«, sagte Kathinka leise. »Haben Sie ein Ohr für die Stille? Ich kann mich in ihr baden...«

»Ich vermute, daß die Zündkerzen verrußt sind«, meinte Zipka.

»Sie Banause! Können Sie denn gar nicht mit empfinden, wie grandios diese Natur ist? Ein ganzes Jahr lang lebe ich im Lärm: Baustellen, Mischmaschinen, Preßlufthämmer, Kräne, Aufzüge, Bagger. Zugegeben, ich will es nicht anders. Ich will mich nun einmal um alles selbst kümmern. Ich höre nicht bei der fertigen Planzeichnung auf; für mich ist ein Bau erst fertig, wenn er bezogen werden kann. Bis dahin bin ich immer am Ort! Aber dann – einmal im Jahr – muß ich heraus aus allen diesen Zwängen; ich muß einmal leben, wie ich es mir ersehne. Da will ich nur Mensch sein. Ein Stück Natur am liebsten. – Wissen Sie, was das für Büsche neben Ihnen sind?«

»Nein.«

»Es sind phönizische Wachholder.«

»Welch ein Klang! Phönizien ... Land des roten Purpurs! Und seine Gottheiten, an der Spitze die am meisten verehrte Astarte, die Göttin der Liebe... Aber sie hatte noch einen mächtigen Nebengott, dem vor allem die Mädchen huldigten: Adonis, der Gott des immer wiederkehrenden Lebens... Wir sollten viel mehr phönizisch denken, Tinka...«

Eine Weile lagen sie schweigend nebeneinander.

Dann fragte Zipka: »Hören Sie diesen Vogel?« Er schob seinen Arm um ihre Schulter, ganz vorsichtig, darauf wartend, daß sie ihn abwehrte. Aber Kathinka reagierte völlig anders. Sie legte den Kopf zur Seite, an seine Brust. »Kennen Sie ihn?«

»Nein«, antwortete sie.

»Es ist ein Röhrichtpfeifer.«

»Was man alles durch Anglerfliegen kennenlernt!«

»Tinka...«

»Und welcher Vogel war das? Dieses Krächzen?«

»Eine Mandelkrähe.«

»So viele Stimmen und doch diese Stille...«

»Ich liebe Sie!«

»Die Mandelkrähe?«

»Nein, dich!«

Ludwig richtete sich auf, beugte sich über Kathinka und

betrachtete ihr Gesicht mit den geschlossenen Augen. In den Winkeln ihrer Lippen lag ein sanftes Lächeln. Zipka wurde vorsichtig, denn dieses Lächeln paßte so gar nicht zu ihr.

»Wir sind das verrückteste Liebespaar, das es auf Gottes weiter Erde gibt«, sagte er rauh. »Wenn ich dich jetzt küsse, bekomme ich eine Ohrfeige, obgleich du doch darauf wartest…«

»Versuche es…«

Er küßte sie, zuerst vorsichtig, dann – als der Schlag ausblieb und sich ihre Lippen öffneten – mit aller Liebe, die ihn erfüllte. Kathinka schlang die Arme um ihn, seufzte leise, und so blieben sie im Gras liegen – mit dem längsten Kuß, den sie je geküßt hatten. Erst als das Atmen Mühe machte, lösten sie sich voneinander, überwältigt von dem Gefühl, das sie beide bewegte.

»Ich habe mich so dagegen gewehrt«, gestand Kathinka leise.

»Ich nie!«

»Wenn wir ehrlich sind, müssen wir zugeben, daß es Wahnsinn ist.«

»Warum denn? Wir sind uns endlich darüber im klaren, daß wir zusammengehören.«

»Was verstehst du darunter?«

»Das Selbstverständlichste von der Welt: Ich lasse dich nie wieder los!«

Sie drehte den Kopf zu ihm und lächelte wieder. Aber das Lächeln war so traurig, daß es ihn erschreckte. Er glaubte, in ihren Augen auch ihre Gedanken lesen zu können, und schüttelte den Kopf.

»Nein«, versicherte er, und seine Stimme hatte einen festen Klang. »Das ist kein Geschwätz. Keine Urlaubsflirtlüge. Ich liebe dich wirklich! Schon von dem Augenblick an, als ich dich auf dem Flughafen stehen sah. Es klingt alles so abgedroschen, so albern – aber es war wie ein Blitzeinschlag.«

»Irgendwie habe ich Angst«, meinte Kathinka. Sie nahm seine Hand, küßte leicht die Innenfläche und legte dann die Hand auf ihre Brust. »Stell dir das vor: Ich eine Frau von dreißig Jahren, habe plötzlich Angst vor mir selbst. Ich spüre förmlich, wie ich mir davonschwimme. Ich beobachte, wie sich meine Vernunft auflöst...«

»Du hast noch nie richtig geliebt?« fragte er.

»Geliebt!« Sie lachte etwas gequält. »Natürlich bin ich kein – wie sagt man so schön? – unbeschriebenes Blatt mehr. Es stehen schon einige Zeilen darauf, auf dem Blatt... Aber wenn man sie liest, ergeben sie nur wenig Sinn, leider! Flüchtige Handschriften, weiter nichts. Manchmal auch – nur Unterschriften. Autogramme mit einem ›Adieu‹ dahinter.« Sie zögerte einen Augenblick und schaute seine Hand an, als er sie langsam in den Ausschnitt ihrer Bluse schob und ihre Brust zu liebkosen begann.

»Ein Mann«, fuhr sie dann fort, »hat es einmal ganz deutlich ausgedrückt. Vor fünf Jahren war das, er hieß Harald und besaß eine Fabrik für Autozubehör – aber das tut nichts zur Sache. ›Mit dir zusammenleben‹, sagte er – ›muß eine Vorstufe zum Fegefeuer sein. Alle Vulkane der Leidenschaft brennen in einem Eispanzer. Selbst im Augenblick des höchsten Glücks hat man das Gefühl, du denkst nur an die 14. Etage deines neuen Hochhauses.‹ «

»Ein Poet war dieser Harald aber nicht.« Ludwig küßte ihre Augen und den Ansatz ihres schlanken Halses. »Außerdem war er ein bequemer Bursche. Du lieber Himmel, ich habe den Eindruck, daß du bisher nur Feiglinge geliebt hast. Alle Männer kapitulierten vor dir.«

»Und du tust es nicht?«

»Ich glaube nicht.«

»Du bist ein eingebildeter Affe.« Sie hielt seine andere Hand fest, die nach ihren Schenkeln tastete und den Rock hochschob.

»Man kann uns von der Straße sehen«, sagte Kathinka.

»Dagegen hilft eines: Wir legen uns hinter dein Auto!«

»Wig!« Sie rollte sich seitlich und zog die Beine an. Er spürte, wie sich unter seinen tastenden Händen ihre Muskeln anspannten.

»Benimm dich nicht wie ein Tanzstundenjüngling.«

»Ich liebe dich doch, Tinka.«

»Und wenn ich dich küsse, dann bleibt es nicht aus, daß ich dich hinter das Auto tragen muß. Warum reden wir nur soviel? Worte! Worte! Wir wissen doch genau, wie es in uns aussieht – wir haben doch nur dieser einen Stunde entgegengelebt! Wir haben doch beide an nichts anderes gedacht…«

Er zog sie an sich, drückte sie in das hohe Gras zurück und verhinderte jeglichen Einwand, indem er sie küßte, küßte, wie er noch nie eine Frau geküßt hatte…

VII

Der Reiter, der sich im verhaltenen Trab der Moulin St. Jacques näherte, schien es nicht eilig zu haben. Ein paarmal hielt er sein stämmiges weißes Camargue-Pferd an, blickte über das weite Land und den Étang, ritt dann durch die hohen Schilfwälder und die aufspritzenden Tümpel und näherte sich der Mühle von der Seeseite her.

Bevor er abstieg, betrachtete er die Gegend noch einmal prüfend durch das Fernglas, vor allem musterte er aufmerksam die Straße, die nach Mas d'Agon führte.

Er war ein schlanker, eleganter Mann, dem der Reitdreß auf den Körper geschneidert schien. Er trug ein dünnes Oberlippenbärtchen in einem langen Gesicht, aus dem man die Melancholie eines uralten, selten aufgefrischten Adels ablesen konnte. Das schwarzgelockte Haar kokettierte mit Silberfäden, die an den Schläfen schon zu weißen Streifen geworden waren.

Nun glitt er aus dem Sattel und band sein Pferd an einem alten Pfahl fest. Er blickte sich noch einmal um, ging dann mit forschen Schritten zu einem der Mühlefenster und klopfte an.

Er tat es merkwürdigerweise in einem besonderen Rhythmus, der wie eine Erkennungsmelodie klang.

Das Fenster wurde hochgeschoben, und Lulus Kopf tauchte im Rahmen auf.

»Komm rein«, sagte sie fröhlich.

»Es ist besser, wenn ich die Zufahrt im Auge behalte.«

»Sie kommen nicht vor dem Abend zurück. Sie wollten eine Rundfahrt machen.«

»Aber Emile Andratte – man weiß nie, wie er reagiert. Jeden Augenblick kann er mit der Feuerwehr anrücken, um dich im Étang zu suchen.« Der Reiter lachte kurz und behielt dabei den Weg durch das Schilf im Auge. »Bisher hast du deine Sache gut gemacht, ma chérie...«

»Ja, es läuft alles bestens, Raoul. – Übrigens: Die beiden

Deutschen sind gar nicht verheiratet. Sie sagen ›Sie‹ zueinander und benehmen sich, als wollten sie jeden Augenblick
aufeinander losschlagen.«

»Das ist unwichtig. Wann reisen sie weiter?«

»Ich glaube, sie bleiben.« Lulu hob beide Hände, als der
Reiter etwas einwenden wollte. »Es ist völlig unmöglich,
sie irgendwie wegzuekeln. Die Frau geht mit dem Kopf
durch die Wand, und der Mann ist ein Typ, den gar nichts
erschüttern kann.«

»Und da sagst du, es läuft alles gut?« Der Reiter schlug
erregt mit der Reitgerte gegen die Mühlenwand. »Wir
müssen sie loswerden! Lulu, es gibt eine Katastrophe,
wenn sie entdecken, auf was sie sitzen!«

»Sie haben den Kellereingang noch nicht gesichtet, und
sie werden ihn auch nicht finden, solange ich im Haus bin.
Das ist unsere Chance, Raoul: Ich muß bei ihnen bleiben
und sie ablenken, bis sie wieder wegfahren. Ich werde
verhindern, daß sie die Falltür sehen.«

»Das ist auf die Dauer nicht möglich.« Er wurde ungeduldig. »Außerdem ist die Zeit gegen uns. Ich habe heute
von Julio neue Nachrichten bekommen. Sie holen die
Sachen in zehn Tagen ab, und zwei Tage darauf liefert
Achmed neu an! Die Fremden müssen also von hier verschwinden – ganz gleich, wie! Chérie, es geht jetzt buchstäblich um unseren Kopf!«

Es gibt Probleme, die man zerreden kann – Politiker sind
darin oft Meister –, aber es gibt auch welche, die mit jedem
Wort wachsen und deren Lösung immer aussichtsloser
wird: Man hat dann das Gefühl, in einem Labyrinth umher-
zuirren, einem Labyrinth, ohne Ausweg.

Der Urlaubsaufenthalt der Deutschen in der Moulin St.
Jacques schien sich zu einem solchen Problem auszuwach-
sen. Lulu drückte es ganz banal so aus:

»Wir können sie nicht wegzaubern«, sagte sie. »So gut
kenne ich die beiden nun schon: Die weichen nur, wenn die
Mühle abbrennt!«

»An so etwas sollte man nicht einmal denken!« Der Reiter, der sich Raoul nennen ließ, beobachtete durch sein Fernglas wieder die Gegend bis nach Mas d'Agon hin.

»Was tun wir also?« Lulus Puppengesicht wurde plötzlich starr. In ihren großen blauen Augen war auf einmal Angst zu lesen. »Nein!« sagte sie leise. »Das mache ich nicht mit! Das kannst du nicht verlangen!«

»Was denn?« fragte der Reiter und richtete sein Fernglas auf einen Punkt in der Ferne.

»Du kannst sie nicht einfach umbringen.«

»Wer sagt denn so etwas?« erkundigte sich Raoul betont gleichgültig.

»Ich merke es an deinem Schweigen, woran du denkst! Raoul, wir können doch jetzt, wo sie weg sind, schon ein paar Säcke fortschaffen.«

»Zu spät! Dort kommt Andratte mit der Feuerwehr! Versteck dich wieder!«

»Du bringst sie nicht um!« schrie Lulu plötzlich. Mit beiden Händen fuhr sie sich durch die Haare und zerraufte sie. »Dieser Mist da unten im Keller ist es nicht wert.«

»Dieser Mist repräsentiert immerhin einen Wert von etwa vier Millionen Francs!« Der Reiter strahlte bei diesem Satz eine Ruhe aus, die Lulu unheimlich wurde. »Tatsächlich, es ist unser alter Spritzenwagen. Die Idee mit dem Verschwinden im Étang war reichlich dumm. Jetzt wird es hier tagelang von fremden Menschen wimmeln. Genau das Gegenteil von dem, was für uns nützlich wäre.«

»Die Idee stammte von Ludwig Zipka.«

»Wer ist denn das?«

»Monsieur…«

»Du mußt dich verstecken, chérie.«

»Wenn du sie umbringen willst, mußt du das auch mit mir tun!«

»Darüber kann man noch reden.« Der Reiter steckte das Fernglas ein, tätschelte Lulu die Wange und gab ihr dann eine leichte, zärtliche Ohrfeige. »Los, verschwinde nach oben! Es wird mir schon etwas einfallen, die Leute von der Mühle wegzulocken. Ich werde mich selbst darum kümmern.«

Er zog das Fenster herunter, nickte Lulu noch einmal zu und ging dann zu seinem weißen Pferd. Elegant schwang er sich in den Sattel und verriet damit den geübten Reiter. Er ließ das schöne Pferd ein wenig herumtänzeln, dann trabte er los zum Ufer des Étang. Dort ließ er das Pferd im Schritt durch das versumpfte Schilf gehen und tat so, als suche er jeden Meter Boden genau ab.

Über den Feldweg rumpelte mit knatterndem Motor die Feuerwehr von Mas d'Agon. Obgleich nirgendwo ein Hindernis zu sehen war und auch niemand die Vorfahrt nehmen konnte, raste der rotlackierte Wagen mit helltönendem Gebimmel heran, ab und zu noch verstärkt durch das Geräusch einer alten Hupe. Sergeant Andratte folgte auf dem von Dupécheur geliehenen Motorrad dem roten Gefährt, das mit vier Mann und einem Fahrer besetzt war. Andratte hatte sein Käppi durch einen um das Kinn gezogenen Sturmriemen gesichert. Er hüpfte wie ein Rennfahrer über die höckrige Mühlenanfahrt, umklammerte das Lenkrad, hatte sich weit vorgebeugt und trug eine Starrheit in den Augen, die weniger von einem eisernen Willen zur Pflichterfüllung, als vielmehr von der gefürchteten Erwartung herrührte, wann er wohl vom Sitz des Motorrades geschleudert würde.

Auf dem Vorplatz der Mühle angekommen, bremste er, ließ sein Gefährt umkippen und entfernte sich mit drei Sprüngen, als habe er Angst, das Teufelsding könne nachträglich noch hinter ihm explodieren.

Die Feuerspritze von Mas d'Agon aber donnerte stolz über den Feldweg mit Glockenklang und Hupengedröhne.

Man muß wissen, daß diese Feuerwehr der Stolz von Mas d'Agon war. Es gab wohl keinen Bürger im weiten Umkreis, der nicht mit Ehrfurcht und geradezu nationalem Stolz von diesem rotlackierten Monstrum sprach. Das hing

nun nicht etwa damit zusammen, daß die tapferen Feuerwehrmänner in einem Großeinsatz Millionenwerte gerettet
hätten – zum Beispiel einen mittelalterlichen Palast oder
eine wertvolle Gemäldeausstellung – oder daß sie einen
kilometerbreiten Flächenbrand, der ein Naturschutzgebiet
vernichtet hätte, löschten... Nein, so etwas hatte die Feuerwehr von Mas d'Agon noch nicht erlebt.

Bis auf ein paar lokale Brände – der größte war der
Stallbrand beim Bauern Raimond Lacoste, den man aber
nicht löschen konnte, weil ausgerechnet an dem Tag die
alte Wasserpumpe ausfiel und die Handschwingpumpe
nicht genügend Druck erzeugte, um dem Brandherd zu
Leibe zu rücken, was Lacoste eine blinde Ziege kostete,
die im Stall vergessen wurde –, bis auf die kleinen Feuer-
chen also träumte der Feuerwehrwagen in der Garage
dahin. Er wurde peinlichst geputzt und poliert und bei
Feierlichkeiten – am 1. Mai, bei der Fronleichnamsprozes-
sion und am Nationalen Feiertag – wie ein Triumphwagen
an bevorzugter Stelle im Festzug mitgeführt.

Immerhin war der Wagen anno 1935 gebaut worden und
tat noch immer seinen Dienst: unverwüstlich, unverrott-
bar, wirkliche Qualitätsarbeit, wie man sie heute nicht
mehr findet. Da war zum Beispiel die Hupe! Massives
Messing und mit einem Ton begabt, der alles aus dem
Wege blies, was darin stand. Die ausfahrbare Leiter war
schon im Entstehungsjahr 1935 allgemein bestaunt worden
und hatte seither nichts von ihrer Attraktivität eingebüßt.
Bis heute war es allen Einwohnern rund um Mas d'Agon
überhaupt ein Rätsel, wie die Gouvernementsverwaltung
auf die Idee gekommen war, ein solches Prachtstück in die
Einsamkeit am Étang de Vaccarès zu verlegen.

Jedoch das alles war zweitrangig.

Berühmt wurde die Feuerwehr von Mas d'Agon am
17. April 1965. Die Wiederwahl von Charles de Gaulle zum
Staatspräsidenten stand wieder einmal vor der Tür, und aus
diesem Anlaß rückte auf zwei offenen Lastwagen, mit

wehenden roten Fahnen, viel Geschrei und revolutionären Liedern auf den Lippen, ein Trupp Kommunisten aus Arles heran.

Sergeant Andratte, bleich vor Erregung, hatte telefonisch schon eine Warnung aus Arles bekommen: Die Kommunisten führen eine große Puppe mit einem Pappmachékopf de Gaulles mit, bekleidet mit einer Generalsuniform. Diese Puppe wollen sie am Ufer des Étang verbrennen! Funk und Fernsehen seien auch dabei, um das Spektakel in aller Welt zu verbreiten.

Die Empörung in Mas d'Agon, dessen Bewohner de Gaulle verehrten, war groß.

Die Brandsirene schrillte, die Feuerwehr rückte aus, und man füllte den Wassertank. Wie bei einem Großbrand setzte man die Helme auf, bewaffnete sich mit Äxten und Einreißstangen, kontrollierte vorsichtshalber die Pumpe und erwartete dann an der Straßenkreuzung vor Mas d'Agon die kommunistische Invasion.

Sergeant Andratte, als neutraler Ordnungshüter, rief in Arles an und meldete sich wegen eines akuten Hustenanfalls krank. Da war es schon zu spät, um andere Polizisten in das Katastrophengebiet zu verlegen.

Was dann geschah, festigte den Stolz der Einwohner von Mas d'Agon für Jahrhunderte: Die beiden kommunistischen Lastwagen erschienen an der Kreuzung – sie kamen von Villeneuve die Straße herunter und waren bereits gewarnt, denn man hatte sie dort mit Pferdemist beworfen. Sie ahnten jedoch noch nichts Böses, als sie den Feuerwehrwagen mit ausgerollten Schläuchen stehen sahen. Auch die Wagen des Fernsehens und des Funks fuhren geradezu fröhlich auf die Kreuzung zu.

Die Männer der Camargue sind wortkarg. Jérôme Dulallier, der Kommandant der Feuerwehr, sagte nur: »Wasser frei!« und drückte einen Hebel an der Pumpe nach unten. Zwei Mann umklammerten vorn die dicke Messingspritze und zielten.

Es ist bezeichnend für die Objektivität der Funk- und Fernsehanstalten, daß diese glorreiche Stunde von Mas d'Agon nie im Bild erschien, nie gesendet wurde, nie die übrige Welt erfreute. Man weiß nur, daß die De-Gaulle-Puppe nicht verbrannt wurde, daß die beiden Lastwagen mit triefenden Demonstranten umkehrten und daß eine wertvolle Fernsehkamera zu Bruch ging, ohne daß je ein Schadensanspruch angemeldet worden wäre.

Eine Stunde später konnte der wunderbar rasch genesene Sergeant Andratte nach Arles melden: »Demonstration hat sich aufgelöst und befindet sich auf dem Rückweg. Die Lage ist wieder normal.«

Merkwürdigerweise hat Andratte für diesen Einsatz nie eine Belobigung erhalten, aber der Ruf der Feuerwehr von Mas d'Agon war seit diesem Tag im Jahre 1965 gleichsam vergoldet wie Napoleons Lorbeerkranz...

Mit einem hohen Ächzen, das wie ein Aufschrei klang, kam der rote Wagen in der Nähe der Mühle zum Stehen. André Dulallier, der Sohn des heldenhaften Jérôme Dulallier von 1965, der nun als Kommandant die Tradition fortsetzte, sprang von seinem Sitz neben der Leiter. Auch die anderen vier Männer hechteten vom Wagen, als schlüge ihnen eine Flammenwand entgegen. Es wirkte alles recht imponierend und ließ alle Herzen höher schlagen.

Der Reiter hatte inzwischen sein Pferd gewendet und trabte nun auf die Männer zu. Der Schimmel blähte die Nüstern, prustete und tänzelte unruhig. Der Lärm behagte ihm nicht.

Emile Andratte löste den Sturmriemen und rückte sein Käppi gerade. Die Feuerwehrmänner zogen Netze und lange Stangen vom Wagen. Dulallier zerrte ein noch schlaffes, rotes Schlauchboot aus einer Kiste.

Andratte trat an den Reiter heran und grüßte stramm.

»Guten Tag, Herr Marquis«, sagte er mit deutlicher Ehrfurcht in der Stimme. »Sie haben von dem schrecklichen Vorfall auch schon gehört?«

»Ja. Vorhin. Von Dupécheur.«

»Ein Quatschmaul, dieser François.«

»Mir kann man doch so etwas ruhig sagen, Sergeant...« Marquis Raoul de Formentière – so war der volle Name des Reiters – schwang sich aus dem Sattel und zeigte hinüber zum Étang. »Ich bin das Ufer abgeritten. Wenn man bedenkt, wie die Unglückliche in den See gegangen ist... Schritt für Schritt... Spürend, wie das Wasser immer höher stieg, bis es ihren Mund erreicht hatte... Und dann die letzten, tödlichen Schritte... Grauenvoll!«

»Sie hatte ein Boot, Marquis.«

»Was? Ein Boot? Das weiß man schon?«

»Die deutschen Urlauber haben es berichtet.«

»Stimmt!« Raoul de Formentière schlug sich sehr wirksam gegen die Stirn. »Die Mühle ist ja vermietet. Aber es ist niemand da, die Tür ist abgeschlossen.«

»Die Fremden werden sich irgendwo vom Schrecken erholen.«

Andratte zog seine Uhr aus dem Uniformrock und las die Zeit ab.

Die Feuerwehr von Mas d'Agon rückte mit Schlauchboot, Netzen und Stangen zum Ufer des Étang.

»Erwarten Sie noch andere Feuerwehren, Sergeant?« fragte der Marquis.

»Nein! Diese Angelegenheit regeln wir allein! Aber aus Arles wird ein Kommissar kommen. Ich halte es zwar für unnötig, aber Dr. Bombette bestand darauf. Sie kennen Dr. Bombette, Herr Marquis? Er brüllt so lange, bis man einwilligt. Er will unbedingt den Totenschein ausstellen. Es sei seine erste Wasserleiche, behauptet er.« Andratte grüßte wieder. »Die Suche beginnt, Herr Marquis. Ich muß ins Boot. Wollen Sie hierbleiben?«

»Vielleicht kann ich Ihnen helfen? Ich stelle Ihnen gern mein Motorboot und meinen Chauffeur zur Verfügung. Er ist zufälligerweise sogar Sporttaucher!« Der Marquis blickte über den See. »Wenn das Mädchen da draußen

120

ertrunken ist, haben wir wenig Chancen, es jetzt schon zu finden. Wo wollen Sie suchen? Wasserleichen treiben erst nach einer gewissen Zeit an der Wasseroberfläche – durch die Gase, die sich in ihren Körpern bilden...«

»Andratte verfärbte sich, sein Gesicht wurde gelblich, sein Adamsapfel begann zu hüpfen. »Wir werden sehen, Herr Marquis«, erwiderte er heiser. »Es wäre gut, wenn Sie uns Ihren Chauffeur schicken könnten.«

Dulallier, der Kommandant, hatte inzwischen die Ruder zusammengesteckt. Er half Andratte ins Schlauchboot und stieß dann vom Ufer ab.

Raoul de Formentière wartete noch einige Minuten, stieg dann auf sein Pferd und blickte an der Mühle empor. Er ahnte, daß Lulu durch eines der schlitzartigen oberen Fenster das Geschehen beobachtete.

In zehn Tagen ist das alles vorbei, dachte er. Es muß vorbei sein, denn dann wird hier verladen. Dann muß die Moulin St. Jacques wieder in der windumwehten Einsamkeit stehen wie seit Jahrhunderten. Die Idee mit dem ins Wasser gegangenen, irren hübschen Mädchen war eine große Schlappe. Aber wer denkt auch an so etwas Absonderliches?

Wie hieß der Deutsche? Ludwig Zipka, ja. Und er soll nach Lulus Aussage ein Bursche sein, den nichts erschüttern kann.

Das werden wir prüfen, dachte der Marquis de Formentière. Ich werde mich höchstpersönlich um Sie kümmern, Monsieur Zipka. Sie werden die Camargue nicht so schnell vergessen...

Er ließ das Pferd in einen leichten Trab fallen, ritt im kniehohen Ufersumpf am Étang vorbei, winkte Dulallier und Andratte in ihrem Schlauchboot zu, betrachtete die anderen Feuerwehrleute, die mit langen Stangen Meter für Meter den Seegrund absuchten – gab seinem Schimmel dann die Sporen und galoppierte davon.

Es war ein schönes Bild. Jedermann kannte hier den

Marquis Raoul de Formentière, der so reich war, daß er es sich leisten konnte, zu Fuß von seinem Landsitz bis nach Mas d'Agon zu wandern, um dort bei Dupécheur einen Pernod oder eine Karaffe Pinot noir zu trinken und das Weißbrot dazu genauso zu brechen und zu kauen wie ein einfacher Landarbeiter. Das alles stand im krassen Gegensatz zu dem durch eine Saline reich gewordenen Dicksack Chaloun, der sich sogar in seinen Citroën setzte und die Automatik in Betrieb nahm, um zwei Häuser weiter bei dem Kaufmann Mauriac sein Päckchen Gauloises zu holen.

De Formentière dagegen war eben echter, uralter Adel. Mas d'Agon war stolz auf »seinen Marquis«, auch wenn er erst seit fünf Jahren hier wohnte und niemand wußte, woher er gekommen war, warum er ausgerechnet hier zwischen Myriaden von Mücken lebte und warum er sein Grundstück mit einem Elektrozaun umgab, an dem Schilder mit Totenköpfen hingen.

Man munkelte, der Marquis habe eine Reihe echter Picassos im Haus. Zuzutrauen war ihm das. Und der Präfekt von Arles war öfters Gast in seinem abgeschirmten Besitz, den bisher noch kein Bürger von Mas d'Agon betreten hatte. Nur Dr. Bombette, aber der verschanzte sich hinter seiner ärztlichen Schweigepflicht und ließ nur: »Toll! Einfach toll! Grandios!« verlauten.

Darunter konnte man sich allerhand vorstellen und war stolz darauf. Es wagte keiner, den Marquis de Formentière schief anzusehen!

VIII

Das Wasser des Étang dit l'Impérial hatte genau die Temperatur, um sich nach so viel Liebe abzukühlen. Es prikkelte auf der Haut, und Ludwig Zipka behauptete, es verdampfe sogar an seinem Körper.

»Sieh dir das an!« rief er übermütig und tanzte durch das hüfthohe Wasser. »Eine Wolke ist um mich! Weiter darf ich nicht hinein, sonst verdunstet der ganze See!«

Kathinka hockte am Ufer im Schilf, nackt wie Zipka, und lachte über die Clownerien des Mannes. Doch zwischendurch wälzte sie sehr schwerwiegende Gedanken.

Da war zunächst die Generalfrage: Ist dieser Mann endlich, endlich der richtige, um ein ganzes Leben lang bei ihm zu bleiben? Eigentlich dürfte man so etwas nicht fragen, wenn man liebt. Liebe sollte keine Zweifel kennen... Da muß man klar fühlen, daß man für immer zueinander gehört.

Aber Kathinka Braun verlor bei aller Seligkeit nicht den Blick für die Realität, und sicherlich war es das gewesen, was die anderen Männer nach ziemlich kurzer Zeit wieder vertrieben hatte. Sie spürten, daß Kathinka ihre Liebe – war es überhaupt jemals wirklich echte Liebe gewesen? – in einen Sack von Verstand steckte und sie darin erstickte.

Hier, bei Ludwig Zipka, war das ganz anders. Hier war Kathinka bereit, an nichts anderes zu denken als an ihr Gefühl: Ich liebe ihn... Und jetzt, wo die Vernunft sich wieder meldete, kämpfte sie dagegen an. Zum erstenmal wehrte sich Kathinka gegen ihren Verstand.

Du bist verrückt, sagte dieser nüchterne Verstand. Wie lange kennst du ihn? Ein paar Tage nur! Und was ist er? Designer für Anglerfliegen! Verrückter geht es doch nicht! Du bist eine Star-Architektin, du besitzt einen Millionenbetrieb. Dein Name hat einen guten Klang in Fachkreisen. Und ausgerechnet du willst an einem Ludwig Zipka hängenbleiben, der schillernde Kunststoff-Fliegen erfindet?

123

Kathinka, was ist aus dir geworden? Werde vernünftig, kehre in die Wirklichkeit zurück, nimm alles als eine der üblichen Urlaubsfreuden. In sechs Wochen ist es vorüber. Ein Händedruck, ein Lächeln, ein letzter streichelnder Blick – vorbei!

Nach sechs Wochen hat man sowieso genug voneinander; da weiß man, daß nachts sein Bauch gluckert, und er weiß von dir, daß du dich mit Nährcreme einschmierst, um deine Haut jugendfrisch und faltenlos zu erhalten. Nach sechs Wochen bist du so ernüchtert wie ein trockengelegter Alkoholiker, dem sich die Nackenhaare kräuseln, wenn er Schnaps riecht. Bei dir wird es Ludwig Zipka sein... Nach sechs Wochen zucken dir die Mundwinkel vor Hysterie, wenn du ihn nur von weitem reden hörst!

Kathinka, nimm ihn jetzt, wie er ist, gönne dir die Lust des Liebens – aber denke nie daran: Bleib bei mir!

Was verstehst du davon? widersprach das Gefühl dem Verstand. Du wirst es nie begreifen können, daß man sich danach sehnt, in zwei starken Armen zu liegen und die ganze laute, schreckliche Welt hinter sich zu lassen. Man will nichts denken, nichts hören, nichts begreifen... Man will nur fühlen, nur glücklich sein. Man will nur sein wie – ein entblößter Nerv, der von den Zehen bis zu den Haarspitzen reicht und den man streichelt, bis der ganze Körper in einem unbeschreiblich wonnigen Brand explodiert! Du willst nur dem Hämmern seines Herzens lauschen, nur seinem Atem, du willst nur die Elektrizität in seinen Fingerspitzen fühlen, nur die Spannung seiner Muskeln, nur die kaum spürbare Schwere seines Körpers... Du möchtest in ihn hineinkriechen und mit ihm verschmelzen... Du willst nicht mehr ein eigenes Wesen sein. Du willst durch ihn leben, mit ihm, in ihm, so wie unser Atem verschmilzt...

Verstand, das wirst du nie begreifen. Ich liebe ihn... Dafür werfe ich alles weg!

Sie lachte, als Zipka nackt durch den See sprang, einen

Purzelbaum schlug und unter Wasser einen Handstand machte, daß nur noch seine Beine und sein glänzendes nacktes Hinterteil aus dem Étang ragten. Und sie lachte, als er zu ihr zurücklief, sie in das hohe Gras umriß und ihren gerade trocken gewordenen Körper wieder mit Nässe überzog.

»Verdammt! Das ist nicht mehr mit anzusehen!« sagte hinter einer kleinen Erhebung ein Mann und hielt sein Fernglas fest, als sein Nebenmann danach greifen wollte. »Für dich ist das schon gar nichts! Nimm die Finger weg! Dir fehlt die Bremse, um beim Zugucken ruhig zu bleiben!«

Er kroch etwas tiefer in Deckung und setzte sich dann. Vor ihnen, in einer Senke, stand der alte verbeulte VW. Der andere Mann rutschte nach und war sehr beleidigt.

»Du bist vielleicht ein Klugscheißer!« sagte er grob. »Wie konnte ich nur so dämlich sein und deinen Blödsinn mitmachen? Wie läuft denn das jetzt? Wir sind im tiefsten Frankreich, in einer ausgesprochenen Mistgegend mit Mücken und so, robben schwitzend durchs Gras, kriegen dauernd den schönsten Sex vorgeführt und können nicht mitmachen, müssen im Auto pennen, und immer sagst du nur das eine: Abwarten! Die Sache läuft! Die Million kriegen wir! Das haut schon hin! Was da hinhaut und was da läuft, das siehst du da unten! Die Sache ist doch total verfahren! Warum haben wir sie uns nicht in Deutschland gegriffen?«

»Wo denn, du Flasche?« Der ältere der beiden Männer steckte sich eine Zigarette an. Der andere griff einfach zu und nahm sich auch eine aus der Packung. »Auf der Autobahn? In der Nacht waren sie ja schon in Frankreich, da mußte ich sowieso umdenken.«

»Ich höre immer denken«, spottete der Jüngere.

»Keiner konnte wissen, daß sie sich einen Kerl mitnimmt. Auch wenn's nur ein Würstchen ist – er stört.

125

Unsere Warnung hat ihn nicht abgeschreckt, also muß er zuerst dran! Dann greifen wir uns die Frau, und alles läuft nach Plan! Es kann gar nichts schiefgehen, wenn der Typ erst mal ausgeschaltet ist. Mensch, ich habe doch theoretisch alles durchgespielt! Die Sache ist völlig wasserdicht!«

»Das Ding mit dem Hubschrauber ist wie im Film!«

»Völlig normal ist das! Du kannst heute überall Hubschrauber mieten und dir die Welt von oben betrachten. Mensch, wenn gesuchte Terroristen unter den Augen der Polizei so was fertigbringen, soll's bei uns schiefgehen?«

Er rauchte hastig, blies den Qualm fort und scharrte mit den Schuhspitzen im weichen Boden. »Die Mühle ist genau richtig, da kommt so schnell keiner hin. Die beiden haben sich ihre Falle selbst ausgesucht...«

»Und was machen wir mit Lulu?« fragte Kathinka. Sie lag mit ausgebreiteten Armen im Schilf, Zipka kauerte zu ihren Füßen, mit dem halben Körper im flachen Wasser. Er hatte gerade wieder behauptet, er könne spüren, wie der See unter ihm austrockne.

Dieses Stückchen Wiese war wie eine Insel in dem Rohrurwald.

»Wie kannst du jetzt von Lulu sprechen?« fragte Ludwig und seufzte. »Ich möchte dir lieber erzählen, wie ich in München lebe. Alles, was du von mir weißt, ist nämlich falsch.«

»Das habe ich vom ersten Ton an geahnt. Wie kann man Designer von Anglerfliegen sein?«

»Das ist das einzige, was stimmt.«

»Na also! Du bist kein Problem – aber Lulu ist eines! Wig, wir können sie doch nicht behalten.«

»Natürlich nicht.«

»Du mußt sie also für die Öffentlichkeit wieder auftauchen lassen.« Kathinka hob den Kopf und sah Zipka an. Er lag auf dem Bauch und spielte mit ihren Zehen. »Sollen wir sie nach Arles bringen?«

»Und sie dort wie ein lästiges Hündchen aussetzen? Das können wir doch nicht, Tinka.«

»Wenn wir sie einem Arzt anvertrauen, doch.«

»Dann kommt sie in eine Anstalt.« Er rutschte näher an Kathinka heran, küßte ihre Schienbeine, die Knie und die Innenseite ihrer Schenkel. Sie preßte die Beine zusammen und krallte beide Hände in seine Haare.

»Laß das!« wehrte sie mit belegter Stimme ab. »Fang nicht schon wieder an! Entpuppe dich nicht als medizinisches Wunder! Ich weiß es ja, du bist der stärkste aller Männer – zufrieden?«

»Irgendwo muß Lulu ja herkommen«, kam Zipka zum Thema zurück und legte seinen Kopf in Kathinkas Schoß. Es war ein warmes, samtiges Bett. »Sehen wir von dem Unsinn ab, daß sie aus Oberpfaffenhofen auf Korsika stammen will – irgendwo auf der Welt muß doch jemand sein, der sie vermißt. Ein Mädchen wie sie hat Verwandte, Bekannte, Freunde – meinetwegen auch Liebhaber. Letztere sogar bestimmt, denn sie sieht nicht gerade unschuldig aus. Einen von diesen Menschen müssen wir einfach finden. Dann wissen wir auch, wer sie ist.«

»Und wie willst du das anstellen?«

»Ich setze ihr Bild in die Zeitung. Dazu den flotten Text: ›Wer mich kennt, mag mir mal schreiben!‹ – Toll, was? Ist das eine Idee? So etwas fällt nur dem genialen Ludwig Zipka ein.«

»Allerdings! Gestern hätte ich dir dafür noch einen Tritt gegen das Schienbein gegeben...«

»Und heute?« Er hob den Kopf.

Sie faßte nach ihm und drückte ihn zurück in ihren Schoß.

»Bleib liegen, du Scheusal!«

»Wir werden sehen, wer sich dann meldet.«

»Oberpfaffenhofen.«

»Das wäre zu schön! Aber ich bin ganz sicher, daß es eine Reaktion geben würde. Die wenigsten Menschen sind völlig allein, sie glauben das bloß. Man macht sich nur nicht die Mühe, ihr Leben aufzudecken. Doch genau das werden wir bei Lulu tun.«

»Von der Moulin St. Jacques aus?«

»Warum nicht? Ich werde sie fotografieren, die Bilder an verschiedene deutsche und französische Zeitungen schikken und dann abwarten.«

»Du wirst dich wundern, was da an Zuschriften eintrudeln wird.«

Kathinka lachte leise. »Jeder wird glauben: Aha, das ist eine neue Call-Girl-Masche! Du wirst dich durch nichts als Schweinereien wühlen müssen – ich kenne das!«

»Deine Anzeige damals! Dame mit eigenem Wagen...«

Sie nickte und streichelte sein Gesicht. »Ich kam mir vor, als läge ich nackt auf dem Kröpcke von Hannover, das ist so was Ähnliches wie bei euch der Stachus... Aber daran will ich nicht mehr denken.«

Zipka dehnte sich, hob den Kopf und küßte Kathinkas Brust. »Sortieren wir also einmal die potenten Herren, die sich melden, aus. Dann bleibt doch jemand hängen, der sie bei ihrem Namen nennt, der sie also kennt! Und dann haben wir's! Dann ist auch eine gezielte Therapie möglich. Man kann ihr dann das vergessene Leben so lange einhämmern, bis sie sich wieder daran erinnert.«

»Mit anderen Worten: Wir haben die schöne Lulu noch lange am Hals...«

»Ich würde das nicht so bitter ausdrücken, Tinka. Das Mädchen braucht uns jetzt! Wenn wir uns nicht um die Kleine kümmern, verschwindet sie in der Anonymität irgendeiner Klinik.« Er hob die Arme und zog Kathinka erneut an sich. »Ich verspreche dir, Liebling, daß ich sofort mit den Nachforschungen beginne.«

Kathinka seufzte, küßte seine Augen und kniff ihn in die Bauchfalte. »Man kann dir ja nichts abschlagen«, sagte sie leise. »Jetzt nimm deine Hände weg, sei brav, zieh dich an und denk daran, daß wir noch zurückfahren müssen.«

Sie kamen erst bei Einbruch der Dunkelheit zurück.

Mit größter Mühe hatte Zipka den Wagen in Ordnung gebracht. Nicht nur die Zündkerzen waren, wie er vermutet hatte, grauenhaft verrußt, auch der Zündverteiler funkte nur in Abständen. Zipka rüttelte an Leitungen und Schnüren, hantierte mit Isolierband und einer kleinen Stahlbürste, putzte, schabte, umwickelte und probierte, bis der Motor widerwillig ansprang und sie die Heimfahrt antreten konnten.

»Du bist ja ein Künstler!« rief Kathinka und küßte Zipka fröhlich. »Was war denn kaputt?«

»Keine Ahnung. Ich habe auf gut Glück da gewickelt und gebürstet, wo etwas sein könnte. Schnell ins Auto – damit es sich die Sache nicht anders überlegt!«

Die Fahrt zur Mühle erfolgte in Etappen. Neunmal blieb der Wagen stehen, neunmal baute Zipka die Zündkerzen aus und stellte fest, daß sie wieder total verrußt waren.

»Du bist zu fett!« sagte er. Es war bei der fünften Etappe.

Kathinka fuhr herum. »Was hast du gesagt?«

»Dein Superauto! Die Benzinzufuhr klappt nicht. Es bekommt zuviel Sprit, oder das Luftgemisch stimmt nicht – was weiß ich? Ich habe keine Ahnung! Auf jeden Fall verrußen die Kerzen dauernd und verrecken dann! Immerhin – wir arbeiten uns in Sprüngen vorwärts! Auch so kommt man um die Welt...«

Schon von weitem sahen sie, daß rund um die Mühle alles hell erleuchtet war. Die Scheinwerfer eines Feuerwehrautos brannten, drei weitere Standscheinwerfer erhellten das Étang-Ufer, auf dem Wasser schwammen drei Boote, in denen Männer saßen, die die Seeoberfläche ableuchteten, auf dem Mühlenvorplatz waren einige Wagen aufgefahren, als wollten sie eine Wagenburg bilden.

»Du meine Güte!« sagte Zipka und wischte sich die Augen aus. Er fuhr jetzt Kathinkas Wagen und verschwieg ihr, daß er ihr eigentlich Abbitte leisten mußte. Die kleine

129

Rakete lag verdammt gut in der Hand und führte einen dauernd in Versuchung, das Gaspedal voll durchzutreten. Außerdem, so fand er, saß man hinter dem Steuer bequemer als auf dem Nebensitz.

»Andratte läuft zur Hochform auf! Welch ein Glück…«

»Wieso?«

»Ich meine Lulu. So irre ist sie wieder nicht, daß sie oben am Fenster erscheint und ruft: ›Huhu, hier bin ich!‹«

»Und was machen wir jetzt?« fragte Kathinka ziemlich hilflos.

»Wir greifen in das Geschehen ein und lenken es in andere Bahnen! Mein Schatz, habe nur Vertrauen zu Zipkas Ideen.«

Vertrauen allein nützt nichts, wenn die äußeren Umstände dagegen sind. Zipka ahnte es, als sie die Mühle erreicht hatten. Der Vorplatz sah aus wie ein Jahrmarkt. Dupécheur war mit einem Kombiwagen gekommen und hatte eine Art kaltes Buffet aufgebaut, ein Fäßchen Rotwein angezapft und saß nun auf einem Klappstuhl neben seiner Freiluft-Bar, gestikulierte mit beiden Armen und schrie sofort, als er Zipka erblickte:

»Monsieur! O, pardon, Madame… Endlich kommen Sie! Ein Glas Pinot? Dazu frischen Ziegenkäse? Messieurs, er ist endlich da! Sehen Sie da drüben den Herrn mit der Glatze? Das ist Kommissar Flacon aus Arles. Dr. Bombette kennen Sie ja. Und da hinten kommt gerade Alain aus dem Wasser. Jawohl, der Froschmann. Er ist der Chauffeur des Marquis de Formentière. Ein mutiger Bursche! Hat schon allerhand aus dem Étang geholt: ein verrostetes Fahrrad, drei Gummischläuche, eine vergessene Reuse und eine große Puppe! Als er damit auftauchte, haben wir alle ›Ha!‹ geschrien und geglaubt, jetzt hat er sie gefunden. Nicht doch einen Pinot, Madame? Riechen Sie mal… Na, Sie riechen nichts? So frisch ist der Ziegenkäse! Gleich wird ganz Mas d'Agon hier sein und an dem großen Tag teilnehmen!«

Zipka und Kathinka lehnten dankend ab und begrüßten Dr. Bombette. Er hockte auf dem Trittbrett des alten Feuerwehrwagens und kaute an einem Stück Hartkäse. Sein Weinglas balancierte er auf dem linken Knie.

»Gleich ist es soweit«, rief er mit glänzenden Augen. »Das Boot haben sie gefunden. Liegt vier Meter tief auf Grund. Alain wird sie im nächsten Versuch heraufholen.«

»Wen?« fragte Zipka verblüfft.

»Unsere arme Irre!« Dr. Bombette trank sein Glas aus und stellte es an einen zusammengerollten Schlauch. »An dieser Stelle ist kaum Strömung. Sie kann nicht weit abgetrieben sein. Ekelhaft!«

»Das kann man wohl sagen«, meinte Zipka. »So zu sterben...«

»Nicht die Tote, der ganze Rummel hier! Die Leute machen daraus ein Volksfest! Sehen Sie diesen Dupécheur an: Schamlos! Eine Sauf- und Freßtheke wie beim Nationalfeiertag! Nur die Fahne fehlt noch. Und seine vielen Orden hat Dupécheur nicht angelegt. Oder nehmen Sie Andratte: Bisher hat er sich zwölfmal für die Presse fotografieren lassen! Zwölfmal! Neben dem Froschmann Alain, Arm in Arm mit ihm, einmal sogar bis zu den Knien im Wasser, dann neben Kommissar Flacon, der diesen Blödsinn auch noch mitmacht, viermal mit der langen Suchstange in der Hand, zweimal im Schlauchboot mit Dulallier, eine Fackel schwingend, und vorhin sogar mit einem Suchhund, der gar keiner ist! Es ist der taube Köter von Wanourit, dem Schuster. Andratte will der berühmteste Polizist von Frankreich werden. Aber meine Stunde kommt auch noch! Wenn sie erst die Arme aus dem Wasser gezogen haben und ich trete heran, beuge mich über sie und sage mitten in die Blitzlichter der Kameras hinein: ›Sie ist tot. Ertrunken!‹ – das wird alles übertreffen!«

Bombette zuckte plötzlich zusammen. »Ha! Jetzt geht Alain wieder ins Wasser! Monsieur, Madame – in wenigen Minuten vollendet sich das Drama...«

Zunächst aber trat der Pressefotograf von neuem in Aktion.

Er war der einzige Fotograf, den Sergeant Andratte in Arles benachrichtigt hatte. Diese Exklusivität der Berichterstattung verdankte der Fotograf dem Zufall, daß er mit einem Mädchen in einem eheähnlichen Verhältnis zusammenlebte, das die Tochter von Andrattes Schwester, also die Nichte des Sergeanten war.

Dementsprechend stellte der Kameramann den Onkel nun heraus und garantierte eine Reportage, die den Namen des Sergeanten Andratte in aller Munde legte.

Der Froschmann Alain posierte am Boot, ehe er einstieg und in den Étang hinausruderte. Das Blitzlicht zuckte mehrmals auf, Kommissar Flacon massierte mit beiden Händen seine Glatze. In seiner Begleitung befanden sich drei Herren, die vorsorglich einen reichlich engen Zinksarg mitgebracht hatten. Alle rauchten hastig.

Die Luft war mit Dramatik geladen. Zipka zuckte unwillkürlich zusammen, als er hinter sich lautes Schluchzen hörte.

Es war Madame Florence Dupécheur, die ihre Erschütterung nicht länger verbergen konnte. Während sie unentwegt Weißbrotschnitten mit Ziegenkäse belegte, weinte sie hemmungslos.

Dr. Bombette sprang vom Trittbrett des Feuerwehrwagens und griff nach seiner Arzttasche.

»Kommen Sie mit, Monsieur?« fragte er Ludwig Zipka.

Kathinka, die bisher geschwiegen hatte, stieß Zipka in die Seite. »Müssen wir nicht ins Haus?« fragte sie, und ihre Stimme verriet Besorgnis.

»Warum?«

»Ich denke – du weißt schon...«

»Keine Sorge!« Er lächelte verschmitzt. »Im Haus brennt uns nichts an. Aber eines interessiert mich brennend: Wer hat den morschen Kahn in den See hinausgefahren und dort versenkt?«

»Vielleicht der Wind...«

»Unmöglich. Das Boot war so fest in dem Schilf verklemmt, daß es ohne fremde Hilfe nicht freikommen konnte. Schatz, davon verstehe ich als Angler etwas. Irgend jemand muß den Kahn hinausgeschoben haben. Lulu war es auf gar keinen Fall.«

»Du meinst, daß...« Kathinkas Augen wurden groß. »Das würde bedeuten, daß...«

»Keine Vermutungen zunächst, bitte. Auf jeden Fall sehe ich mir den Kahn an, wenn sie ihn bergen.«

»Alain ist über der fraglichen Stelle!« rief neben ihnen Dr. Bombette aufgeregt. »Der verdammte Zeitungsmensch! Dauernd fotografiert er nur Alain und Andratte! Ich muß hin. Pardon, Madame...« Er nahm seine Tasche unter den Arm und lief zum Ufer hinunter.

Der Fotograf knipste durch ein Teleobjektiv und ließ, um bessere Beleuchtung zu haben, den Froschmann von zwei Scheinwerfern zusätzlich anstrahlen. Ein imposantes Bild, das sogar einen leicht künstlerischen Einschlag hatte.

Jetzt begrüßte Kommissar Flacon den Arzt – obwohl sie schon seit Stunden zusammen waren – und rief dem Pressemann entsprechende Anweisungen zu.

Die nächsten drei Fotos waren der Kriminalgruppe vorbehalten. Dr. Bombette stellte sich in Positur, attraktiv neben dem geöffneten Zinksarg der Polizei, die Arzttasche deutlich in der rechten Hand, im Gesicht sowohl verhaltene Trauer, als auch die Überlegenheit eines durch nichts zu erschütternden Mediziners zur Schau tragend.

Etwas abseits, bisher nicht fotografiert, stand ein großer, schlanker eleganter Herr und unterhielt sich mit Sergeant Andratte. Er trug einfache blaue Jeans und hohe Gummistiefel, wie sie Angler in Wildbächen tragen, die auf Lachse stehen. Die Stiefel gingen über in eine weite Gummihose und einen Gummilatz, ein durch und durch wasserdichter Anzug, wenn man nicht gerade im See umfiel. Auf dem Kopf trug der Herr eine verbeulte ausgeblichene Mütze.

Zipka musterte ihn und fand ihn, aus der Anglerperspektive gesehen, irgendwie sympathisch. Ein Mann in einer solchen zünftigen Aufmachung beanspruchte wohl freundliche Aufmerksamkeit. Angler besitzen so etwas wie Familiensinn. Es war offensichtlich, daß der Herr ins Wasser waten wollte, um bei der Bergung der Leiche behilflich zu sein.

Zipka legte den Arm um Kathinka und zog sie mit sich fort.

Alain stürzte sich kopfüber ins Wasser. In dem Scheinwerferlicht sah er wie ein riesiger schwarzer Fisch aus, was natürlich auch fotografiert wurde.

Langsam füllte sich nun auch der Vorplatz der Mühle, und es trat ein, was Dupécheur vorausgesagt hatte: Ganz Mas d'Agon war auf den Beinen und rückte mit Mopeds, Fahrrädern, Kombiwagen und sogar zu Pferde an. Man umlagerte das Buffet von Francois, trank den Pinot noir und diskutierte über die Tragik, die so plötzlich über ihren Étang gekommen war.

Als letzter erschien mit einem Meßdiener der Pfarrer des Ortes, der ehrwürdige, dicke, seit Jahrzehnten infarktgefährdete Valérie Ortège, der behauptete, das Wunder seines Weiterlebens sei allein einem Landwein zu verdanken, den er aus der Provence bezog. Ein frischer, hellgelber Wein, der sein Herz jubeln ließ.

Pfarrer Ortège rollte auf seinen kurzen Beinen zum Ufer, begrüßte den Kommissar Flacon, drückte Dr. Bombette die Hand – jedenfalls so lange, bis auch dieses Foto geblitzt war – und faltete dann seine Hände über dem gewaltigen Bauch.

Sergeant Andratte stellte nach einem kurzen Rundblick fest: Was man tun konnte, war getan! Feuerwehr, Froschmann, Kriminalpolizei, Arzt und Pfarrer. Solches Organisationstalent mußte selbst in Arles gelobt werden.

Der Herr in Gummihose und Anglerhut zog den letzteren, als er Zipka und Kathinka auf sich zukommen sah.

134

Sergeant Andratte breitete die Arme aus wie eine Mutter, der die Kinder entgegenlaufen.

»Da sind Sie ja endlich, Madame, Monsieur!« rief er dröhnend. »Sie kommen im richtigen Augenblick. Gleich haben wir die Tote!«

»Zipka!« sagte Zipka und deutete eine Verbeugung an. »Louis Zipka. Das ist meine Frau Cathérine...«

Der elegante Herr hob Kathinkas Hand bis einen Millimeter vor seine Lippen, hauchte kurz darüber und antwortete in der unnachahmlichen Art eines französischen Kavaliers: »Ich bin entzückt, Madame! So traurig der Anlaß ist – mit Ihnen fällt ein wenig Sonne auf die tragische Stunde. – De Formentière. Raoul de Formentière!«

»Marquis de Formentière«, verbesserte Andratte stolz. Die Deutschen sollten ruhig wissen, in welchem gesegneten Landstrich sie Urlaub machten. Hier wohnte sogar ein Marquis...

Zipka revidierte insgeheim nach dieser Begrüßung sein familiäres Anglerurteil. Ein gelackter Affe, dachte er. Billige, tönende Komplimente! Reinste Show!

Aber Kathinka schien es zu gefallen. Sie warf dem Marquis ein Lächeln zu, das jeden Mann bis in die Kniekehlen kitzeln mußte. Raoul fing dieses Lächeln auf und behielt Kathinkas Hand in der seinen.

»Ich hörte, Sie haben die Mühle gemietet«, sagte er. Er nickte dabei Zipka zu, um ihm das Gefühl, übersehen zu werden, zu nehmen. »Dazu gehört zweifellos Mut.«

»Nur etwas Phantasie!« antwortete Zipka.

»Ich bitte Sie!« Aber Raoul ließ endlich Kathinkas Hand los, legte dafür seine andere Hand dramatisch aufs Herz. »Jeder hier weiß, daß es in der Moulin St. Jacques spukt. Seit Generationen macht man einen großen Bogen um sie. Selbst die Herren vom Denkmalschutz haben ihr Interesse verloren und die Mühle zum Verfall freigegeben, nachdem sie zwei Nächte dort verbracht hatten. Aus allen Ritzen drang helles Stöhnen...«

»Stimmt!« Zipka zeigte seine Zähne. »Wir haben es auch erlebt. Der Wind pfeift einfach überall durch.«

»Und der Kopf, der durch das Zimmer rollt?«

»Der ist uns noch vorenthalten worden. Dafür bekamen wir ein Mädchen mit einer Bewußtseinsspaltung beschert.«

»Sehen Sie!« Raoul de Formentière sah Kathinka mit echter Besorgnis an. »Es setzt sich fort. Nur die Mittel werden moderner.«

»Ja, es ist tatsächlich erstaunlich, wie sich die Geister dem jeweiligen Trend anpassen.«

Ludwig Zipka legte seinen Arm um Kathinka. Halt, Herr Marquis, sollte das heißen, der Besitzer dieses Wunders von Frau bin ich! Sie können Ihren Charme hektoliterweise versprühen – ich stehe immer dazwischen und fange die Dusche aus Süßholzraspelei auf!

»Es ist nur so, Marquis, daß wir gar keine Angst haben. Sollte der Kopf wieder einmal durchs Zimmer rollen, werde ich das als Aufforderung zum Fußballspielen betrachten.«

»Man sollte aber doch Madame solche Aufregungen ersparen.«

Der Marquis warf einen Blick über den See, wo Alain, sein Chauffeur, gerade auftauchte und erregt mit der rechten Hand wedelte. Nichts, hieß das. Dann tauchte er wieder unter.

Pfarrer Ortège schien ein Gebet zu sprechen, denn Kommissar Flacon, die drei Begleiter und sogar Dr. Bombette machten sonntägliche Gesichter. Vor der Mühle wurde es jetzt volksfesthaft laut – der Wein zeigte erste Wirkungen, Dupécheur zapfte ein zweites Fäßchen an.

»Madame ist ebenso mutig«, sagte Zipka mit höhnischem Unterton. »Uns gefällt die Mühle. Wem gehört sie?«

»Warum?«

»Wenn wir uns daran gewöhnt haben, würden wir sie vielleicht kaufen.«

»Die Mühle gehört dem Staat!« erklärte Andratte wichtig. »Die Verwaltung liegt bei der Gemeinde Mas d'Agon. Das Ehepaar Dupécheur pflegt sie. Die Mühle kaufen? Unmöglich!«

»Ich habe es auch schon versucht. Völlig unmöglich«, warf Raoul de Formentière ein. »Ich hatte sogar einmal die Idee, die Mühle zu einem Hotel umzubauen. Sie werden kein Glück haben, Monsieur.«

Der Froschmann tauchte von neuem auf, wedelte verzweifelt mit der Hand und verschwand wieder im See. Ein neuer Scheinwerfer wurde in Stellung gebracht und erhellte das Suchgebiet mit gleißendem Licht.

»Es scheint Schwierigkeiten zu geben«, stellte Zipka scheinheilig fest. »Vielleicht hat sich die Unglückliche irgendwo verfangen. Gibt es hier so etwas wie Algenwälder?«

Der Marquis überhörte diese sarkastische Frage. Er strahlte Kathinka an, sie strahlte zurück und schüttelte sogar Zipkas Arm ab, was ihm geradezu körperlich weh tat. Das fängt ja gut an, dachte er verbittert. Nur ein paar Stunden ist es her, da gehörten uns der Himmel und alle Unendlichkeiten... Und jetzt säuselt dieser banale Lackaffe Sprüche in die Gegend, die Kathinka schluckt wie die feinsten Nougatpralinen! Man sehe sich nur diese Gummiaufmachung an! An ihm wirkt sie doch wie eine Maskerade, wie ein Karnevalskostüm – geradezu lächerlich! Eine komische Figur, über die jeder ernsthafte Angler nur lachen kann. Wetten, daß er nicht weiß, womit man Karpfen fängt? Und erst auf einen Hecht ansetzen... Da beißt keiner an, verehrter Herr, und wenn Sie noch so blöde die Augen verdrehen!

»Ich schlage vor«, sagte jetzt Raoul de Formentière, »daß wir diesen Ort der Traurigkeit verlassen. Es wäre mir eine große Ehre, wenn Madame – und natürlich auch Monsieur – meine Gäste sein könnten. Wir fahren keine zehn Minuten bis zu meinem bescheidenen Dach. Ich kann mir denken, daß Sie, Madame, durch die tragischen Ereignisse doch sehr aufgewühlt sind. Es dürfte eine zu starke Nervenbelastung darstellen, wenn Sie jetzt auch noch in der Mühle eine Nacht verbringen wollten. Vor allem – diese Nacht! Madame, mein Haus steht zu Ihrer Verfügung! Bestimmen Sie darüber, als sei es das Ihre!«

Zipka biß sich leicht auf die Unterlippe. »Das ist völlig ausgeschlossen«, sagte er entschieden.

Kathinka blickte ihn verwundert an. »Wieso denn, Schatz?«

»Wieso denn!« schnaubte Zipka wütend. »Wir können die Mühle doch nicht allein lassen! Oder – können wir das vielleicht?«

Mit stiller Freude verfolgte der Marquis Zipkas Anstrengungen, unverfänglich an das Mädchen Lulu zu erinnern. Kathinka begriff es sofort, aber sie betrachtete das Problem von einer praktischen Seite: Wenn sie das Angebot des Marquis annähmen und seine Gäste sein würden, müßte Lulu, allein gelassen, über kurz oder lang zwangsläufig einen neuen Weg in die Zukunft finden. So, wie sie aufgetaucht war aus dem Nichts, so würde sie auch wieder verschwinden müssen. Das war zwar nicht ausgesprochen human gedacht, aber in ihrer Lage doch die undramatischste Lösung.

»Ich glaube, der Herr Marquis hat recht«, meinte Kathinka vorsichtig.

Zum erstenmal, seit diese Liebe begonnen hatte, dachte Zipka ernsthaft daran, jeden anderen Mann aus Kathinkas Nähe einfach fortzuprügeln.

»Die Mühle ist unheimlich«, fuhr sie fort, »gib es zu, Liebling! Dazu Lulus schreckliches Schicksal – ich könnte wirklich keine Nacht mehr schlafen. Immer hätte ich das furchtbare Bild vor Augen, wie sie hilflos ertrinken mußte...«

»Warum zögern Sie, Monsieur?« Der Marquis setzte seinen verbeulten Anglerhut auf. Alain, der Froschmann,

138

schoß zum drittenmal aus dem Wasser, fuchtelte mit beiden Armen wild durch die Luft und tauchte sofort wieder unter. In der Menge bildeten sich zwei Gruppen, die diese Zeichengebung unterschiedlich werteten. Kommissar Flacon deutete es als Fehlschlag, Dr. Bombette plädierte für ein Fundsignal. Der Mann neben dem Zinksarg zog seine Gummihandschuhe an. Er sympathisierte mit der Haltung des Arztes.

»Sehen Sie denn nicht, wie blaß Madame ist?« argumentierte der Marquis hinterlistig. »Sie müssen meine Einladung annehmen! Solch ein Erlebnis kann zu einem unheilbaren Schock führen – zu einem tiefenpsychologischen Trauma! Madame wird erst in meinem Haus aufatmen können...«

»Wir werden es uns überlegen, Marquis«, sagte Zipka, innerlich vor Zorn knirschend. »Wir müßten ja auch noch die Koffer packen.«

»Das werden Sie doch wohl allein schaffen, Monsieur.«

»Sicherlich, aber Kofferpacken ist nun einmal eine Spezialität meiner Frau. Keiner kann die Hemden falten wie sie, keiner die Anzüge so knitterfrei zusammenlegen. Und erst im Ausfüllen von leeren Ecken im Koffer – darin hat sie eine Meisterschaft entwickelt, die einfach unschlagbar ist! Sie packt in einen Koffer ein Drittel mehr hinein, als der optimistischste Hersteller es in der Werbung verkündet. Provozieren Sie das nicht, Marquis! Ich müßte mit der Hälfte des Gepäcks auf dem Arm zu Ihnen kommen, wenn ich allein die Koffer packen würde.«

»Alain kann Ihnen helfen.«

»Danke. Einigen wir uns darauf, daß wir morgen umziehen!«

»Aber die kommende schreckliche Nacht...«

»Ich werde ein Schlafmittel nehmen«, sagte Kathinka und strahle den Marquis wieder an. Er ergriff spontan ihre Hand und küßte sie inbrünstig. Diese adeligen Manieren!

»Und ich werde mich besaufen!« verkündete Zipka grob.

139

»Und dann möchte ich keinem abgeschlagenen Kopf raten, durch das Zimmer zu kollern! Aha, der Froschmann kommt von neuem...«

Alain war wieder einmal aufgetaucht, kletterte aber diesmal nicht in sein Boot, sondern schwamm mit klatschenden Flossenschlägen ans Ufer. Im seichten Wasser angekommen, stand er auf und tapste an Land.

Dr. Bombette, der seinen Arztkoffer schon aufgeklappt hatte, schloß ihn wieder mit einem Knall. Kommissar Flacon und Sergeant Andratte rannten zum Seeufer; der Pressefotograf knipste den dramatischen Dauerlauf.

»Nichts!« schrie Alain, noch bevor er ganz an Land war. »Nur das Boot. Mit einem Loch in der linken Seite. Sonst nichts!«

»Die Strömung...«, keuchte Flacon und wich zurück, weil Alain seine Gummikappe vom Kopf riß und das Wasser umherspritzte. »Ich habe es gleich gesagt – die Strömung!«

»Da unten ist überhaupt keine Strömung!« Alain entledigte sich der Preßluftflaschen auf dem Rücken. »Da unten ist es ruhig wie im Sarg. Nichts bewegt sich. Da kann man hinpinkeln, und es bleibt stehen wie ein Fettfleck...«

Andratte lachte meckernd und etwas hysterisch; Flacon runzelte die Stirn, denn er war trotz seines Berufes ein Ästhet. Ihm dämmerte jetzt, daß der so harmlos scheinende Fall eines geistesgestörten Mädchens, das ins Wasser gegangen war, sich zu einem kriminalistischen Preisrätsel auswuchs. Verschwundene Leichen sind von jeher der Alptraum aller Kriminalisten und führen dann ein Dauerdasein als unerledigte Akte. Jeder »offene Fall« aber ist wie eine häßliche Warze im Gesicht eines Kriminalisten.

»Es gibt nur zwei Möglichkeiten«, sagte der Kommissar laut, um die Betroffenheit, die um sich griff, zu verscheuchen. »Und sonst nichts: Entweder sie ist doch abgetrieben worden – oder sie ist gar nicht ins Wasser gegangen!«

»Und der Kahn?« rief Zipka aus dem Hintergrund.

Kommissar Flacon fuhr herum, als habe man ihm ins Gesäß gestochen. »Wer sind sie denn?« brüllte er los.

»Louis Zipka aus Munich.«

»Aha! Warum melden Sie sich erst jetzt? Sie sind der letzte gewesen, der das Mädchen gesehen hat! Kommen Sie sofort her. Auf Ihre Aussage warte ich! Protokollführer! Bonaparte, wo stecken Sie? Immer wenn man den Kerl braucht, ist er woanders. Wie sein kaiserlicher Namensvetter!«

Bonaparte Esmouchard, Kriminalsekretär seines Zeichens, kam von Dupécheurs Weinverkaufsstand gerannt und kaute noch an einem Käsebrot. Er bremste vor Flacon und riß Stenogrammblock und Bleistift aus der Rocktasche.

Zipka mußte mit großem Mißfallen feststellen, daß Kathinka ihn nicht zu dem Verhör begleitete, sondern bei dem Marquis stehenblieb und sogar mit gurrender Stimme – so kam es Zipka wenigstens vor – über einen sicherlich saublöden Witz lachte.

Zipka berichtete in knappen Worten, was er mit Lulu erlebt hatte. Flacon starrte ihn an, der dicke Pfarrer Ortège schnaufte daneben ergriffen, und Dr. Bombette steuerte eine Diagnose bei. Er verkündete mit erhobener Stimme:

»Eine klare totale Absence, aber keine epileptische! Es handelt sich um eine Absence traumatischer Natur. Ein hochinteressanter Fall! Wir müssen die Kranke unbedingt finden, Herr Kommissar.«

»Gott wird sie schützen!« sagte Pfarrer Ortège sanft.

»Warum haben Sie die Kranke allein weggehen lassen?« schnaubte Flacon.

»Was sollte ich tun?«

»Sie festhalten!«

»Das wäre Freiheitsberaubung gewesen. Ich werde mich hüten.«

»Sie war doch eine Schwerkranke! In diesem Fall wäre es sogar Ihre Pflicht gewesen.«

»Hinterher ist man immer klüger! Hinterher wundert sich auch das Huhn, daß es ein so dickes Ei herausdrücken konnte. Darum gackert es auch so...«

»Monsieur!« Flacon holte tief Luft. »Ich bitte doch um den nötigen Ernst. Sie hatten, als Sie das Mädchen aufnahmen und seine Krankheit erkannten, die Verantwortung für alles übernommen!«

»Wollen Sie mir jetzt die Schuld zuschieben, Herr Kommissar?«

»Sie hatten eine Aufsichtspflicht! Sie hätten nicht wegfahren dürfen.«

»Meine Frau befahl es...«

»Madame?« Flacon blickte hinüber zu Kathinka und dem Marquis. Die beiden unterhielten sich anscheinend blendend. »Madame befahl? Wie soll ich das verstehen?«

»Das Mädchen war sehr hübsch. Besser gesagt, sie war ausgesprochen sexy...«

Pfarrer Ortège schnaufte, sagte aber nichts.

»Ein süßes Gesichtchen«, fuhr Zipka fort. »Ein Körper wie ein Reh – und dazu die Brüstchen...«

»Zur Sache!« knurrte Flacon und bekam rote Ohren.

»Ich bin ja mittendrin!« Zipka hob bedauernd beide Hände. »Madame war eifersüchtig. Madame flimmerte es vor den Augen vor Eifersucht. Und wenn Madame in einem solchen Zustand ist, muß man ihren Befehlen gehorchen.«

»Das ist ein hundertprozentig entlastendes Motiv!« erklärte Dr. Bombette sachverständig.

Kommissar Flacon nickte stumm. Er mußte an seine eigene Frau denken und empfand brüderliche Gefühle mit dem Deutschen. Der Spielraum unseres Lebens ist begrenzt, philosophierte er in Gedanken. Es gibt Schicksale, denen man nicht ausweichen kann...

»Gut! Erkennen wir das an!« sagte er streng. »Aber Sie hätten die Kranke doch begleiten oder beobachten können...«

»Auf die Gefahr hin, in eine männlich prekäre Situation zu kommen?«

Flacon seufzte, nickte schwer und zuckte zusammen, als der Sekretär fragte:

»Was soll ich jetzt protokollieren?«

»Nichts! Sie können wieder zu Ihrem Wein gehen, Bonaparte!« Er wartete, bis Esmouchard außer Hörweite war. Dann sagte er: »Und so etwas will einmal Kommissar werden! Und ich wette, er wird es! Wie gut, daß ich dann pensioniert bin. Mir ist um die Polizei der späteren Generationen angst und bange. Die Welt wird ein Chaos sein!«

»Gott sieht alles!« ließ sich Pfarrer Ortège vernehmen.

Flacon nickte wild. »Er sieht's! Mir wäre lieber, wir sähen etwas! Nur einen Zipfel der Kranken!« Er blickte sich im Kreis um. »Was meinen Sie, Messieurs? Brechen wir die Suche ab?«

Sergeant Andratte schwitzte heftig vor innerer Erschütterung. Sein schöner Fall drohte sich in Luft aufzulösen. Die Feuerwehr von Mas d'Agon schien das schon länger erkannt zu haben: Die wackeren Männer standen an Dupécheurs Theke und tranken wie Wüstenpilger.

Dr. Bombette kratzte sich an der Nase. Auch er nahm Abschied von seinem die Öffentlichkeit bewegenden Totenschein. »Ich möchte sagen – ja!« erklärte er. »Wir haben aber noch eine Chance...«

»Und welche, Dr. Bombette?« rief Flacon eifrig.

»Warten, bis die Tote von allein hochkommt. Wenn ich das einmal medizinisch erklären darf: Bei einer Wasserleiche bilden sich...«

»Danke!« unterbrach Flacon grob. »Der Fall bleibt also bis auf weiteres unaufgeklärt. Sergeant, die Leute können abrücken.«

Emile Andratte nickte zu dem Vorplatz der Mühle hin. Dort herrschte ein Treiben wie an einem Markttag.

»Sie feiern!« sagte der Sergeant dumpf. »Es wird keinem mehr gelingen, sie nach Hause zu treiben.«

»Es gibt aber keine Leiche!« brüllte Flacon hysterisch.

»Das ist denen jetzt egal.« Andratte hob resignierend die Schultern. »Wenn sie feiern, dann feiern sie…«

Gegen drei Uhr morgens, als Andratte, von Zipka getröstet, die Mühle als letzter verließ, trat endlich Ruhe ein.

Der Marquis de Formentière war schon vor einer Stunde abgefahren, von dem Froschmann Alain chauffiert, der seinen Taucheranzug gegen eine diskrete blaue Livree mit einem Wappen auf der linken Brustseite vertauscht hatte. Der Marquis hatte versprochen – und kein Widerspruch wurde laut –, daß Alain gegen Mittag des nächsten Tages Madame und Monsieur auf das Landgut holen würde. »Sie werden wie eine Herrscherin empfangen werden!« hatte Raoul verkündet, was Zipka ausgesprochen blöde fand. Dann hatte er Kathinka angestrahlt, ihr unverschämt lange die Hand geküßt und sich von ihr losgerissen, als gehe er auf eine Weltreise.

»Er überteibt schamlos«, sagte Zipka böse, als Kathinka dem Wagen nachwinkte. »Findest du nicht auch?«

»Nicht mehr als du bei dieser Lulu! erwiderte Kathinka. »Er ist in jeder Faser ein Mann von Kultur.«

»Und angelt Meeresfische mit Würmern!«

»Wer sagt das?«

»Ich habe ihn gefragt.«

»Das konnte ich mir denken. Dein einziges Wertmaß für Menschen sind Anglerfliegen.«

»Ich angle Meeresfische nur mit kleingehackten Langoustinos.«

»Zipka, der Anglerpapst!« Sie zeigte auf die Mühle. »Hast du dir überlegt, was nun aus Lulu wird?«

Nachdem auch Andratte auf dem knatternden Motorrad abgefahren war, konnte nun diese Frage beantwortet werden. Sie warteten, bis die Rücklichter des Sergeanten in der Ferne vom fahlen Dunkel aufgesaugt worden waren, schlossen dann die Mühlentür auf, und Zipka zündete die Petroleumlampe neben dem Eingang an.

144

Lulu lag auf der Couch, mit einer Wolldecke zugedeckt, und schlief. Im Schlaf hatte sie die Lippen wie ein trotziges Kind vorgestülpt. Ihre Bluse stand offen und gab ihre volle Brust frei.

»Süß«, flüsterte Zipka, in den Anblick vertieft.

»Geh hin und berausche dich!« zischte Kathinka wütend.

»Tinka! Bei aller weiblichen Bosheit, du mußt aber zugeben, daß sie entzückend aussieht und daß es ein Jammer wäre, so etwas verkommen zu lassen.«

»Wüstling! Willst du sie etwa mit zu dem Marquis nehmen?«

Kathinka zündete auch die anderen Lampen an und zog entschlossen eine Decke über Lulus nackten Oberkörper. Ihre Lippen öffneten sich leicht, sie schlief aber weiter.

»Diese Einladung anzunehmen war das Dümmste, was du je in deinem Leben getan hast! Aber ich ahne deine Hintergedanken!« Zipka setzte sich in einen Sessel und blickte das schlafende Mädchen an. »Sie soll mit sich allein fertig werden...«

»Sie ist eine Gefahr.«

»Aha!«

»Ich spüre es, Wig.«

»Was du spürst, ist billigste Eifersucht.«

»Nicht so wie bei dir, wenn du nur an den Marquis denkst. Du konntest sie ja nicht mehr verbergen.«

»Das ist auch etwas völlig anderes!«

»Oho! Und wieso?«

»Ich wüßte nicht, daß der Marquis sein Gedächtnis verloren hat.«

»Das ist doch kein Argument.«

»Wieso nicht? Das ist wohl eines! Auf Lulu eifersüchtig zu sein ist billig. Sie ist eine arme Kranke! Aber der Marquis? Ich halte ihm als einziges zugute, daß er nur wenig Verstand zu verlieren hat!«

Kathinka kam aus der Küchenecke. Sie brachte eine Flasche Wein und zwei Gläser mit.

»Laß uns endlich vernünftig reden, Schatz«, sagte sie einlenkend. »Sie ist wirklich gefährlich!«

»Und das soll vernünftig sein?« Zipka goß ein und schob Kathinka ein Glas über den Tisch.

»Ich kann es dir nicht erklären, Wig. Es liegt was in der Luft!«

»Hier gibt es meines Wissens nach keinen Föhn.«

»Vernünftig bleiben, Liebling«, wiederholte sie sanft. »Es ist manchmal unheimlich mit mir – aber ich fühle oft Dinge voraus. Ich habe einmal ein Gerüst räumen lassen, obgleich alle beteuerten, es sei stabil wie kein zweites. Am nächsten Tag wehte der Wind es um. Oder kürzlich! Ich sah im Traum einen riesigen dunklen Vogel über mein Dach fliegen. Zwei Tage später stürzte in der Nähe ein Sportflugzeug ab.«

»Auch das noch!« Zipka trank einen Schluck Wein. »Welche Vorahnungen hattest du, als du mich kennenlerntest?«

»Dich liebe ich...«

»Das überzeugt mich. Irgend etwas Wahres muß an deinen inneren Warnungen sein. Und was ist mit Lulu?«

»Ich kann es nicht konkret erklären. Ich spüre einfach Unheil. Ich sehe sie an, ich sage wie du: ›Ach wie ist sie süß!‹, und gleich meldet sich eine andere Stimme in mir und warnt: ›Sei vorsichtig! Paß auf! Da lauert etwas...‹ Man kann dieses Mißtrauen nicht greifen. Verstehst du, was ich meine?«

»Ja und nein. Ich frage mich: Wie kann so ein Mädchen uns gefährlich werden?«

»Nicht sie. Vielleicht – ihre Umgebung?«

»Sie hat doch keine.«

»Irgendwo kommt sie doch her.«

»Das eben will ich feststellen. Mein Gott, Tinka – hast du etwa plötzlich Angst?«

»Ja.« Sie nickte gleich mehrmals. »Ich werde viel ruhiger sein, wenn wir bei dem Marquis wohnen.«

»Im Gegensatz zu mir«, meinte Zipka sarkastisch. »Ob der Marquis Shakespeares gesammelte Werke besitzt? Ich werde noch mal den Othello lesen müssen. Aber wir schweifen wieder ab. Wir wissen immer noch nicht, wohin mit Lulu.«

»Ich bleibe hier«, sagte Lulu mit geschlossenen Augen.

Kathinka und Ludwig zuckten zusammen, als rolle tatsächlich ein Kopf durchs Zimmer.

»Das Luder ist wach!« meinte Zipka verblüfft.

»Und versteht deutsch!« rief Kathinka.

»Antwortet aber französisch.« Zipka wedelte sich mit der Hand Luft zu. Die Petroleumlampen stanken. »Da haben wir wieder das Rätsel der Bewußtseinsspaltung!« Er beugte sich vor und klopfte gegen die Couch. »Lulu, mach die Augen auf«, sagte er auf französisch. »Es geht um dich. Hast du nachgedacht? Weißt du jetzt, wo du vorher warst? Hast du eine ganz kleine, dunkle Ahnung? Kannst du dich an irgend etwas erinnern? An einen Hund? An eine Katze – vielleicht?«

»Wurstl...«, sagte da Lulu glücklich.

Zipka war froh, die Fangfrage hatte geklappt. Bei dem Begriff »Hund« schaltete sich die Erinnerung wieder ein! Wurstl – das konnte nur ein Dackel sein, auch wenn Lulu behauptete, es sei ein großer, zottelliger korsischer Hirtenhund gewesen. Kein Korse auf ganz Korsika taufte seinen Hund Wurstl. Aber auch keine Korsin bringt Wurstl über ihre Lippen. Man war also wieder soweit wie am Morgen.

»Kam Wurstl auch ins Haus?«

»Ja.«

»Wie sah das Haus aus?«

Lulu dachte sichtlich angestrengt nach, dann antwortete sie traurig:

»Ich weiß nicht. Helfen Sie mir, Monsieur Louis.«

Zipka blickte Kathinka an. Sie sah an ihm vorbei in eine Ecke, weil sie ihm jetzt nicht helfen konnte. Es war eine Situation, aus der auch sie keinen Ausweg wußte.

»Sie wollen weggehen?« fragte Lulu leise.

»Nicht direkt...«, wich Zipka aus. »Wir sind – eingeladen worden.«

»Und da darf ich nicht mit?«

»Ausgeschlossen! Nicht, nachdem sie sich hier versteckt haben, man sie draußen gesucht hat und für tot hält.«

»Tot?« sagte sie dumpf. Es klang vorzüglich. Ein echtes Schauspieltalent. »Mich gibt es gar nicht mehr?«

»Im Augenblick nicht.«

»Warum kümmern Sie sich dann noch um eine Tote?«

Zipka schlug sich klatschend auf die Schenkel. »Da haben wir's! Das Gedächtnis verloren – aber eine um die Ecken zielende weibliche Logik ging nicht verloren! – Lulu, Sie haben eben gesagt: Ich bleibe hier! – Das wäre eine Möglichkeit. Wir sagen unserem Freund, daß wir die Mühle weiterhin bewohnen wollen und noch einige Sachen hierlassen. Dann können wir immer nach Ihnen sehen, können Ihnen Verpflegung bringen... Sie dürfen sich nur nicht am Tag draußen vor der Mühle zeigen. Vielleicht gelingt es uns, herauszufinden, wer Sie sind. Wir brauchen eben Zeit dafür...«

»Ich habe viel Zeit, Monsieur Louis.«

Sie richtete sich auf, die Decke rutschte herunter, und ihre Brüste lagen wieder frei. Kathinka schielte zu ihr hin und dachte: Ein raffiniertes Luder! Sie weiß genau, trotz aller Lücken im Hirn, wie man einen Mann weich kocht. Wie muß das erst sein, wenn sie im Vollbesitz ihrer geistigen Kräfte ist? Dann müssen die Männer an ihr kleben wie an einem Fliegenfänger.

»Wann ziehen Sie um?«

»Morgen mittag!« antwortete Kathinka betont laut. »Das heißt – heute! Die Morgendämmerung ist ja schon da.«

Vor dem Fenster begann tatsächlich ein roter Himmel zu blühen. Der See vergoldete sich. Ein Reiherschwarm glitt über das Wasser wie brennende Nebelfetzen.

Kathinka schwieg. Vor so viel Schönheit sind Worte eine Beleidigung.

»Sie sind so gut zu mir«, flüsterte Lulu und meinte es diesmal sogar ehrlich. Eine aufgehende Sonne machte sie immer weich, melancholisch und weckte ihr Gewissen. »Ich habe das gar nicht verdient...«

Kathinka Braun starrte das Mädchen erstaunt und forschend an. Und wieder meldete sich in ihr dieses dunkle, unerklärbare Gefühl einer drohenden Gefahr.

Zunächst aber galt es, den »technischen Teil«, wie Zipka es nannte, abzuschließen.

Es war fast sicher, daß der Gastwirt Dupécheur und seine Frau Florence die Mühle putzen und dafür sorgen würden, daß in der Abwesenheit von Madame und Monsieur alles seine Richtigkeit hatte.

Wie man Sergeant Andratte kannte, würde er die Schlappe mit der nichtgefundenen Leiche so rasch nicht vergessen und jede freie Minute am Seeufer verbringen, um vielleicht doch noch irgendwelche Spuren zu finden.

Kommissar Flacon hatte ja auch angedeutet, daß man eventuell mit einer Motorbarkasse und einem Schleppnetz noch einmal den See absuchen würde, wenn dieser »Fall« eine solche Kostensteigerung zulasse. Das aber müsse man erst in Arles prüfen.

Tragisch war auch, daß der Tod des Mädchens mit dem Gedächtnisschwund nicht schlagkräftig genug war, um die Präfektur in Arles davon zu überzeugen, daß Sergeant Andratte einen Dienstwagen benötigte. Seine Argumentation, er hätte durch die Beschaffung eines schnelleren Transportmittels – eben des Motorrades von Dupécheur – viel Zeit verloren und mit einem Fahrrad sei überhaupt nichts zu machen, wurde entkräftet durch die unwiderlegbare Logik, daß er mit einem Auto den Selbstmord nicht hätte aufhalten können, denn er sei ja erst nach dem Verschwinden des Mädchens alarmiert worden. Da spielen dann Zeitdifferenzen keine gewichtige Rolle mehr.

»Ich werde sofort nach oben laufen«, sagte Lulu, »wenn ich jemanden an der Tür höre. Die Falltür zu den Zahnrädern der Windflügel macht niemand auf.«

»Und wenn doch?« fragte Zipka.

»Warum sollte er?« Lulu hatte Kathinkas mißbilligende Blicke aufgefangen und zog die Decke von neuem über ihre Brüste. »Ich werde den Riegel von innen vorschieben, und jeder wird denken, die Tür klemme vor Altersschwäche und Rost. Ich wette, keiner wird sich die Mühe machen, sie aufzubrechen.«

»Für einen Menschen, der sein Gedächtnis verloren hat, spricht sie eigentlich recht logisch!« warf Kathinka ein. »Woher kennen Sie diese Details der Mühle?«

»Ich hatte doch Zeit genug, mich umzusehen und zu verstecken...«

»Die hatte sie wirklich«, meinte Zipka. »Aber angenommen, man findet Sie wirklich – man überrascht Sie...«

»Unmöglich!«

»Wieso ist das unmöglich?« hakte Kathinka sofort ein. »Wenn Sie auf dieser Couch ganz fest schlafen, hören Sie nicht, wenn Dupécheur hereinkommen sollte.«

»Ich werde oben schlafen. Im Bett von Monsieur...«, sagte Lulu und lächelte verführerisch.

»Der richtige Platz für Sie...«, fauchte Kathinka zurück.

»Das ist er!« Lulus Gesicht strahlte holde Unschuld aus. »Dort hört man zuerst, wenn hier unten jemand umhergeht. Ihr Zimmer, Madame, liegt zu weit von der Treppe entfernt.«

»Halten wir uns jetzt nicht damit auf, in welchem Bett Lulu schläft.« Zipka lehnte sich zurück und blickte die hohe, alte rohe Holzdecke der Mühle an. »Spielen wir lieber den gefährlichsten Fall durch: Man erwischt Sie, Lulu, was dann?«

»Dann sage ich, ich wäre nur herumgelaufen und sei nun zurückgekommen. Wer will etwas anderes beweisen?«

»Niemand. Aber man wird Sie sofort nach Mas d'Agon

bringen, und Sergeant Andratte wird mit Ihnen nach Arles fahren. Und dort kommen Sie in eine Klinik, wo die Türen keine Klinken haben.«

»Es kommt aber darauf an, Monsieur«, sagte Lulu und räkelte sich wohlig, »wer mich entdeckt.« Durch die Fensterläden und ihre Ritzen drang in langen glitzernden Streifen die Morgensonne.

»Wie soll ich das verstehen?« fragte Zipka.

»Ahnungsloser Engel! Sie meint«, erklärte Kathinka giftig, »daß ein männlicher Entdecker kaum eine Gefahr darstellt! Sie würde einfach lästige Textilien fallen lassen...«

»Oh, Madame verstehen mich!« Lulu blinzelte Kathinka wie einer Komplizin zu. »Sie würden es genauso machen, nicht wahr? Ich glaube nicht, daß Monsieur Dupécheur mich wie einen gefangenen Reiher wegbringen kann, wenn er mir allein gegenübersteht und ich zu ihm sage: ›Welch ein kräftiger Mann! Ich mag Männer wie Sie...‹ Dann wird er mich bestimmt nicht in Fesseln legen.«

»Das – das könnten Sie tun?« meinte Zipka und war etwas enttäuscht, was man ihm anmerkte. »Sie könnten mit einem wildfremden Mann...«

»Wenn es um meine Freiheit geht? Ich will doch nicht in eine Anstalt! Ich bin gesund.« Sie sprang plötzlich von der Couch, die Decke glitt herunter, und Lulu trug nichts als ihre schöne, glatte, glänzende Haut, die sich über wohlgeformte Rundungen spannte.

So ein Aas, dachte Kathinka und blickte Zipka an. So ein hinterhältiges Miststück! Auf diesen großen Auftritt hat sie ja nur gewartet. Jetzt ist das Stichwort gefallen, und nun kommt ihre große Szene. »Ich bin doch gesund!« wiederholte sie. »Monsieur, sehen Sie mich an: Bin ich krank? Sagen Sie doch endlich, daß ich gesund bin...«

»Monsieur Louis ist nicht Monsieur Dupécheur!« sagte Kathinka hart. »Ziehen Sie sich etwas über! Monsieur Louis brauchen Sie nicht zu überzeugen, daß Ihr Körper

151

für Männer aller Altersgruppen maßgeschneidert ist.«

»Danke für das Kompliment, Madame.«

»Nehmen wir an«, sagte Zipka mit etwas belegter Stimme, während sich Lulu wieder in die Decke rollte, »daß sich Dupécheur nicht einfangen läßt.«

»Das ist völlig unmöglich!« warf Lulu selbstgefällig ein.

»Oder es kommt Sergeant Andratte?«

»Ich habe ihn beobachtet.« Lulu schnippte mit den Fingern. »Der Sergeant wäre überhaupt kein Problem.«

»Oder Dr. Bombette?«

»Ein Mann in seinem Alter brennt wie Stroh...«

»Gib es auf, mein armer Liebling«, meinte Kathinka spöttisch. »Sie zwingt jeden Mann auf die Matte! Finde dich damit ab. Nicht jede, die wie ein Engel aussieht, ist auch einer.«

»Wir drehen uns wie ein Kreisel!« Ludwig Zipka schlug die Hände gegeneinander. »Das Problem bleibt doch immer das gleiche: Was wird aus Ihnen, Lulu?«

»Das überlasse ich ganz Monsieur...«

»Mir?« rief Zipka und war halb erfreut, halb betroffen.

»Ja!«

»Sauber!« Kathinka lachte etwas hohl. »Rechnen Sie bitte nicht damit, daß wir Sie adoptieren.«

»Aber ich hoffe, daß Sie herausfinden, woher ich komme.« Lulus Gesicht bekam einen Schimmer kindlicher Traurigkeit. »Ich möchte so gern wieder dort sein, wo ich hingehöre. Ich kann mich an nichts erinnern, an nichts. Ich war plötzlich hier... Ich will alles tun, was Sie mir sagen – nur, helfen Sie mir!«

Nach diesem Ausbruch war Zipka überzeugt, eine wirklich große Aufgabe übernommen zu haben. Kathinka sah es zwar anders – und ihr Gefühl schlug dauernd Alarm –, aber es war unmöglich, mit Zipka darüber zu sprechen.

Unter Sicherungsmaßnahmen – Zipka und Kathinka überwachten die Zufahrt zur Moulin St. Jacques und stritten sich dabei über die Schamlosigkeit ihres Gastes –

badete Lulu im See und hüpfte dann nackt und tropfend ins Haus zurück. Dort zog sie sich an und erbot sich sogleich, wieder das Frühstück zu bereiten.

Ludwig und Kathinka schwammen ebenfalls ohne lästige Bekleidung weit in den Étang hinaus, dorthin, wo das Wasser kühler wurde, herrlich erfrischte und die Müdigkeit aus den Körpern vertrieb.

An der Schilfinsel gingen sie an Land, küßten sich im Schutz der dichten Halme und waren glücklich, sich zu fühlen.

»Soweit ist es mit uns gekommen«, sagte Kathinka seufzend. »Wenn wir uns lieben, müssen wir uns verstecken.«

»Beim Marquis werden wir ein schönes Zimmer bekommen.«

»Er betrachtet uns als ein altes Ehepaar. Wir werden nie allein sein.«

»Von wem stammt denn die Idee, zu dem Playboy zu ziehen?«

»Wer sagt dir denn, daß er ein Playboy ist?«

»Er sieht so aus! Ich habe keine Erfahrung mit dieser Spezies Männer, ich verkehre nicht in Schickeriakreisen – aber so stelle ich mir einen Playboy vor! Auch wenn dieser Marquis Raoul de Formentière schon angegraut ist – das sind die wildesten! Die rennen ewig ihrer Jugend nach und wollen nie alt werden. Jeder gelüftete Mädchenrock ist ihnen eine neue Selbstbestätigung! – Tinka, blasen wir den Umzug ab.«

»Nein!« rief sie und platschte zurück in den See. Er folgte ihr, bis sie bis zur Brust im Wasser stand.

»Was versprichst du dir davon?«

»Gar nichts, wenn es um den Marquis geht. Aber sehr viel, wenn ich dich nicht mit Lulu zusammen...«

»O Wind, wohin treibst du mich!« Er grinste breit. »Eifersüchtig, Tinka?«

»Ja!« sagte sie ehrlich und ohne Zögern. »Zum erstenmal.«

153

»Das ist gelogen.«

»Ich bin nie eifersüchtig gewesen. Manchmal ein bißchen enttäuscht, wenn ich wieder einmal allein war, aber immer überwog die Erleichterung, wenn ich mir sagte: Das war der vernünftigere Weg. Jetzt ist es anders, völlig anders.«

»Warum?«

»Weil ich dich verdammtes Scheusal liebe. Deshalb! Ich weiß, daß es eine Riesendummheit ist. Aber ich kann nicht dagegen an.«

Sie machte plötzlich einen Sprung, hechtete nach vorn, tauchte unter und schwamm unter Wasser eine ganze Strecke von Zipka weg. Er folgte ihr, holte sie ein und riß sie an sich. Das Wasser unter sich wegtretend, schwammen sie auf der Stelle und küßten sich verzweifelt, als müßten sie für immer versinken.

»Du hast gewonnen«, sagte dann Zipka prustend, als sie an Land stiegen und sich in ihre Bademäntel hüllten. »Wir werden uns von dem Marquis verwöhnen lassen. Und morgen geben wir in Arles eine Reihe von Anzeigen auf. Es ist doch völlig ausgeschlossen, daß kein Mensch unsere Lulu vermißt!«

IX

Bevor der Chauffeur des Marquis mit dem schweren Wagen kam, um die Gäste abzuholen, fotografierte Zipka das Mädchen noch von allen Seiten.

Zuerst weigerte sich Lulu, dann wehrte sie sich. An diese Komplikation hatte sie nicht gedacht. Aber jetzt gab es kein Entrinnen mehr, auch keine Begründung, warum sie nicht fotografiert werden wollte. Sie rief immer nur: »Ich will nicht! Ich will nicht!« – wie ein trotziges Kind. Sie lief vor der Kamera weg, spielte die Erschrockene, drehte ihr Gesicht zur Wand, schnitt schauerliche Grimassen, streckte die Zunge heraus, schielte und blähte die Backen auf. Zipka war von einer geradezu missionarischen Geduld, redete ihr gut zu und versuchte zu erklären, bis Kathinka energisch sagte:

»Lulu, wenn Sie weiter so ein Theater machen, haue ich Ihnen eine runter!«

»Dann kratze ich Ihnen die Augen aus!« rief Lulu zurück. »Ich erwürge Sie! Sie wissen nicht, wieviel Kraft ich habe!«

»Ich bringe Sie gefesselt nach Arles!« versetzte Kathinka unbeindruckt.

Lulu wandte sich an Zipka, der an seiner Kamera hantierte.

»Sie will mich...«, schrie sie hell.

»Ja! Ich auch!«

»Sie auch, Monsieur?«

Es war, als falle das Mädchen in sich zusammen.

Aber Lulus Gedanken jagten. Hier muß Raoul helfen! Die Filme dürfen nie zur Entwicklung kommen. Es ist völlig unmöglich, daß die Fotos in die Zeitungen kommen! Schon auf dem Weg zum Fotografen muß der Film verlorengehen, er muß vernichtet werden. Lulu senkte den Kopf.

»Ich bin in Ihrer Gewalt, Monsieur.«

»Nicht doch! Das ist ein falscher Ausdruck, Lulu. Die

Fotos sollen dir doch nur helfen, sie sollen dein richtiges Leben zurückholen...«

Er duzte sie jetzt wie ein Kind, führte sie hinter die Mühle und stellte sie gegen eine verwitterte Holzwand. Dann machte er Aufnahmen – von vorn, im Profil, nur den Kopf, dann die ganze Figur. Er knipste den ganzen Film – 36 Aufnahmen – ab und ging mit Lulu zurück in die Mühle.

Kathinka hatte bereits gepackt, einen Koffer für sich, einen kleinen für Zipka. Nur das Notwendigste, um jederzeit sagen zu können, man müsse zur Mühle zurück, um dieses oder jenes zu holen. Damit konnte man auch begründen, warum man die Mühle nicht freigab: Die Tage bei dem Marquis sollten nur ein Besuch sein, bis sich Madame von dem Schock der letzten Stunden erholt hatte – so wollte man es ausdrücken. Den Urlaub wollte man dann darauf weiterhin in der Moulin St. Jacques verbringen.

Pünktlich um die Mittagszeit meldete Lulu, die an der Tür aufpaßte: »Er kommt!«

Ludwig und Kathinka trugen ihre Koffer hinaus, beluden damit Kathinkas Sportwagen und taten so, als würden sie die Tür zur Mühle abschließen. Lulu rief ihnen von drinnen noch zu: »Viel Glück!«, dann bremste Alain auf dem Vorplatz und stieg aus. Er trug wieder seine blaue Livree, riß die Mütze vom Kopf und verbeugte sich tief.

»Ich soll Madame zu dem Herrn Marquis bringen.«

»Danke, ich fahre selbst.«

»Der Herr Marquis hat mir ausdrücklich befohlen, Madame nicht fahren zu lassen. Er bittet sehr darum, daß Madame seinen Wagen benutzen. Der Herr Marquis möchte nicht, daß Madame die Mühe des Fahrens auf sich nehmen. Den Wagen von Madame kann Monsieur nachbringen.«

»Zu gütig!« sagte Zipka giftig.

»Ein wahrer Gentleman!« Kathinka lachte verhalten. »Du wärest nie auf die Idee gekommen, daß ich nervenschwaches Weib in diesem desolaten Zustand nicht mehr fahren darf. Deine Beruhigungstherapie hätte vielleicht darin bestanden, mich mit einer Angel an einen stinkenden Tümpel zu setzen, in dem gar keine Fische sind...«

»Fahren wir endlich!« sagte Zipka wütend und stieg in Kathinkas offenen Sportwagen. »Wo steigst du ein?«

»Natürlich bei dem Marquis.«

»Also dann!« Zipka drehte den Zündschlüssel herum. »Ich freue mich.«

»Auf einmal?«

»Ja. So etwas wie mich hat der gute Herr Marquis bestimmt noch nicht erlebt!«

»Du willst dich also bewußt danebenbenehmen?«

»Wie die Faust aufs Auge! Das verspreche ich dir. Dem lieben Marquis werden büschelweise weiße Haare wachsen. Ich habe bislang immer einen Priem verabscheut...«

»Einen – was?«

»Einen Priem. So einen Knoten Kautabak.«

»Pfui Teufel! Was soll das?«

»Ich werde mich daran gewöhnen müssen. Mit einem Priem im Mund kann man wunderbar gegen ehrwürdige Ahnenbilder spucken...«

»Wig!« Sie blieb neben ihrem Wagen stehen und blickte ernst auf Zipka hinab. »Wenn du das tust, gehen wir auseinander.«

»Hängt deine große Liebe von einem Stück Kautabak ab?«

»Nein. Aber ich möchte mich nicht blamieren, so etwas wie dich zum Mann zu haben. Jeder denkt doch, wir seien ein Ehepaar.«

»Kaum hat man sich an eine Frau gewöhnt, schon fängt die Unfreiheit an! Also gut, ich werde mich gesittet benehmen. Madame, steigen Sie ein! Alain steht noch immer mit entblößtem Kopf da, dem Guten friert im frischen Wind das Hirn ein! Aber noch eins, Madame: Ich schlucke arrogante Frechheiten des Marquis nur bis zum Gaumen, dann spucke ich zurück. Das bin ich meiner Ehre schuldig!

157

– So, und jetzt fahr ab, mein Liebling.«

Nach einer knappen halben Stunde erreichten sie das ringsum abgesperrte Landgut des Marquis de Formentière.

Durch ein großes Tor gelangte man in einen weiten Innenhof, dessen hinterer Abschluß das breit daliegende Herrenhaus bildete. Links und rechts lagen Stallungen, Scheunen, Magazine, Garagen und Hallen für die Landmaschinen.

Im Torhaus wohnte anscheinend der Froschmann und Chauffeur Alain, merkwürdigerweise der einzige Angestellte des großen Besitzes. Das Gut war im provenzalischen Stil erbaut, sehr rustikal und sehr romantisch, auch sehr wehrhaft mit seinen dicken Natursteinmauern.

Raoul de Formentière stand in der breiten Tür des Herrenhauses, als die beiden Wagen in den Innenhof fuhren. Dann erschienen auch zwei ältere Frauen, denen man die Bäuerinnen der Camargue ansah – sie waren nur tagsüber auf dem Gut und wurden abends in ihr Dorf zurückgebracht. Zu diesem Zweck stand ein alter Renault bereit; undenkbar, daß man sie in der Luxuslimousine sitzen ließ.

Mit ausgestreckten Händen ging der Marquis auf Kathinka Braun zu. »Willkommen!« rief er enthusiastisch, »willkommen! Erwarten Sie keinen Palast, Madame, aber hier sind Sie sicher vor Geistern, Spuk und plötzlich auftauchenden Menschen ohne Gedächtnis.«

»Sie haben es hier wunderbar, Marquis!«

Kathinka blickte sich um und gewahrte gerade noch das große Tor, das sich wie von Geisterhand selbst schloß. Ein Luxusgefängnis, dachte sie unwillkürlich. Wenn der Marquis es nicht will, kommt hier keiner mehr heraus! Eine abgeschlossene Welt, um die sich niemand kümmert.

Ein leichter, kühler Schauer lief über Kathinkas Rücken. Sie sah zu Zipka hin und war glücklich, daß er bei ihr war. Anscheinend ließ er sich durch nichts beeindrucken. Er stieg aus dem Sportwagen, machte wieder seine gewohnten Lockerungsübungen, rief laut »Uff!« und gähnte ungeniert.

Der Marquis sah ihn indigniert an. »Machen Sie das immer?« fragte er.

»Was?« gab Zipka unschuldig zurück.

»Dieses komische Turnen, wenn Sie aus dem Wagen steigen?«

»So kann nur einer fragen, der nicht um des Gefühles willen, in einer Rakete zu sitzen, seine Muskeln und Sehnen in Falten legt. Aber es ist ja der Wagen meiner Frau. Ich selbst bevorzuge Autotypen, wo man wie in einem Klubsessel sitzt. Sie müssen nämlich wissen, daß ich ein bequemer Mensch bin.«

Das Innere des Herrenhauses war überwältigend wertvoll und doch angenehm einfach. Die Möbel waren echte Antiquitäten, die Bilder an den gekälkten Wänden wahre Museumsstücke, die Teppiche auf den Klinkerböden so wertvoll, daß man versucht war, um sie herumzugehen.

Raoul de Formentière schien ein Liebhaber und Kenner der Antike zu sein, überall, wo man etwas abstellen konnte, standen Ausgrabungen: Töpfe, Schalen, Gliedmaßen aus Marmor, kleine Amphoren aus Glas, Ton oder Stein, mythische Tierplastiken, Münzen, Versteinerungen. Der riesige Wohnraum wurde von einem aus dicken Flußsteinen gemauerten Kamin beherrscht. Hier stand die einzige moderne Einrichtung: eine Sesselgruppe aus naturbelassenem Büffelleder von Stieren der Camargue.

»Phantastisch!« sagte Kathinka und meinte es ganz ehrlich, obwohl ihr inneres Frieren zunahm. »Ich kann es beurteilen, Marquis, ich bin Architektin.«

»Welch ein Zufall und welch ein Glück!« rief der Marquis mit großer Geste aus. »Seit einem Jahr trage ich den Plan mit mir herum, das Haus umzubauen. Madame – ich lege es in Ihre Hände! Wollen Sie meinen Besitz neu gestalten? Ich schreibe Ihnen nichts vor – ich beuge mich voll Ihrer Phantasie.«

Er drehte sich herum und blickte Zipka an, der an dem wirklich riesigen Kamin stand und über die in Jahrmillionen rund geschliffenen Flußsteine strich. »Sie sind auch Architekt?«

»Nein. Designer.«

»Innenarchitekt?«

»Man kann es kaum so nennen.« Zipka lehnte sich gegen den Kamin und begann zu dozieren: »Wenn man beispielsweise einen Barsch fängt, lateinisch Perca fluviatilis, dann kennt sich ein guter Angler genau in der Psyche dieses Fisches aus. Er wird ihn anders locken als eine Forelle oder einen Karpfen...«

»Das verstehe ich nicht«, sagte der Marquis irritiert.

»Mein Beruf ist – etwas ungewöhnlich. Ich entwickle Lockmittel für Fische.«

»Und davon kann man leben?«

»Solange es Fische gibt...« Zipka nickte zur Seite. »Sie haben den Kamin nie gebrannt?«

Raoul de Formentière winkte lässig ab. »Er zieht nicht. Eine Fehlkonstruktion! Ich habe ihn nie umbauen lassen. Warum auch? Mich erfreut seine Form – heizen braucht er nicht. Dafür gibt es Öl.«

Alain erschien in der Wohnhalle. Er hatte sich wieder umgezogen und trug nun die Uniform eines Butlers. Auf einem Tablett brachte er drei Champagnergläser und reichte sie herum.

Der Marquis hob sein Glas und strahlte dabei Kathinka an. »Mögen Sie sich wohl bei mir fühlen! Nein, mögen Sie hier glücklich sein! Nach dem Essen zeige ich Ihnen das ganze Haus...«

Später, nach dem Rundgang durch Haus und Park, saßen Zipka und Kathinka in ihrem großen Gästezimmer auf dem Bett und blickten zum Fenster hinaus in das weite Land. Über dem Étang de Vaccarès flimmerte die Luft und verwischte alle Konturen.

»Was sagst du nun?« fragte sie leise, als könne jemand mithören.

»Noch nichts«, antwortete Zipka.

»Was heißt noch?«

»Ich bin mir nicht im klaren darüber, warum wir überhaupt hier sind – oder besser gefragt: Warum hat uns der Marquis eingeladen? Deinetwegen? Wohl kaum, denn dann müßte er mich zunächst beseitigen, weil ich keinen Meter aus deiner Nähe weichen werde. Darauf kannst du dich verlassen.«

»Du siehst Gespenster, Wig! Wie sollte er dich...«

»Schachmatt in zwei Zügen! Der erste Zug: er tröpfelt mir etwas ins Getränk, was man unter Ganoven k.o.-Tropfen nennt! Danach fällt man um und ist für Stunden ausgeschaltet. Zug Nummer zwei: er pumpt dich mit Alkohol so voll, daß du ein willenloses Spielzeug in seiner Hand bist. Du wärst nicht die erste Frau auf dieser Erde, die durch Alkohol völlig verändert wird.«

»Da kennt er mich schlecht. Ich habe bei meinen Bauarbeitern trinken gelernt und geübt. Außerdem traue ich ihm das nicht zu. Nach jeder Nacht gibt es einen Morgen, und der würde dann für den Marquis recht bitter.«

»Es ist alles so widersinnig!«

Ludwig Zipka stand auf und trat ans Fenster. Unten im Garten liefen lautlos drei riesige Hunde umher. Dobermänner, vor deren Gebiß es keine Gnade gibt. Als ob sie die Bewegung am Fenster gemerkt hätten, blieben sie ruckartig stehen, drehten sich um und starrten Zipka mit ihren dunklen, kalten Augen an. Sie öffneten ihr Schnauzen, die Zähne glänzten, aber kein Laut drang aus ihren Rachen.

»Sieh dir das an, Tinka«, flüsterte Zipka. »Wir haben keine Chance.«

Stumm blickte Kathinka die großen Tiere an. Sie lehnte sich gegen Zipka und unterdrückte nicht mehr ihr Zittern.

»Was nun?« flüsterte sie zurück. »Wig, wir wickeln uns da in Hirngespinste ein. Natürlich hat er Hunde, die das Haus nachts bewachen, warum auch nicht? Es liegt ja einsam genug. Warum sollte er uns in eine Falle gelockt haben? Wozu denn? Wie können ausgerechnet wir ihm wichtig sein?«

»Ich habe dir etwas verschwiegen, Liebling.«

»Mein Gott, was?« rief sie erschrocken.

»In der ersten Nacht, in Baume–les–Dames, habe ich einen Stein an den Kopf bekommen, durch's Fenster! Mit einem Zettel darangeklebt, der mich warnte, weiter mit dir durch Frankreich zu fahren. Damals dachte ich, es wäre dein Dauerverehrer Herbert Vollrath, der uns beschattete...«

»Unmöglich! Das würde Herbert nie tun. Nein, das ist nicht sein Stil. Herbert ist ein Ästhet und kein Gangster. Er hätte sich mit dir ausgesprochen, wie es unter gesitteten Männern üblich ist – aber da gibt es ja nichts auszusprechen. Wig, warum hast du mir das nicht sofort gesagt?«

»Es wäre damals zwecklos gewesen. Du hättest nur festgestellt, daß das wieder einer meiner üblichen Tricks ist, um mich bei dir interessant zu machen. Außerdem – was wäre dabei herausgekommen? Die Steinwerfer waren längst weg, spurlos verschwunden, wie ich selbst festgestellt hatte. – Und jetzt sieht das aber alles ganz anders aus. Was in den letzten zwei Tagen über uns hereingebrochen ist, das kann doch nicht mehr normal sein! Irgend etwas hängt uns an – ich weiß nur nicht, was es ist.«

»Lulu!«

»Das mußte kommen! Lulu hat damit nichts zu tun. Das ist nichts als eine typische Anhäufung von Zufällen. Das Gesetz der Serie.«

»Durch Lulu haben wir den Marquis kennengelernt.«

»Oder der Marquis hat Lulus Unglück zum Anlaß genommen, an uns heranzukommen.«

»Aber was will er von uns?«

»Wenn ich das wüßte!« Zipka schlug sich verzweifelt mit der flachen Hand gegen die Stirn. »Es ist alles so verworren und so sinnlos! Wem hast du gesagt, daß du in die Camargue willst?«

»Nur Herbert Vollrath und meinem Bürovorsteher.«

»Wissen die beiden von der Moulin St. Jacques?«

»Nur sie! Wig, das ist absurd. Beide sind hunderprozentig in Ordnung. – Aber wie ist es bei dir? Wem hast du ...?«

»Als du mich vom Hotel in Hannover abholtest, wußte ich doch gar nicht, wohin du fahren wolltest.«

»Das stimmt!« Sie starrte ihn fassungslos an. »Wig, ich glaube, wir sind beide hysterisch!«

»Der Stein war es nicht, der war echt. Er traf genau meinen Kopf.«

»Vielleicht ein Irrtum? Sie haben sich im Fenster geirrt...«

»Das wäre zuviel Zufall! Tinka...«

»Ja, Wig?«

»Versprich mir, von jetzt ab nichts mehr ohne mich zu tun.«

»Ich verspreche es dir. Sei ehrlich – irgendwie hast du Angst?«

»Nein! Irgenwie habe ich eine Sauwut, daß wir unsere Mühle verlassen haben!«

X

Am Abend ging das Mädchen Lulu hinter der Mühle spazieren.

Sie hatte sich nach allen Seiten gesichert. Das Land lag in lähmender Stille unter dem Nachthimmel. Wenn ein Auto kommen würde, sah man von weitem seine Scheinwerfer. Jedes Licht fiel hier in der Weite auf – auch ein Motorrad, auch ein Mensch, der sich mit einer Taschenlampe zu dem Étang tasten würde.

Die beiden Männer, die regungslos und kaum atmend im Schilf lagen, waren ohne Licht gekommen. Ihr verbeulter alter VW stand oben an der Straße in einer Tamariskengruppe. Sie waren wie gesagt – ohne Scheinwerfer gefahren, und so hatte Lulu auch von ihrem Ausguck nicht sehen können, wie zwei Schatten auf die Moulin St. Jacques zuglitten und dann vom Erdboden aufgesaugt wurden.

Den ganzen Tag über war Lulu brav in der Mühle geblieben, aber jetzt, in der Dunkelheit, wollte sie am Ufer entlanggehen und die frische Salzluft einatmen.

Neugierig wie sie war, hatte Lulu die beiden zurückgelassenen Koffer Kathinkas durchschnüffelt und hatte ein Kleid entdeckt, das sie herrlich fand. Sie hatte es angezogen, sich vor dem Spiegel betrachtet und daraufhin beschlossen, heute abend dieses Kleid zu tragen. Sie warf auch noch Kathinkas hellen sportlichen Trenchcoat über, band ein Tuch um ihr Haar und ging dann hinaus zum See.

»Das ist sie«, flüsterte der eine Mann und stieß seinen Nachbarn an. »Junge, haben wir ein Schwein. Sie latscht allein herum...«

»Und wo ist der Kerl?«

»Der sitzt drinnen und säuft sich einen an. Wetten? So viel Glück auf einen Schlag! Ehe der merkt, was passiert ist, sind wir längst weg.«

Er hob den Kopf, zog ihn aber sofort wieder ein.

»Sie geht spazieren, Junge! Es darf jetzt nichts schiefge-

164

hen. Alles lautlos! Denk immer daran: eine Million! Achtung – sie kommt zurück!«

Die beiden Männer duckten sich, durch hohe Schilfrohre geschützt, und bereiteten sich auf ihren Sprung vor.

Ahnungslos kam Lulu vom Étang herauf, schlug mit einem Ast um sich und pfiff leise vor sich hin. Irgendwann in der Nacht mußte Raoul kommen, oder er schickte den Chauffeur, um nachzusehen, ob bei ihr alles in Ordnung war. Die dumme Sache mit den Fotos mußte noch erledigt werden, aber für Raoul würde das kein Problem sein. Er kannte und beherrschte tausend Tricks – was ist da schon ein Kleinbildfilm in der Kamera eines so ahnungslosen Mannes wie Ludwig Zipka.

Als ob sie es den beiden Schatten links und rechts neben sich leicht machen wollte, blieb Lulu stehen und blickte zum Étang zurück.

Die Männer, die sich sehen konnten, hoben signalisierend ihre Hände.

Dann vollzog sich wirklich alles lautlos und schnell.

Zwei Körper fielen gegen das Mädchen, eine Art Sack wurde über ihren Kopf gestülpt, gleichzeitig hielt eine Hand ihre Kehle zu, bis sie keine Luft mehr bekam und in Ohnmacht fiel. Sie wurde hochgehoben, wie eine Puppe über eine breite Schulter geworfen, und dann rannte der Mann mit seiner Last durch das hohe harte Gras, der Straße zu, gefolgt von dem anderen Mann, der ab und zu stehenblieb, zur Mühle starrte und den Rückzug sicherte.

Oben, in dem Tamarikenhain, warfen sie die Besinnungslose auf den Rücksitz des alten VW, gaben Gas und rasten ohne Licht davon, in Richtung Albaron, um dann in einen schmalen Weg abzubiegen, der mitten hinein in die Sümpfe von Marais de la Grand Mar führte.

Als sich Lulu auf dem Hintersitz zu bewegen begann, beugte sich der Beifahrer über die Lehne seines Vordersitzes und schlug ihr mit einem dick umwickelten Hammer leicht auf den Kopf. Sofort verebbte jegliche Bewegung.

»Hast du auch aufgepaßt?« fragte der Fahrer.

Es war nicht einfach, in diesem Gelände ohne Scheinwerfer zu fahren. Der Wagen hüpfte.

»Ich war ganz zärtlich!« versetzte der Beifahrer grinsend und rutschte auf seinen Sitz zurück. »'ne Beule wird sie wohl haben. Ich werde sie ihr nachher kühlen.«

»Junge, ist das ein Gefühl!« sagte der Fahrer fröhlich und leckte sich die Lippen.

»Was?«

»Wir fahren mit einer Million durch die Gegend! Ist das etwa nichts? Karl, du hast aber auch gar kein Gefühl! So etwas erlebt man nur einmal!«

Diese Feststellung traf in diesem Falle wörtlich zu. Johann Kranz und Karl Lubizek hatten Kathinka Brauns Entführung so gründlich vorbereitet, wie es in kürzester Zeit möglich war.

Der Plan wurde sozusagen spontan geboren, als Johann Kranz, der Kraftfahrzeugmechaniker in der Autowerkstatt war, in der Kathinka Braun ihren Sportwagen warten ließ, von seinem Meister gesagt bekam: »Der Wagen muß topfit sein, Johann. Frau Braun will damit in den Süden.«

Weiter erfuhr Kranz bei dieser Gelegenheit, daß die Dame allein reisen würde – und das löste bei ihm eine Art von Glockenspiel im Gehirn aus. Die Glöckchen läuteten: ›Frau Braun ist Millionärin, das weiß jedermann in Hannover. Eine Entführung wäre eine echte Sensation, die Beschaffung von Lösegeld böte keine Schwierigkeit. Wenn man es geschickt anfinge, könnte gar nichts schiefgehen. Sie fährt allein in den Süden – irgendwo auf dieser Fahrt verschwindet sie. Gelegenheiten würden sich genug ergeben... Eine ganz einfache Sache...‹

Karl Lubizek, mit dem Johann abends bei einem Bier zusammensaß, sah es allerdings anders, komplizierter. Zuerst sagte er nur: »Du hast 'ne Macke, Johann!« Dann, nachdem Kranz Details seines simplen Plans entwickelte: »Das geht voll in die Hose! Das ist bisher nie in Deutsch-

166

land so richtig gelungen. Die haben alle erwischt, früher oder später!«

»Weil es alle so kompliziert gemacht haben!« versetzte Johann eindringlich. »Den einen haben sie in einer Düsseldorfer Wohnung versteckt, den anderen im Hohlraum einer Autobahnbrücke, den dritten gar in einer Kiste... Das mußte doch einfach schiefgehen!«

»Und wie willst du das nun machen?«

»Ganz modern. Beim Camping.«

»Idiot!«

»Danke. Hör doch zu, darum sollst du mitmachen! Ich kassiere das Geld, und du paßt auf die Gnädige auf. Niemand wird auf die Idee kommen, daß man einen Goldkäfer in einem Zelt festhält.«

»Bis sie Alarm schlägt, schreit, das Zelt anzündet oder sonst was unternimmt! Glaubst du, die bleibt brav auf der Matte sitzen und trinkt Tee?«

»Ich habe an alles gedacht«, sagte Johann Kranz zuversichtlich. »Machst du nun mit oder nicht? Junge – für jeden 'ne halbe Million!«

Später zeigte es sich, daß Johann Kranz doch nicht an alles gedacht hatte, aber da war er nicht mehr bereit, das Unternehmen aufzugeben. Wie konnte man auch ahnen, daß Kathinka Braun plötzlich doch nicht allein fuhr, sondern einen völlig unbekannten Mann mitnahm? Wie konnte man im voraus berechnen, daß sie nicht – wie sie dem Meister in der Autowerkstatt gesagt hatte – an die Riviera fuhr, sondern in diese langweilige Camargue, in dieses – frei nach Karl Lubizek – »Scheißland«? Und wer hätte je daran gedacht, daß Frau Braun samt Begleitung sich in eine alte Mühle verkroch, die dadurch zum Mittelpunkt des dazugehörigen Dorfes wurde?

Johann Kranz dachte intensiv über die neuen Situationen nach, während Karl Lubizek eindringlich vorschlug, lieber Lottoscheine auszufüllen und auf einen Millionengewinn zu warten, als so ein verrücktes Ding zu drehen.

»An unserem Plan ändert sich nichts«, gab Johann Kranz an dem Nachmittag von sich, an dem sie Kathinka und Zipka höchst neidvoll beim Liebesspiel am Ufer des Étang beobachtet hatten. »Hier ist die richtige Gegend für Camping. Wir suchen uns jetzt eine schöne Stelle und bauen das Zelt auf.«

»Und der Kerl?« fragte Lubizek.

»Das muß man abwarten. Das ergibt sich dann schon von allein! Im Notfall bekommt er eine auf die Nuß! Karl, man muß improvisieren können! Zufälle ausnützen! Beweglich sein!«

»Du redest wie'n Professor!« sagte Lubizek mißmutig. »Aber das eine verspreche ich dir: Wenn dies Ding schiefgeht und ich komme nach ein paar Jahren aus dem Knast, dann kannste zum Südpol flüchten! Ich schlage dir sonst den Schädel ein! Ist das klar?«

»Ganz klar!« Kranz lächelte siegessicher. »Und jetzt suchen wir uns ein passendes Fleckchen für das Zelt...«

Sie fanden einen idealen Platz, wie er für ihr Vorhaben gar nicht besser sein konnte. Landeinwärts, im Marais de la Grand Mar, hatten die Hirten der schwarzen Stierherden, die sich Gardians nannten, vor Jahren eine niedrige Vorratshütte gemauert und sie mit Erde abgedeckt. Gras und Blumen waren mittlerweile darauf gewachsen, wie ein winziger Hügel im Steppenland sah es aus. Allein eine dicke Holztür, die noch Spuren von hellblauer Farbe zeigte, wies den Weg ins Innere der Hütte.

Dieser »Bunker«, wie Johann Kranz die Hütte getauft hatte, war umgeben von dichten Wachholderbüschen und hohen, blau blühenden Disteln – ein wildes, vergessenes Stückchen Erde unter einem unendlich weiten Himmel.

Das Innere der Hütte zeigte keine Spuren von Bewohnbarkeit mehr. Die getünchten Wände waren kahl, die Farbe blätterte überall ab, und der festgestampfte Boden roch stark nach Fäulnis. Kein Tisch mehr, keine Hocker, keine Regale – nur leerer, vermodernder Raum.

»Phantastisch!« hatte Johann Kranz ausgerufen, als er aus der Hütte herauskam. »Vor die Tür stellen wir das Zelt und decken es mit Zweigen ab. Dann sind wir unsichtbar, auch aus der Luft! Karl, Mensch – und haben wir die gnädige Frau erst einmal, kann uns nichts mehr passieren. Hier sucht uns keiner!«

Lubizek hatte wie ein Hund, der einen unerreichbaren Knochen wittert, geknurrt; dann hatten sie das Zelt aufgebaut und getarnt.

Selbst Lubizek, der auf das Dach der Erdhütte geklettert war, mußte zugeben: »Das ist gut. Da sieht man wirklich nichts.«

Und nun hatten sie auch noch Kathinka Braun geradezu geschenkt bekommen und rasten mit Standlicht durch die Camargue zu ihrem Versteck.

Die erste Panne war bereits überstanden: Johann hatte den kleinen Abzweigweg verfehlt, mußte umkehren und suchen, bis er die richtige Abbiegung erreicht hatte und von da tiefer in die Einsamkeit eindringen konnte. Als sie endlich die Buschgruppen und den kleinen Hügel in der Dunkelheit auftauchen sahen, pfiff Karl Lubizek erleichtert durch die Zähne.

Sie versteckten den Wagen in den hohen Wacholderbüschen, zerrten den schlaffen Körper der vermeintlichen Kathinka Braun vom Rücksitz und trugen die Bewußtlose durch das Zelt in die alte Steinhütte.

Dort legten sie die Entführte auf den Boden, zogen ihr den Sack vom Kopf – aber bevor Karl Lubizek sie mit seiner Taschenlampe anleuchten konnte, hörten sie eine helle Stimme sagen:

»Ihr seid vielleicht Vollidioten! Was soll denn das? Wenn ihr für mich eine Million bekommt, male ich euch den Himmel grün an!«

»Licht!« brüllte Johann Kranz. Seine Stimme klang rauh und schien irgendwie aus den Fugen geraten zu sein. »Licht, Karl, verdammt noch mal!«

Die Taschenlampe klickte, und der Lichtstrahl fiel auf einen Frauenkopf, der nicht braune Haare im Kastanienton trug, sondern weißblonde Locken. Auch das Gesicht ähnelte in keiner Weise der aristokratischen Schönheit von Kathinka Braun, sondern glich eher einem Puppenkopf, dessen Lippen- und Augenbemalung jetzt verwischt war. Die fremde junge Dame, die so wenig damenhafte Ausdrücke von sich gab, hatte sich aufgesetzt, stemmte die Fäuste seitlich gegen den Boden und starrte blinzelnd in den Lichtstrahl.

»Was steht ihr denn so saublöd da rum?« sagte das Herzchen, dessen Deutsch einen deutlich bayerischen Tonfall besaß. »Bei mir habt ihr mit Tomaten gehandelt!«

»Wer sind denn Sie?« fragte Kranz mit rostiger Stimme. Lubizek leuchtete ihn an, erkannte sein entsetztes Gesicht und trat gegen die nächste Steinwand.

»Mist, verfluchter!« brüllte er und trat noch einmal gegen die unschuldige Wand. »Mist! Jetzt haben wir auch noch die Falsche geklaut! Du bist vielleicht ein dämlicher Hund!«

»Wie kommen Sie in die Kleider von Frau Braun?« schrie Kranz.

»Geliehen!« Lulu tippte sich an die Stirn. »Sagt bloß, ihr wolltet mit so viel Idiotie die großen Kidnapper spielen! Ich zerfließe gleich vor Lachen...«

»Und wieso wohnen Sie in der Mühle?« brüllte Kranz, immer mehr außer sich.

»Ich bin zu Besuch bei Frau Braun.«

»Und die hat erlaubt, daß Sie in ihren Klamotten spazierengehen?«

»Nein. Sie weiß davon nichts. Sie ist ja nicht da.«

»Wo ist sie denn?«

»Zu Besuch bei dem Marquis de Formentière...«

»Bei einem Marquis!« röhrte Lubizek. »Haha! Unsere Millionenbraut trinkt Champagner bei einem Herrn Marquis! Wie in 'ner Operette! Und wir klauen die Falsche...«

»Auch wie in der Operette!« sagte Lulu und zog die Knie an. »In jeder Operette gibt es ja ein paar Deppen, über die sich alles schieflacht. So seht ihr aus...«

»Irrtum, mein Püppchen!« Kranz beugte sich zu ihr hinunter. »Eine Operette ist lustig und hat ein Happy-End, es gibt kaum eine mit einem Toten. Hier liegt der Unterschied. Und bei uns gibt es schon gar kein Happy-End, und ob du lebend hier herauskommst, das ist ziemlich unsicher.«

»Quassle keinen Mist!« antwortete Lulu ungerührt, aber ihre Kulleraugen bekamen einen lauernden Ausdruck und beobachteten genau jede Bewegung der Männer. »Bis spätestens morgen früh ist mein Verschwinden bekannt, dann habt ihr keine ruhige Minute mehr! An Kathinka Braun kommt ihr nicht mehr ran! Zweimal 'ne Entführung – das hat's noch nie gegeben. Packt eure Sachen und fahrt nach Hause, Jungs!«

»Wer bist du?« Kranz riß Lulu vom Boden hoch und schleuderte sie in seinem Zorn gegen die Wand.

Karl Lubizek grunzte verhalten. Er stellte sich neben das Mädchen und zog das Kinn an. »Sie kann nichts dafür, daß du ein Rindvieh bist!« sagte er drohend.

»Ich heiße Emmi Schmidt«, sagte Lulu und massierte ihre linke Schulter, mit der sie gegen die Steinwand geprallt war. »Aber das weiß hier niemand. Hier heiße ich Lulu. Einfach Lulu...«

»Auch das noch!« schrie Kranz außer sich. »'ne Nutte!«

»Ich bin die Verlobte des Marquis de Formentière...«

»Die Verlobte!« Kranz quietschte. »Nennt man das in vornehmen Kreisen jetzt so?« Dann wurde er plötzlich ernst und musterte das Mädchen, als sei es zu verkaufen. Dann rieb er sich den Nasenrücken.

»Das große Geschäft ist versaut, das gebe ich zu. Aber wenigsten unsere Spesen mit ein paar Zinsen müßten doch dabei herauskommen. Was würde denn dein Herr Marquis für dich ausspucken?«

»Nichts!« antwortete Lulu sofort.

»Und das nennt man große Liebe?«

»Raoul läßt sich nicht erpressen. Jungs, den kennt ihr nicht! Ein Telefonanruf – und man jagt euch, bis euch das Wasser im Hintern kocht.«

»Die Kleine ist gut!« Lubizek grinste breit. »Die hat den richtigen Ton! Mit der kannst du keinen Pfennig verdienen, Johann!«

»Vielleicht doch.« Lulu ordnete mit gespreizten Händen ihre Haare. »Wenn ihr euch überwinden könntet, mich nicht mehr als Geisel, sondern als Freundin anzusehen und vernünftig mit mir zu sprechen – vor allem nicht hier – dann könnte ich euch vielleicht einen Tip geben.«

»Den Trick Nummer vier kennen wir!« knurrte Kranz. »Du bleibst hier.«

»Dummerchen!« Lulu lächelte süß. »Wo sollte ich denn mitten in der Nacht hin? Weiß ich denn, wo ich bin? Und dann zu Fuß?«

»Da hat sie recht!« rief Lubizek. »Sie kann nicht weglaufen.«

Johann Kranz nickte. Sie verließen die Erdhütte, setzten sich in das Zelt auf segeltuchbezogene Klapphocker, und Lubizek holte aus einer Kühltasche drei Dosen Bier.

Er riß die Verschlüsse auf, reichte die Dosen herum, und dann tranken sie erst einmal stumm.

Sie stierten vor sich hin, Lubizek mußte rülpsen, sagte sogar »Tschuldigung!« und trommelte gegen seine Bierdose.

»Ich höre!« sagte Kranz endlich betont. »Wo bleibt der Tip?«

»Es könnten bei euch vielleicht 100 000 Francs hängenbleiben.«

»Das ist nicht viel. Der Franc steht 46 Pfennig!«

»Und dann noch fifty–fifty… Das ist ja 'n Butterbrot!« knurrte Lubizek.

»Immerhin etwas.« Lulu trank noch einen langen

Schluck Bier. »Für mich gibt der Marquis keinen Sou her. Aber wenn ihr die Mühle erwähnt...«

»Die Mühle?« Kranz wurde hellhörig. »Was ist denn mit dem alten Kasten?«

»Keine Einzelheiten, Jungs! Ihr meldet euch bei dem Marquis und sagt einfach: ›Wir haben Lulu kassiert. Und wir wissen, was mit der Mühle los ist! 100 000 Francs – und du bekommst das Mädchen zurück, und wir vergessen, was die Mühle so wertvoll macht...«

»500 000 Francs!« rief Kranz, als säße er in einer Auktion.

»Das ist nicht drin!« Lulu schüttelte ihr Köpfchen.

»Wenn die Mühle so wertvoll ist...?«

»Trotzdem! Bei 500 000 wird der Marquis stur und hetzt euch wie die Hasen!«

»Und bei 100 000 nicht?«

»Da lohnt der Aufwand nicht. Jungs, ich kann euch nicht mehr sagen, aber wenn Raoul für 100 000 Francs seine Ruhe haben kann, dann zahlt er sie. Bei einer halben Million schlägt er zurück.«

»Mir kommt die Sache faul vor.« Johann Kranz warf seine leere Bierdose in eine Ecke des Zeltes. »Wir sollen aufs Kreuz gelegt werden.«

»Im Gegenteil! Ich will jedem von euch 50 000 Francs kassieren.« Lulu sagte das so überzeugend, daß Lubizek, der bei Lulus appetitlichem Anblick bereit war, alles zu glauben, beifällig nickte. »Ich werde für euch eine herrliche Geisel spielen.«

»Und wieso bist du zu Besuch bei Frau Braun?«

»Im Auftrag des Marquis. Ich soll sie aus der Mühle vertreiben. Das ist gelungen – die Deutschen wohnen jetzt auf dem Gut des Marquis. Wer hat denn auch mit euch gerechnet?«

»Du spielst wohl auf allen Klavieren?« fragte Kranz abfällig.

»Wenn der Klang gut ist – warum nicht?« Sie lächelte

173

wieder umwerfend. »Das Leben ist voller Überraschungen! Man muß nur ab und zu nachhelfen, um nicht abgehängt zu werden.« Lulu klopfte sich auf die Oberschenkel und streckte die schönen langen Beine von sich. »Also, wie haben wir es? Jungs, ihr müßt fixer sein, wenn ihr an die große Kasse wollt! Ich weiß, daß der Marquis nachher zur Mühle kommt, um mit mir zu sprechen. Da muß euer Ding schon laufen!«

»Unsere schöne Million!« Karl Lubizek starrte traurig vor sich hin. »Ich hab's geahnt! Wir hätten in Hannover bleiben sollen, als dieser Kerl in den Wagen stieg. Wo kommt der überhaupt her?«

»Keine Ahnung.« Lulu trank den Rest Bier aus ihrer Dose. »Ludwig Zipka heißt er. Ein toller Mann! In den könnte ich mich glatt verlieben...«

Johann Kranz argumentierte, daß sich für 100 000 Francs kein großer Aufwand lohne. Er schrieb also auf einen Zettel die Nachricht für den Marquis de Formentière, die Lulu ins Französische übersetzte:

»Wir haben Lulu in unserer Hand und wissen, was in der Mühle verborgen liegt und wozu sie dient.– Beides können Sie wiederhaben: Lulu und unser Schweigen. Es kostet lächerliche 100 000 Francs! Legen Sie das Geld in kleinen Scheinen hinter die Kapelle an der D 37, direkt an die Mauer unter die Gedenktafel. – Keine Polizei, keine Beobachtung! Wir kommen erst, wenn wirklich alles sauber ist. Vorher sehen Sie Lulu nicht wieder. Werden wir belästigt, so gibt es Lulu nicht mehr, und die Polizei wird die Mühle räumen. – Vertrauen gegen Vertrauen – wir sind ehrliche Partner...«

»Humor habt ihr trotzdem!« sagte Lulu, als sie mit der Übersetzung fertig war und Kranz den Text sauber abschrieb. »Ehrliche Partner – das ist zum Kugeln. – Wie spät ist es?«

Karl Lubizek blickte auf die Armbanduhr. »Gleich elf.«

»Dann wird's Zeit! Nach Mitternacht kommt Raoul zur Mühle...«

XI

Es wurde ein schöner Abend, wenn man davon absieht, daß sich der Marquis Raoul de Formentière fast ausschließlich um Kathinka Braun kümmerte, Ludwig Zipka als Anhängsel gerade noch wahrnahm und seine Art, mit dem Deutschen zu sprechen, so hochnäsig war, daß jeder weniger gut erzogene Mann ihm ins Gesicht geschlagen hätte.

Ludwig Zipka unterließ das, aber er rächte sich, indem er dem Marquis mehr als einmal zu verstehen gab, daß er ihn für einen großen Trottel hielt und daß in seinen Augen ein alter Adelstitel und viel Geld noch lange nicht einen vollgültigen Menschen ausmachen.

Das Souper – man erwartet in Frankreich nichts anderes! – von größter Klasse; der Wein könnte Gourmets zu Exzessen anregen und der Service durch Alain funktionierte laut – und reibungslos.

Raoul tanzte nach dem Essen dreimal mit Kathinka, was Zipka zu der Frage ermunterte, ob jetzt die Verdauung besser funktioniere, dann zeigte er, als er zum erstenmal mit Kathinka tanzte, wie man einen Tango hinlegte, ohne rot zu werden. Er zeigte die gewagtesten Figuren, und es wurde alles in allem ein Abend, der als Vorgefecht für kommende Schlachten gelten konnte. Man tastete sich ab, man wog die Chancen gegeneinander ab, man ließ dem Gegner keine Fragen offen. Die nächsten Tage versprachen interessant zu werden...

Nachdem sich Raoul de Formentière mit einem Handkuß und einem langen innigen Blick von Kathinka verabschiedet und Alain die Gäste in den Schlaftrakt geleitet hatte, saß Ludwig wieder auf dem Bettrand und beobachtete Kathinka, wie sie sich auszog und unter die Dusche ging.

Sie drehte sich mit erhobenen Armen unter dem Wasserstrahl, von ihrer glänzenden glatten Haut perlte das Wasser ab oder sprühte nach allen Seiten, ihr gereckter Körper

175

wirkte wie eine Statue in einem Wasserspiel – es war ein Anblick, der ins Herz drang und den Atem beschleunigte.

»Wunderschön!« sagte denn auch Ludwig Zipka ergriffen.

»Was ist?« Sie kam mit dem Kopf unter dem Strahl hervor. »Hast du etwas gesagt, Liebling?«

»Ja. Ich stellte fest, daß ich Kaiser und Könige jetzt verstehen kann, wenn sie für eine schöne Frau ihre Reiche opferten. Rom oder Cleopatra… das wäre auch für mich keine Frage gewesen!«

»Und früher warst du anderer Ansicht?«

Kathinka kam aus der Dusche, wickelte sich in ein großes Badetuch und rubbelte mit einem kleineren Tuch ihre Haare. Erstaunlich jung wirkte sie jetzt, mädchenhaft, kaum erwachsen. Sie setzte sich in einen Korbsessel, streckte die Beine vor, und Zipka griff nach dem Frottiertuch und trocknete ihre Füße.

Dabei küßte er einzeln ihre Zehen und hielt dann ihre Füße fest. »Zu dämlich!« sagte er verträumt.

»Was denn, mein Schatz?«

»Wie ich mich benehme. Wenn mir einer gesagt hätte, ich würde die Zehen einer Frau küssen, den hätte ich für verrückt gehalten. Und was tue ich hier? Unbegreiflich!«

Sie zog die Füße aus seinen Händen und lehnte sich weit in den Sessel zurück. Das kleine Handtuch band sie dabei wie einen Turban um den Kopf.

»Waren die Frauen mit dir immer zufrieden?« fragte Kathinka.

»Diese Frage verstehe ich nicht.« Er sah sie irritiert an.

»Du kannst wundervoll zärtlich sein –«, sagte sie leise.

»Das verblüfft mich ja so.«

»Wie warst du sonst?«

»Ich habe mich nicht beobachtet. Tut mir leid.«

»Warum hast du nicht geheiratet?«

»Weil ich immer im richtigen Augenblick weggelaufen bin. Es schien eine Eigenart der Frauen, die ich kannte, zu sein, daß sie nach einem Kuscheln aufs Kopfkissen sofort an die Ehe dachten und konsequent darauf hinarbeiteten. Sie nahmen immer alles so ernst...«

»Und du hast nie etwas ernst genommen, nicht wahr?«

»Das ist eine fatale Frage. Ich weiß, worauf du hinauswillst. Da verliebt man sich, da schläft man miteinander, da gibt es keine Geheimnisse mehr – da soll alles unverbindlich sein! Ein reiner Spaß. Ein biologisches Vergnügen. Die aufgewühlte Psyche der Frau – was kümmert sie den Mann? Wenn er nur seine Freude hat...« Ludwig räusperte sich und knöpfte dabei sein Hemd auf. »Ich will versuchen, es dir zu erklären.«

»Warum? Ich will dich nicht heiraten«, sagte Kathinka nüchtern.

»Nicht?« Er starrte sie entgeistert an.

»Nein.«

»Aber Tinka...«

»Auf gar keinen Fall! Zum Leben brauchst du keine Frau – sie gehört lediglich zu den Genußmitteln wie eine Flasche Wein oder ein guter Kognak. Mir geht es übrigens genauso. Wir werden sechs fröhliche Wochen miteinander haben, und dann sehen wir uns nie wieder. Einverstanden?«

»Nein! Ich liebe dich doch. Das weißt du ganz genau. Mit dir ist es etwas ganz anderes! Ich kann mir schon nicht mehr vorstellen, ohne dich sein zu müssen.«

»Nach so kurzer Zeit?«

»Das ist es ja, was mich umhaut! Ich könnte jeden vierteilen, der dir näher als einen Meter kommt. Dieser degenerierte Raoul...«

»Du hast dich übrigens unmöglich benommen...«

»Noch lange nicht genug! Ich kann noch ganz andere Platten abspielen!« Er zog sein Hemd über den Kopf und streifte die Schuhe ab. »Was will der Kerl eigentlich? Ich komme an dieser Frage nicht vorbei. Wenn es allein um dich ginge, hätte er sich heute anders benommen.«

»Wie denn?«

»Nicht so blöde.«

»Er war doch sehr galant. Und tanzen kann er vorzüglich
– im Gegensatz zu dir!«

»War mein Tango etwa keine Wucht?«

»Er war ordinär und gemein. So tanzt man in Kaschem-
men! Das war doch kein Tango mehr – das war schon eine
halbe Vergewaltigung!«

Zipka zog sich ganz aus und stellte sich gleichfalls unter
die Dusche. Er nahm ein Wechselbad – erst heiß, dann
kalt.

Prustend kam er dann aus der Kabine und hüpfte im
Zimmer umher. Kathinka lag schon im Bett, ihre Schultern
waren nackt.

»Das tut gut!« rief Ludwig und frottierte sich ab. »Ein
kalter Guß! Jetzt könnte ich Bäume ausreißen!«

»Tu das bitte nicht«, sagte Kathinka sanft. »Komm endlich an meine Seite und sei brav... Wig, wir reden lauter
dummes Zeug! Und nur, weil wir uns noch nicht daran
gewöhnt haben, daß wir verändert sind. Wir beide! Ich
liebe dich – und das ist für mich so ungeheuerlich wie für
dich!«

Er setzte sich auf seine Bettkante, schob die Decke weg
und streckte sich aus. Er ließ genügend Platz zwischen sich
und Kathinka, die ihn erstaunt ansah.

»Du läufst mir nicht wieder weg?« fragte er dann.

»Nein, Wig...«

»Nicht nach diesen sechs Wochen?«

»Nein! Nie! Und du...?«

»Ohne dich wäre meine Welt kahl, entvölkert. Du bist
alles Leben...«

»Komm...« Sie breitete die Arme aus. Ihre Lippen zuckten. »Komm ganz schnell...«

Später schraken sie hoch, saßen im Bett und lauschten.
Von draußen hörte man ein fremdes, unerklärliches klap-
perndes Geräusch.

»Das ist ein Pferd«, sagte Ludwig leise. »Jemand führt ein Pferd über den Hof. Wie spät ist es?«

Kathinka griff nach ihrer Uhr. »Gleich ein Uhr. Wer reitet denn um diese Zeit...?«

»Das sehe ich mir an.«

Ludwig Zipka sprang aus dem Bett, lief ans Fenster und spähte durch die Gardine in die Nacht. Er sah nur zwei Schatten – ein Pferd, das von einem Mann geführt wurde. Am Tor schwang sich der Reiter in den Sattel und trabte in die Dunkelheit hinaus. Er war nicht zu erkennen, aber für Zipka war dennoch alles klar.

»Dein Marquis!« sagte er am Fenster. »Reitet davon wie Don Quichote.«

»Mitten in der Nacht?«

»Ich wußte nicht, daß Mondsüchtige auch reiten können. Nun, eben eine neue Form von Somnambulismus.«

Er kam zurück ins Zimmer und lehnte sich gegen das Bett.

»Hier ist etwas faul, Tinka!« sagte er dann ernst. »Niemand reitet nachts um ein Uhr durch die Gegend, ohne einen verdammt wichtigen Grund zu haben! Ich möchte zu gern wissen, was wir damit zu tun haben?«

»Wir ziehen morgen in die Mühle zurück, Wig.«

»Bravo! Dann wird sich zeigen, ob er uns ziehen läßt!«

»Und wenn nicht?«

»Dann geht hier einiges zu Bruch.«

»Wir werden den kürzeren ziehen, Wig. Sie sind in der Überzahl. Weißt du, wen er alles mobilisieren kann?« Kathinka sprang aus dem Bett und griff nach ihrer Wäsche. »Der Marquis ist weg. Das ist die beste Gelegenheit, auch wegzulaufen!«

»Unmöglich.« Zipka zeigte mit dem Daumen zum Fenster. »Draußen laufen die Bluthunde herum. Vor denen kapituliere selbst ich...«

179

XII

Raoul de Formentière erreichte die Moulin St. Jacques eine halbe Stunde später. Er gab sich keine besondere Mühe, leise zu sein, denn er würde niemandem begegnen.

Um diese Zeit lag Sergeant Emile Andratte selig schnarchend in seinem Bett, von der Ansicht gewiegt, daß nächtliche Streifen im Gebiet von Mas d'Agon eine reine Idiotie seien. Hier, im Herzen der Camargue, gab es nichts, was wert wäre, nachts gesetzwidrig mitgenommen zu werden. Hier klaute keiner Pferde, weil Hunde darauf aufpaßten. An die schwarzen Stiere wagte sich sowieso kein Mensch, denn eine wegdonnernde Herde würde sofort die Gardians aufwecken; und ein einzelner Stier, wild aufgewachsen, würde nie in einen Transporter zu verfrachten sein – eher ging der ganze Wagen in Trümmer.

Vor drei Jahren war es einmal vorgekommen, daß man drei Stiere auf der Weide abgestochen und zerlegt abtransportiert hatte. Aber dieser Fall wurde von Arles aus rasch gelöst, als der Fleischermeister René Lapoche seinen Lieferwagen in die Autoreparaturwerkstatt brachte und ein Stück Stierfell in einer Ritze gefunden wurde. Da man im Schlachthof nur Fleisch ohne Fell kaufen kann – und Lapoche kaufte im Schlachthof seinen Bedarf –, lud man ihn höflich zu einer Aussprache ins Polizeigebäude, legte ihm das Fellstück vor und sagte freundschaftlich:

»Es liegt bei dir, Lapoche. Entweder gestehst du, oder wir bringen dich zur Weide, wo die Stiere geschlachtet wurden.«

Lapoche wurde blaß. Er dachte an die Gardians, die ihn dort erwarten würden, und er gab sich keinen Illusionen hin, was man mit ihm anstellen würde. So gestand er.

Er fand sogar einen milden Richter, weil er nachweisen konnte, daß er mehr Geld brauchte, als er in seiner Fleischerei verdienen konnte. Er hatte ein feuriges Mädchen mit Zigeunerblut von der Großmutter her in St. Gilles –

und so etwas kostet eben Geld. Der Richter vernahm auch die Ehefrau von Lapoche, betrachtete sie und fühlte eine tiefe Kameradschaft zu dem Angeklagten in seiner gleichfalls männlichen Seele. Er verurteilte Lapoche unter Zubilligung mildernder Umstände zu zwei Monaten Haft mit Bewährung und zur Zahlung von 5000 Francs für das Waisenhaus von Arles.

Es gab also keine nächtlichen Polizeistreifen bei Mas d'Agon. Wanderer waren um diese Zeit gleichfalls ungewöhnlich – und auch kein Auto verirrte sich nachts hierher. Der Marquis de Formentière konnte ungehindert und im leichten Jagdtrab zur Mühle reiten.

Dort war aber – entgegen der Absprache, ab Mitternacht im linken oberen Fenster eine kleine Kerze brennen zu lassen – alles dunkel.

Der Marquis hielt sein Pferd an, musterte die dunkle Mühle und ritt dann vorsichtig näher. Das letzte Stück ging er schließlich zu Fuß. Dann klopfte er an den Laden des hinteren Fensters, das zur Küche gehörte.

Nichts rührte sich.

Sie ist eingeschlafen, dachte Raoul de Formentière. Immer das alte Lied: Auf Weiber ist kein Verlaß! Das heißt – bei Lulu hatte er so etwas noch nie erlebt, sie bildete darin eine Ausnahme. Sie war, so hatte er gefunden, eines jener modernen jungen Mädchen, die jeden alltäglichen Mann an Geistesgegenwart, Intelligenz und Willensstärke übertreffen. Schönheit und Unerschrockenheit – das ist eine seltene Mischung. Lulu, fand der Marquis, war darin eine ideale Kombination.

Ein wenig unruhig ging er zur Mühlentür und wollte dagegen klopfen, als er den Zettel sah. Er war mit einem Klebefilm an das Holz geheftet und flatterte im Nachtwind.

Raoul riß den Zettel ab, trat zurück und knipste sein Feuerzeug an. Im Schein der zuckenden Flamme las er die wenigen Zeilen und wußte sofort, daß er durch einen satanischen Zufall in einen Zweifrontenkrieg geraten war.

Er konnte für ihn zur totalen Vernichtung führen...

Langsam faltete er den Zettel zusammen, stieß die Tür auf und betrat die Mühle. Hier zündete er eine der Petroleumlampen an, ging nach hinten in eine Art Lagerraum, wo früher Mehlsäcke gestapelt worden waren, räumte allerlei Gerümpel zur Seite und legte eine Falltür frei. Sie war schwer zu entdecken, so vollkommen war sie in den Boden eingelassen.

Mit einem Stahlhaken, den er aus der Tasche zog, hob er die Tür an, klappte sie hoch und stieg dann auf einer schmalen Leiter nach unten. Hier weitete sich ein gut isolierter Raum, mit dicken Steinen ausgemauert, muffig-kühl, aber trotz des nahen Grundwassers trocken.

Der Marquis de Formentière hob die blakende Lampe.

Aufeinandergestapelte Kisten und Kartons, Reihe hinter Reihe, standen da. Auf einer hölzernen Palette, gegen die Bodenfeuchtigkeit abgeschirmt, hatte man kleine weiße Leinensäcke geschichtet.

Raoul überblickte versonnen seinen Schatz und überlegte.

Die Sachen zu verlagern war unmöglich, auch wenn Lulu oder Alain ihm dabei helfen würde. Es gab nur eines: Zeit zu gewinnen, bis man die Lieferung abholte. Alle Probleme müßten gelöst werden, ehe die neue Lieferung eintreffen würde. 100 000 Francs dürften da keine Rolle spielen.

Eine halbe Stunde später verließ der Marquis die Moulin St. Jacques, aber er ritt nicht zurück zu seinem Gut...

Er ritt in Richtung Dom de Méjeanne am Ufer des Étang entlang und hielt vor einer der verstreut und in völliger Einsamkeit liegenden Fischerhütten an. Hingeduckt lag das Haus am See, weiß getüncht, von Tamarisken und Weidenbüschen umgeben, mit verwittertem Zaun und einem hochrädrigen Karren in einer offenen Remise.

Marquis de Formentière stieg vom Pferd, band das Tier an dem Zaun fest, trat an das Haus heran und klopfte an eines der verriegelten Fenster. Von innen klang es hohl zurück, als schlüge er auf eine große Pauke.

Nun glaube man nicht, diese Gegend sei so etwas wie ein verwunschenes Märchenland, wo es noch ein Dornröschen geben könne, ein Gebiet dieser Erde, umsponnen von unzerstörten Jahrhunderten, ein Paradies voller Wohlklang und Seligkeit...

Man soll sich nicht täuschen lassen durch die zauberhaften Flamingoherden, die Reiherschwärme, die Rudel der weißen Pferde und schwarzen Stiere der Camargue, durch die in der Sonne schimmernden, silbern glänzenden Wasserflächen der Étangs mit ihren Schilfinseln und Tamariskenhainen... Überall wohnen auch Menschen in ihren kubischen, flachen, geputzten und bemalten Steinhäusern: Fischer, Bauern, Hirten und Handwerker. Und wenn sie auch friedlich, freundlich, manchmal auch verschlossen sind, weil die Natur ihnen mehr zu sagen hat als die Mitmenschen, so bewahrheitet sich doch im Grunde die alte Regel: Wo drei Menschen zusammenstehen, da hört der Frieden auf.

Gewiß, die Bewohner dieser Camargue, dieses riesigen Naturschutzparks an der Mündung der Rhône, sind Menschen besonderen Schlages. Das Wetter hat sie gegerbt – nicht nur ihre Haut, auch die Seele. So leicht sind sie nicht zu erschüttern, weder durch Unwetter oder Trockenheit, noch durch Mückenplage, Rinderpest, Pferderotz oder Bremsenbefall. Auch menschliche Schwächen werden im allgemeinen von der allgegenwärtigen Ruhe und unermeßlichen Weite aufgesaugt, aber wenn so ein Mann wie Marcel Bondeau in der Gemeinde wohnt, dann kann man schon einmal die Geduld verlieren. Da kann man die Mütze in den Nacken schieben, die Ärmel hochrollen und nach guter alter Sitte losdreschen – auf diesen Marcel Bondeau, der sich dann auch nicht wehrt, weil er diese Prügel gewöhnt ist.

Marcel Bondeau ist ein Kind der Camargue.

Schon sein Urgroßvater hatte Spuren hinterlassen: Dominique Bondeau ging in die Geschichte dieser Landschaft ein, weil er das Kunststück fertiggebracht hatte, sich totzusaufen. Das will etwas heißen, weil er ja mit Landwein großgezogen wurde und ein Anisschnaps zur täglichen Blutdruckregulierung gehörte.

Sein Sohn Frédéric war kein Säufer – er war ein Spinner. Er malte. Nun ist Malen in Frankreich und vor allem in der Provence die edelste Kunst, die man sich denken kann, und ein Maler genießt weitgehend Narrenfreiheit – aber was sich Frédéric Bondeau leistete, überstieg das Maß des Duldsamen. Er nannte sich überflüssigerweise »Vincent II.«, womit er unterstrich, ein zweiter van Gogh zu sein.

Das hätte man noch hingenommen, aber als er begann, die weißgetünchten Hauswände seiner Nachbarn und später seiner weiteren Umgebung mit unanständigen Zeichnungen zu beschmieren – und alles mit der Begründung, so sei in Wahrheit der Mensch –, begann man zum erstenmal, die Familie Bondeau gesondert zu behandeln. Frédéric, das verkannte Genie, wurde ab und zu kräftig verprügelt und starb im Alter von 55 Jahren im Wahnsinn – wie sein großes Vorbild van Gogh.

Der Vater unseres Marcel, der Maurerpolier Yves Bondeau, war eine Type besonderer Art: Er soff wie sein Großvater, malte dagegen nicht wie sein Vater, sondern erzählte überall, wo er auftrat, ungeheuer schweinische Witze. Auch tat man besser, alles Weibliche aus seiner Nähe zu entfernen, nicht nur der Witze, sondern auch seiner Hände wegen, die blitzschnell und mit sicherem Griff unter jeden Weiberrock fuhren und helles Geschrei der Belästigten entfachten.

Man sollte nun meinen, daß die Leute am Étang ihre Fäuste schwingen ließen, um diesem Ausbund der Familie Bondeau halbwegs Manieren beizubringen, aber leider war das nicht möglich.

Yves Bondeau, der Maurerpolier, war ein bärenstarker

Kerl, der Zementsäcke wie Bäckertütchen umhertrug, Steine auf seinen Schultern stapeln konnte und im Notfall ein Zweileiterngerüst allein heranschleppte. Wo Yves hinschlug, da mußte die Ambulanz anrücken – darunter tat er es nicht. Die ganze Gegend atmete darum auf, als Yves Bondeau eines Tages vom Gerüst fiel und sich das Genick brach. Die Legende, daß man in der Kirche von St. Gilles aus diesem Grund ein Dankgebet gesprochen und mehrere lange Kerzen geopfert habe, dagegen ist unwahr.

Belastet mit der Erbmasse seiner Vorfahren, lebte nun Marcel Bondeau in dem einsamen Haus am Étang. Er war ein Säufer wie sein Urgroßvater, ein Schmierfink wie sein Großvater, ein Lästermaul wie sein Vater, außerdem war er ebenfalls Maurer. Er besaß eine Frau, die er liebevoll »mein Ferkelchen« nannte, nur fehlte ihm die Kraft seines Vaters. Man konnte ihn also ungestraft verprügeln.

Doch etwas anderes zeichnete ihn aus, wie ja ein Sproß der Familie Bondeau immer etwas Außergewöhnliches zu bieten hatte: Wenn er betrunken war und in eine Schlägerei verwickelt wurde, konnte er nach einem Schlag auf seinen Kopf in einen totenähnlichen Zustand verfallen.

Als das zum erstenmal geschah, versteckte sich der unglückliche vermeintliche Totschläger im festen Glauben, Marcel erschlagen zu haben. Dr. Bombette, den man sofort rief, stellte auch tatsächlich keine Atmung mehr fest, fertigte einen Totenschein aus und ließ Marcel Bondeau in die Leichenhalle transportieren. Sergeant Andratte begann mit der Suche nach dem Totschläger, wurde aber nach einem Tag wieder zurückgerufen. Ein Wunder war geschehen: Marcel Bondeau erhob sich aus seinem Sarg, gähnte, reckte die Arme, blies einen nicht sehr gut duftenden Alkoholatem von sich, stieg über ein altes Mütterchen, das an einem Nachbarsarg betete und bei seinem Anblick prompt in Ohnmacht fiel, hinweg, nahm ein fremdes Fahrrad, das an der Leichenhalle lehnte, und fuhr pfeifend an den Étang und in sein Haus zurück.

Josephine, seine Frau, die aus Freude über Marcels Ableben sich einen Braten gegönnt hatte, bekam ein blaues Auge. Sodann erschien Marcel Bondeau bei dem Sergeanten, der ebenfalls erbleichte, und beschimpfte ihn. Der nächste war Dr. Bombette. Er mußte sich sagen lassen, ein Nachttopfschwenker zu sein – aber kein Arzt. Der Doktor mußte eine Bescheinigung ausschreiben, daß Bondeau weiterhin lebte, darauf verkroch der Doktor sich in seine Bibliothek, um nachzulesen, welche merkwürdige Krankheit Bondeau befallen haben könne. Es zeigte sich, daß in der gesamten medizinischen Literatur so ein krasser Fall von Scheintotsein noch nicht beschrieben worden war. Es war unverkennbar ein psychisches Problem, das Marcel Bondeau zum Wunderknaben machte, denn von da ab fiel er noch siebenmal in diese Todesstarre, wenn er in betrunkenem Zustand verprügelt wurde. Ein Totenschein wurde nicht mehr ausgestellt. Man brachte den Scheintoten lediglich nach Hause und legte ihn der unglücklichen Josephine vor die Haustür.

Es ist notwendig, das alles zu wissen, wenn man verstehen will, warum der Marquis de Formentière in dieser Nacht an das Fenster des Hauses von Marcel Bondeau klopfte.

Wenn jemand nach Mitternacht an die Fensterläden hämmert und dabei brüllt: »Aufmachen, Bondeau! Kommen Sie heraus!«, dann kann das nur bedeuten, daß irgendein Mensch einen Rachefeldzug gegen Bondeau begonnen hat. Ungewohnt war dabei nur die Anrede mit »Sie«...

Bondeau huschte aus dem Bett, riß eine langstielige Axt von der Wand und spuckte in beide Hände. Josephine, seine brave Frau, bewaffnete sich mit einem Knüppel, den Marcel in weiser Voraussicht mit Nägeln gespickt hatte.

»Wo warst du heute?« zischte sie ihn an. In ihrem langen grauen Leinennachthemd sah sie geradezu gespenstisch aus. »Was hast du wieder angestellt? Wen hast du beleidigt? Wer kann das sein?«

»Ein Fremder!« Marcel lauschte und wog die Axt in den Händen. »Das muß ein Fremder sein. Er ruft: ›Kommen Sie heraus!‹ – Aber ich habe doch heute keinen Fremden getroffen...«

»Ein Tourist vielleicht? Überlege! Hast du vielleicht einer Touristin in die Bluse gegriffen?«

»Ich habe bei Pauillac eine Mauer hochgezogen! Ich hatte gar keine Zeit. Heute war ein ausgesprochen ruhiger Tag. Ich weiß wirklich nicht, was der da draußen von mir will!«

»Das werden wir gleich erfahren!«

Josephine ging zur Tür, und während Marcel sich breitbeinig hinstellte und die Axt hoch über den Kopf hob, was recht furchterregend aussah, stieß Josephine die Haustür auf.

Draußen regte sich zunächst nichts.

»Herein!« brüllte jetzt Bondeau heiser. »Komm herein, du Kerl! Hier stehe ich – Marcel Bondeau... Zeige dich!«

»Ich muß mit Ihnen sprechen«, ertönte jetzt aus dem Dunkel der Nacht eine Stimme.

»Hihi! Hoho!« rief Bondeau mit voller Kraft, mutiger geworden. »Steck den Kopf durch die Tür, oder ich mache dich zum Sterndeuter!«

Josephine war couragierter als ihr Mann, wie ja überhaupt Frauen in prekären Situationen meist das Richtige tun.

Josephine also drückte den nägelgespickten Knüppel an sich, trat hinaus in die Dunkelheit und rief:

»Von mir wollen Sie ja nichts. Kommen Sie also näher...«

Dann schwieg sie abrupt, ließ den Knüppel fallen und machte eine Art Knicks.

Marcel, der diesen erstaunlichen Vorgang im sicheren Haus beobachtete, schnaufte laut und ließ die Axt sinken. Wenn Josephine demütig wurde, gab es nur drei Erklärungen: Der Pfarrer war gekommen, Dr. Bombette stand vor der Tür, oder aus Arles hatte sich ein höherer Polizeibeamter herbemüht. Jede dieser drei Möglichkeiten bedeutete aber Unangenehmes...

Josephine trat zu Seite, und der nächtliche Klopfer kam in Marcels Blickfeld. Nun verstand Bondeau, warum seine Frau so demütig reagiert hatte. Er stützte sich auf den langen Axtstiel, kraulte sich in seinem lockigen Haar und grinste verlegen.

»Herr Marquis...«, sagte er unsicher. »Na, so was! Mitten in der Nacht! Sind Sie's wirklich?«

»Darf ich hereinkommen?« fragte Raoul de Formentière höflich. Dabei breitete er beide Arme aus. »Sie sehen, ich bin unbewaffnet.«

»Haha! Ein guter Witz, Herr Marquis!« Bondeau lachte unsicher. Er stellte seine Axt weg und klopfte gegen seine Brust. »Ich jetzt auch. Sie wollen wirklich hereinkommen? In mein Haus? In diese Bude?«

Er drehte sich um, rannte in den Wohnraum, rückte einen Stuhl zurecht, wischte ihn mit einem Lappen ab und schleuderte die Flasche Pastis, die er am Abend zuvor ausgetrunken hatte, in eine Ecke. Von der Zimmerdecke brannte eine nackte Glühbirne und pendelte nun hin und her, als Bondeau mit dem Kopf dagegengestoßen war.

Der Marquis benahm sich so, als sei er nichts anderes gewöhnt als diese Verkommenheit, setzte sich auf den Stuhl, schlug die Beine übereinander und wartete, bis auch die beiden Bondeaus einen Platz gefunden hatten.

»Wollen Sie 5000 Francs verdienen?« fragte er dann ruhig.

Bondeau starrte ihn fassungslos an und schwieg.

Josephine faltete instinktiv die Hände, als habe der Marquis mit einer Messe begonnen.

»Dazu eine Kiste Wein und eine mit Anisschnaps.«

Bondeau schluckte krampfhaft, aber schwieg noch immer. Er glotzte den Marquis an – es war der Blick eines Fisches, der aufs Trockene geworfen worden war.

Josephine begann leicht zu zittern, einerseits wegen der 5000 Francs, andererseits wegen der zwei Kisten Alkohol, deren Konsum unübersehbare Komplikationen nach sich ziehen konnte. Sie hatte ihre Erfahrungen...

»Noch nicht genug?« fragte der Marquis und lächelte maliziös. »Ich lege also noch ein Erfolgshonorar von 2000 Francs zu, wenn alles klappt.«

»Wen soll ich umbringen?« fragte Bondeau dumpf.

Ein anderer Auftrag war bei der Höhe der Summe nicht denkbar.

»Ich habe das noch nie gemacht...«

»Er ist ein versoffener Kerl«, jammerte Josephine und rang die Hände. »Aber Marcel hat noch nie einen Menschen umgebracht.«

»Er soll sich ja nur selbst umbringen«, sagte der Marquis lässig.

»Für 7000 Francs und zwei Kisten?« stotterte Bondeau. »Was habe ich dann von den Flaschen, he?«

»Ich werde es Ihnen erklären, Monsieur Bondeau.«

Marcel zog den Kopf in die Schultern. Monsieur Bondeau – nun wurde es gefährlich! Diese Anrede war ihm völlig fremd. Selbst die Polizisten in Arles sagten: »Nun sag mal die Wahrheit, Marcel. Mach dein Maul auf, Kerl...«

»Monsieur« hatte noch nie jemand zu ihm gesagt. Er verfiel in Nachdenken... Doch ja, vor neun Jahren!

Da war aus der Stadt ein neues Dienstmädchen zu Madame Lefèvre gekommen. Madame besaß eine Sommervilla bei Pâtis de la Trinité; sie war aus Avignon gekommen, war unermeßlich reich, weil sie einen Weingroßhändler beerbt hatte, und holte Marcel immer zu Ausbesserungsarbeiten. So auch vor neun Jahren... Er versetzte eine Küchenwand, und da hatte ihn das neue Dienstmädchen mit einem schicklichen »Guten Tag, Monsieur!« begrüßt. Bondeau bedankte sich dafür, indem er das Dienstmädchen schwängerte. Er kam aber aus der Affäre glänzend heraus, weil auch der Chauffeur von Madame Lefèvre an der Vaterschaft beteiligt war. Als anständiger Mensch heiratete er dann das Mädchen. Wie lange war das alles her...

»Was Sie auch sagen werden, Herr Marquis«, stammelte Bondeau nun, »ich möchte auf jeden Fall gern weiterleben.«

»Das sollen Sie auch! Was ich von Ihnen benötige, ist Ihre einmalige Fähigkeit, tot umzufallen, ohne tot zu sein! Drücke ich mich klar aus?«

»Nein!« stotterte Bondeau, immer noch benommen.

»Das hat uns schon Schwierigkeiten genug gebracht«, ergriff die gute Josephine zitternd das Wort. »Dr. Bombette behandelt meinen Mann überhaupt nicht mehr, wenn er plötzlich umfällt. Dabei könnte er doch einmal wirklich tot sein... Wer stellt das dann fest?«

»Die Medizin ist heute so vollkommen, daß man genau unterscheiden kann, wessen Lebensfunktionen nur auf ein Mindestmaß herabgesetzt sind – oder wer eben wirklich tot ist – endgültig!«

»In der Stadt vielleicht«, sagte Bondeau dumpf. »Aber hier? Wir sind auf Dr. Bombette angewiesen.«

»Das ist ja gerade das Gute, Monsieur Bondeau. Ich werde dafür sorgen, daß Dr. Bombette wieder einen Totenschein ausstellt.«

»Das macht er nie!«

»Er wird es tun, verlassen Sie sich darauf! Und Sie müssen zwei oder drei Tage liegen bleiben.«

»Dann begraben sie ihn lebendig!« schrie Josephine los. »Marcel, lehne dieses Geschäft sofort ab! Das ist ja unchristlich...«

»Ich werde dafür sorgen, daß Ihnen nichts geschieht, Monsieur Bondeau. Mein Diener Alain wird Sie mit Essen und Trinken versorgen und Wache an Ihrem Sarg halten, damit niemand Sie stört.«

Raoul de Formentière griff in die Tasche seines Reitanzuges, zog ein Bündel Geldscheine heraus und warf es auf den Tisch.

Marcel Bondeau glotzte wie ein Frosch, der über sich einen Storchenschnabel entdeckt.

»Eine Anzahlung! 2000 Francs...«

»Und ich soll regungslos herumliegen?« fragte Marcel ergriffen.

»Ja, und auch nur dann, wenn Fremde kommen. Sonst können Sie mit Alain Karten spielen oder trinken – was Sie wollen! Sie müssen nur tot sein, wenn man Sie besichtigt.«

»Für 7000 Francs?« Bondeau schüttelte sich, als käme er aus dem Wasser. »Und warum?«

»Das erkläre ich Ihnen sofort.« Raoul de Formentière wechselte die Beinstellung. »Ihre Aufgabe ist mehrteilig. Zunächst betrinken Sie sich, bis Sie randvoll sind...«

»Das kann er am besten!« warf Josephine ein.

»Halt's Maul, Ferkelchen!« sagte Marcel gespannt.

»Dann werden Sie einem Ehepaar begegnen. Einem sportlich trainierten Mann und einer schönen, sehr eleganten Dame. Es sind Deutsche, aber sie sprechen sehr gut französisch. Wenn Sie also zu Madame sagen: ›Schätzchen, für uns zwei habe ich ein Bett reserviert...‹ «

»So was sage ich nie!« reklamierte Bondeau und wehrte mit den Händen ab. »Ich mache das viel einfacher! Ich fasse sie um den Unterleib und flüstere: ›Los, bébé...‹ « Marcel grunzte zufrieden. »Das wirkt immer, was, Josephine? So habe ich auch meine Frau kennengelernt, Herr Marquis. – Aber das geht hier schlecht...«

»Warum?«

»Der Mann wird mir eine runterhauen!«

»Genau das soll er! Und dann fallen Sie tot um! Damit ist Ihre Aufgabe erledigt. Der Ehemann soll sich als Mörder fühlen...«

»Aber ich bin doch in drei Tagen wieder da...«

»Dann ist alles längst vorbei.«

Raoul de Formentière erhob sich. Bondeau und Josephine zuckten von ihren Stühlen hoch. »Einverstanden?«

»Hat man eine Wahl, wenn man arm ist?« antwortete

Josephine kläglich anstelle ihres Mannes. Sie faltete von neuem die Hände und schaute treuherzig gegen die niedrige Zimmerdecke. »Gott möge uns verzeihen, daß wir die ewige Ruhe so mißbrauchen.«

»Das wird er tun...«, bestätigte der Marquis lakonisch.

»Und ich werde eine mustergültige Leiche sein«, sagte Marcel Bondeau, während er die Geldscheine zählte. Es waren tatsächlich genau 2000 Francs. »Sie werden an mir nichts auszusetzen haben, Herr Marquis...«

XIII

Kathinka Braun und Ludwig Zipka warteten im dunklen Zimmer am Fenster auf die Rückkehr des Marquis.

Nach langer Zeit hörten sie Pferdegetrappel. Der Reiter stieg wieder am Tor ab und führte das Pferd am Zügel in den Stall, so leise, wie das möglich war. Der Marquis blickte einmal kurz zu dem Fenster hinauf und schien beruhigt zu sein, als sich dort nichts rührte.

»Benimmt sich so jemand, der ein reines Gewissen hat?« fragte Zipka leise. »Wie lange war er jetzt weg?«

»Über vier Stunden. Die Morgendämmerung kommt ja schon...«

Über dem fernen Rhônedelta wurde der Himmel wirklich schon streifig. Ein Lichtschimmer kroch über den Horizont. Die Nacht wurde fahl – der gleitende Übergang zum flammenden Morgenrot hatte begonnen.

»Bis zum Frühstück können wir noch etwas schlafen«, meinte Zipka und gähnte. Er ging zum Bett und ließ sich auf die bezogene Wolldecke fallen.

Kathinka blieb am Fenster stehen.

»Kannst du jetzt wirklich schlafen?« fragte sie vorwurfsvoll.

»Da die adeligen Nächte anstrengend zu werden scheinen, sollten wir jede Gelegenheit wahrnehmen, Vorräte an Schlaf zu sammeln, Tinka. Bis zum Frühstück passiert nun nichts Dramatisches mehr, das ist sicher.«

»Ich bekomme kein Auge zu, Wig. Ich bin hellwach. Mein Gott, mußt du Nerven haben, jetzt schlafen zu können...«

»Es wird nicht besser, wenn ich im Zimmer herumlaufe.«

Er klopfte einladend auf das Bett. »Tinka, Liebling – leg dich hin! Wir können es uns nicht leisten, dann müde zu sein, wenn wir alle Kraft brauchen.«

Kathinka nickte, legte sich brav neben ihn und kuschelte sich in seinen Arm, den er unter ihren Nacken schob.

Er streichelte ihre Wange und spielte zart mit ihrem Haar. Es war eine Zärtlichkeit, in die sie hineingleiten konnte, die beruhigte und ihr alle Angst nahm.

»Ich habe eine Idee...«, sagte Kathinka plötzlich.

»Vorsicht! Bisher waren deine Ideen Bumerangs, die uns Beulen einbrachten.«

»Wir fahren weiter!« Sie hob den Kopf, küßte Zipka auf die Nase und legte sich dann wieder zurück in seine Armbeuge. »Was hältst du davon? Wir fahren einfach weiter – die ganze Küste entlang bis zu den Pyrenäen. Dort, im Languedoc–Rousillon, gibt es wunderbare Strände und glasklares Wasser. Und wir sind weit, weit weg von der Camargue.«

»Du willst also weglaufen?«

»Wenn du es so nennst...«

»Du hast Angst!«

»Ja.«

»Wir werden damit noch ein paar Tage leben müssen.« Zipka schloß die Augen und drückte Kathinka an sich. »Dieser Marquis reizt mich jetzt. Irgend etwas mißfällt ihm an unserer Anwesenheit – und das muß ich herausbekommen! Es ist mir so, als ob ich seinen Lebensraum störte. Aber – womit?«

Ludwig gähnte von neuem, reckte sich etwas und fuhr mit leiser werdender Stimme fort:

»Flüchten? Nie! Wir drehen den Spieß um! Wir werden dem eleganten Raoul nicht mehr von der Pelle gehen. Wir werden an ihm kleben wie die Bienen an den Honigwaben. Er hat uns gerufen – voilà, nun sitzen wir ihm im Nacken! Irgend etwas muß er unternehmen, und darauf lauere ich wie der Fuchs auf die Gans... Himmel, bin ich müde! Guts Nächtle, Schätzle...«

»Affe!«

Kathinka lag wach und hörte mit Erstaunen, daß er wirklich einschlief und langgezogen atmete

Draußen flammte der Himmel immer stärker, die Schöp-

fungsminuten eines neuen Tages ließen Kathinkas Herz
schneller klopfen. Dann schlief auch sie ein, unmerklich ins
Vergessen schwimmend.

Im Hause Marcel Bondeau fand um diese Zeit eine Art
Zimmerschlacht statt.

Josephine hatte sich hinter den Tisch verschanzt und
bewarf Marcel mit Töpfen und Geschirr; Bondeau dagegen
schwang einen zerfransten Besen und versuchte, seine liebe
Frau über den Kopf zu schlagen oder vor die Brust zu
stoßen. Es ging um die 2000 Francs, die der Marquis
angezahlt hatte.

Josephine hatte das Geld schnell an sich gerafft und in
ihr Nachthemd zwischen ihre Brüste gesteckt, während
Marcel seinen nächtlichen Gast höflich bis zur Tür begleitete. Als er zurückkam, vermißte er sofort das Geld.

»Gib das Geld raus, Ferkelchen«, sagte er noch freundlich.

»Das ist nicht zum Versaufen!« schrie Josephine gebieterisch. »Zum erstenmal ist Geld im Haus! Davon bezahle
ich Schulden.«

»Sie will Schulden bezahlen!« brüllt Bondeau und raufte
sich die Haare. »Seit wann bezahlt ein Bondeau Schulden?
Schulden macht man, aber man bezahlt sie nicht! Sonst
wären es doch keine Schulden! Her mit dem Geld!«

»Nur über meine Leiche!«

»Das kannst du haben!«

So begann der Kampf, und er stand zur Zeit noch
unentschieden.

Marcel hieb mit dem Besen um sich, Josephine bombar-
dierte ihn mit Tellern und Flaschen, von denen genug
vorhanden waren.

Als das Morgenrot blutig ins Haus der Bondeaus
strahlte, beantragte Marcel einen Waffenstillstand. »Jedem
die Hälfte!« schlug er vor. »Das ist fair!«

»Keinen Sou für deine Sauferei!« versetzte Josephine

stur. »Du bekommst ja vom Marquis sowieso noch zwei Kisten voll!«

»Hinterher! Aber ich muß mich doch vollaufen lassen, um den Toten zu spielen!«

»200 Francs – nicht mehr!«

»Das reicht nicht! Damit werde ich nur fröhlich, aber nicht voll!« Bondeau stütze sich auf den Besen. »Es wird verlangt, daß ich umfalle. Wenn das danebengeht – welche Blamage! Und das ganze Geld ist weg. Verdammt, ich brauche Betriebskapital!«

Die Schlacht ging weiter, und als die Sonne den Himmel vergoldete, wurde Marcel Sieger. Er erwischte Josephine am Kopf, sie taumelte benommen zurück, er konnte zugreifen, riß ihr das Nachthemd vom Leib und holte zwischen ihren Brüsten eine Handvoll Scheine hervor. Das andere Geld flatterte zu Boden.

Josephine war froh, daß Bondeau nicht das ganze Geld nahm, sondern sich mit der gemachten Beute begnügte. Sie kapitulierte mit einem tiefen Seufzer, während Marcel schon aus dem Haus stürzte.

Vielleicht fällt er diesmal wirklich tot um, dachte Josephine nicht sehr christlich und stellte sich vor, wie anders die Welt aussähe, wenn es keinen Marcel mehr gäbe...

Sie würde dann wegziehen, nach Avignon vielleicht, wo sie als Blumenbinderin gutes Geld verdienen könnte. Und einen anderen Mann würde sie auch finden, wenn auch nicht von der Kraft ihres Marcel...

Sie seufzte wieder, hob die Geldscheine auf und zählte.

Der zurückgebliebene Betrag machte sie zufrieden. Er war höher, als er gewesen wäre, wenn sie Marcel das gegeben hätte, was sie sich vorgenommen hatte. Die Dummheit der Männer schlägt doch manchmal Saltos...

Auf dem Gut deckte Alain den Frühstückstisch. Dann läutete er den Marquis an.

»Soll ich die Herrschaften wecken?«

»Haben sie eine Zeit genannt?«

»Nein. Monsieur sagte nur, er möchte nicht zu spät frühstücken, weil er noch etwas herumfahren wolle...«

»Dann läuten Sie an.«

Raoul de Formentière lag noch in seinem Bett und las zum wiederholtesten Mal den Erpresserzettel, den er von der Mühlentür gerissen hatte. Und je länger er den Text studierte, desto merkwürdiger und dümmer kam er ihm vor. Über eines war er sich ganz klar: Das waren keine Profis! Keine ernst zu nehmenden Gegner, das war kein Gegenschlag von etwaigen Konkurrenten, deren Eiseskälte er gut genug kannte. Nehmen wir an, dahinter steckte Armand Dularge.

Geradezu lächerlich, daß er einen Brief schriebe, 100 000 Francs forderte und Lulu dann laufen ließe. Dularge hätte das Mädchen längst durch seine Bestalitäten zum Reden gebracht und den Lagerraum geleert. In der gleichen Nacht noch.

Auch Zubiniak, dieser viehische Kerl aus dem Libanon, hätte keinen Augenblick gezögert, Lulus schönes Gesichtchen zu zerschneiden, um an das Geheimnis heranzukommen.

Nein, wer solche Briefchen an Türen heftet und sich mit lächerlichen 100 000 Francs zufriedengibt, der ist ein Zufallsgauner! Aber auch die können zu einer Plage werden, wenn sie meinen, eine Zapfstelle gefunden zu haben, die man beliebig oft aufdrehen kann.

Raoul de Formentière beschloß, kontinuierlich vorzugehen: erst Ludwig Zipka, dann diese Anfänger im Gangstergeschäft. Um Lulu machte er sich keine Sorgen – viel schlimmer war, daß die Mühle jetzt ganz ohne Aufsicht war.

Er faltete den Erpresserzettel sorgfältig zusammen, nahm ein kühles, erfrischendes Bad, weil bereits die Morgensonne ungewöhnlich warm schien, wählte einen eleganten sandfarbenen Anzug mit einem Seidenhemd und einem seidenen Halstuch, besprühte sich mit einem diskreten Parfüm und war mit sich selbst zufrieden. Er haßte das brutale Geschäftsgebaren seiner Partner oder Konkurrenten, bei denen ein Menschenleben nichts galt.

Man kann es auch anders machen, und das hatte er bisher bewiesen. Viele in der Branche hielten ihn für einen Spinner und nahmen ihn nicht ernst – aber nachdem er in den letzten drei Jahren auf seine elegante Art das Geschäft für ganz Südfrankreich an sich gerissen hatte und zwei besonders hochnäsige Gegner zufällig nacheinander im Mittelmeer ertranken – der Marquis nahm an den Begräbnissen teil und trug eigenhändig riesige Kränze hinter den Särgen her –, änderten sich die Ansichten. Nun nannte man den Marquis de Formentière einen »Satan im Frack«. Raoul tat nichts, um diesen Ruf zu dementieren.

Das Telefon läutete wieder.

Alain meldete, daß die Herrschaften im Wintergarten angekommen seien und daß Monsieur gesagt habe: »Alain, ich habe wunderbar geschlafen. Und dieses zauberhafte Wetter! Ich habe Hunger, der nur mit sechs Eiern zu stillen sein wird...«

Nach dem Frühstück, bei dem Raoul vor Charme geradezu sprühte, von Entenjagden in den Étangs erzählte und ankündigte, man wolle gemeinsam eine Stierzucht besichtigen, wo die Kampfstiere für die unblutigen Stierkämpfe in der Arena von Arles trainiert wurden, zeigte er Kathinka und Zipka seine Besitzung.

Die drei Hunde folgten ihnen in angemessener Entfernung, fabelhaft dressiert, immer zugegen und doch nie auffallend.

»Zu Mittag speisen wir in Mas d'Agon«, schlug der Marquis vor, während Alain eisgekühlten Orangensaft servierte. »Ich mußte es den guten Dupécheurs versprechen. Es ist ihnen eine besondere Ehre, für uns zu kochen. Ich sage Ihnen, Madame: François brät einen Lammrücken, wie Sie ihn an der ganzen Côte nicht bekommen! Und seine

Langoustinen vom Grill – ein Gedicht! Das dürfen wir nicht versäumen.«

Gegen ein Uhr stand Alain mit dem Wagen bereit. Kathinka legte in ihrem Zimmer noch etwas Rouge auf, Zipka wechselte das Hemd. Es war sehr heiß geworden.

»Verstehst du das alles?« fragte sie beiläufig. »Nichts passiert!«

»Er ist ein ganz raffinierter Hund.«

»Der sich aber wie ein Grandseigneur benimmt, Wig. Und wenn wir wirklich nur Gespenster sehen? Wenn wir nichts anderes als seine Gäste sind? Dieses Essen bei Dupécheur, das Programm, das er sich ausgedacht hat – wirklich nur absolute Gastfreundschaft?«

»Ich gebe zu, daß ich auch schwanke«, sagte Zipka. »Es wäre zu schön, wenn ich mich geirrt hätte...«

Um diese Zeit hatte man in Mas d'Agon bereits Alarm gegeben:

Marcel Bondeau trank wie noch nie! Und am aufregendsten war, daß er bar bezahlte! Er griff einfach in die Tasche und legte Francs auf die Theke!

Sergeant Andratte konnte es nicht fassen, als er es am Telefon hörte.

»Nur die besten Sachen säuft er!« meldete Dupécheur. »Und wie! Er gießt es in sich hinein, als sei er ein Faß. Es ist geradezu unheimlich! Emile, das mußt du dir ansehen! Marcel steht da, hält die Flasche an den Mund, als blase er ein Clairon! Was soll ich machen? In einer halben Stunde habe ich den Marquis und das deutsche Ehepaar zu Gast! Bondeau beleidigt durch seine Anwesenheit mein Haus!«

»Schmeiß ihn raus!« riet Andratte zunächst.

»Das kann ich nicht. Er bezahlt bar! Nach der Gewerbeordnung bin ich verpflichtet, jeden zu bedienen, der zahlen kann! Wenn aber nun die Polizei...«

»Ich kann nur eingreifen, wenn Bondeau die öffentliche Ordnung oder Ruhe stört.«

»Gröhlt er wenigstens?«

»Nein, nein, er säuft still vor sich hin.«

»Spuckt er in die Gegend? Verstößt er irgendwie gegen die guten Sitten?«

»Nichts dergleichen! Er benimmt sich mustergültig. Ich sage ja, es ist unheimlich. Was soll ich nur tun?«

»Ich komme!«

»Danke, Emile.«

Aber auch Sergeant Andratte fand keinen Grund einzugreifen, als er bei Dupécheur erschien. Im Gasthaus stierte ihm Marcel Bondeau bereits volltrunken entgegen, aber er legte trotzdem, höflich die Obrigkeit grüßend, die Hand an die Stirn und lallte: »Vive la France, Sergeant!«

Andratte schluckte. Dagegen war man machtlos. Man kann einen Menschen nicht verhaften, weil er sein Vaterland hochleben läßt. Wie alle, so blickte auch Andratte ungläubig drein, als Bondeau eine neue Flasche bestellte und das Geld dafür auf die Theke legte.

»Geh nach Hause, Marcel!« meinte Andratte gütig. »Genug für heute!«

»Monsieur Bondeau«, erwiderte Marcel erschreckend ruhig. »Ich heiße Monsieur Bondeau, Sergeant. Als Bürger der großen französischen Republik habe ich das Recht, mit Monsieur angeredet zu werden. Was sagten Sie bi– bitte, Sergeant?«

Andratte schluckte einen Fluch hinunter und wurde rot.

»Keine weiteren Worte!« Bondeau winkte ab, klopfte auf die Theke, worauf Dupécheur mit rollenden Augen die nächste Flasche herausgab.

Aus der Küche, von deren Fenster man die Straße übersehen konnte, kam Florence gelaufen.

»Sie kommen!« rief sie. »Emile, ich flehe dich an: greife ein! Entferne den Kerl! Gibt es kein Gesetz, Betrunkene aufzusammeln?«

»Nur wenn sie eine Belästigung darstellen…«

»Ich fühle mich belästigt!« schrie Dupécheur, aber es war zu spät.

Vor der Tür knirschten Bremsen, Dupécheur zuckte zusammen.

»Aus! Es ist aus! Wenn man schon mal von der Polizei Hilfe verlangt...«

»Ich habe meine Vorschriften!« bellte Andratte zurück, straffte sich, stellte sich wie eine Wand vor Bondeau und grüßte stramm.

Raoul de Formentière und seine Gäste betraten das Lokal.

Nun kann man von Marcel denken, was man will – meistens ist es nichts Gutes –, aber trotz Betrunkenheit und fehlender moralischer Bremse hatte er in den letzten tiefen Falten seines Herzens einen Hauch von alt–französischer Galanterie bewahrt. Man soll es nicht glauben, aber es ist so!

Über die breite Schulter des Sergeanten Andratte warf Bondeau einen Blick auf Kathinka Braun und – fühlte sich plötzlich seiner Aufgabe nicht mehr gewachsen! Bisher hatte er immer Frauen oder Mädchen angepöbelt, die darauf mit einem Kreischen oder einer saftigen Gegenpöbelei antworteten, die also aus einem Milieu stammten, in dem ein Griff an den Busen nicht als Körperverletzung angesehen wird und auch vom moralischen Standpunkt aus nicht unbedingt zu den Kapitalverbrechen gezählt wird.

Nie aber hatte bisher Marcel einer wirklichen Dame etwas Unschickliches angetan. Hier spürte er mit feinem Instinkt die Grenze. Vornehme Damen würden zutiefst beleidigt sein oder Rechtsanwälte einschalten... Die Mägde der Camargue hingegen quietschten oder konnten mit Ausdrücken schimpfen, die schon reif für eine Beichte waren. Im extremsten Fall aber traten ein paar Burschen auf den Plan und prügelten sich mit Marcel herum.

Hier aber war alles anders, das sah Bondeau sofort. Es handelte sich um eine Dame von besonderer Schönheit und Vornehmheit.

Zwar kniff ihm der Marquis ermunternd ein Auge zu,

aber das war kein Ersatz für die Hemmung, die Bondeau
überfallen hatte. Er griff zu der neuen Flasche, setzte sie an
den Mund, trank einen gewaltigen Schluck und hustete
dann dem Sergeanten in den dicken Nacken.

Andratte zog die Schultern hoch, verfärbte sich, aber
angesichts der hohen Herrschaften unterließ er es, herum-
zufahren und Bondeau zur Ordnung zu rufen.

Dupécheur betete still in seinem Herzen um die Gnade
des Herrn, diesen Tag zu überleben. Seine Frau geleitete
unterdessen die Gäste an den reservierten Tisch in der
Ecke des Lokals und wiederholte immer wieder, wie glücklich sie seien, daß man gerade zu ihnen zum Essen gekommen sei.

Bondeau rülpste laut in Andrattes linkes Ohr, schob sich
dann um den Sergeanten herum, bevor es dieser verhindern konnte, und schwankte ziemlich rasch aus dem Griff-
bereich der Umherstehenden.

Dupécheur stieß einen dumpfen Laut aus, den man sonst
nur noch von wütenden Elefanten hört, aber das nützte gar
nichts mehr.

Bondeau, nur noch an die 7000 Francs und zwei Kisten
Alkoholika denkend, begann seine Rolle zu spielen.

Kathinka Braun saß noch nicht, sie unterhielt sich noch
mit Florence Dupécheur – da hatte Marcel sie erreicht.
Vorsorglich trat der Marquis etwas zurück und gab somit
den kürzeren Weg für Zipka frei, es sah aber so aus, als
wolle er für Kathinka den Stuhl zurechtschieben.

Marcel holte tief Luft, sammelte allen Mut und gab der
Dame einen leichten Klaps aufs Gesäß.

Das machte sich immer gut.

Kathinka zuckte unwillkürlich zusammen und starrte
Zipka vorwurfsvoll an.

Im gleichen Augenblick lallte Bondeau: »Ein schöner
Hintern! Überall rund – und dazu der richtige Mund...
Komm her, Mädchen! Eine Frau wird erst schön, wenn sie
mich kennenlernt...«

Dupécheur raste um die Theke herum, eine leere Weinflasche als Waffe schwingend.

»Der Marquis sagte lahm: »Verschwinden Sie!«

Sergeant Andratte schwitzte heftig vor Erregung, sog laut einen gewaltigen Luftstrom ein und brüllte: »Hierher, Marcel...!«

Kathinka Braun aber schlug Bondeau auf die Finger, als er die Hand ausstreckte, offensichtlich, um an ihren Busen zu fassen.

Das war ein Fehler, denn Bondeau, der Stockbetrunkene, heulte laut los – so schrill und tierisch, daß selbst Zipka erschrak.

»Sie – sie hat mich geschlagen!« schrie Bondeau.Oh, geschlagen! Meine Hand ist gebrochen! Ach, dieser Schmerz! Wie das brennt, wie das schmerzt! Oh, bis zum Herzen schmerzt! Du mußt mich trösten...«

Er schwankte auf Kathinka zu, breitete weit die Arme aus und war somit offen für jeden Gegenangriff.

Was Raoul de Formentière erwartet hatte, trat prompt ein. Ludwig Zipka enttäuschte nicht. Er vertrat Bondeau den Weg, musterte kurz das vom Alkohol gerötete Gesicht und schlug zu. Es war ein kurzer, trockener Schlag, wie man unter Boxern sagt, kaum sichtbar aus der Schulterdrehung geschlagen, ein Punch genau auf den Punkt, nämlich die Kinnspitze.

Marcel Bondeau hatte in seinem Leben schon viel Prügel bekommen, aber einen so perfekten Schlag fing er sich zum erstenmal ein.

Verwundert spürte er, wie er leicht und leichter wurde – wie er zu schweben begann –, und das war ein beseligendes Gefühl. Ohne Erdenschwere vollführte er noch eine Pirouette, die Gesichter um ihn herum verschwammen, und voll inneren Glückes legte er sich flach auf den Boden – ohne Schmerzen.

Im gleichen Augenblick stellte er die Atmung ein. Das medizinische Phänomen Bondeau trat in Tätigkeit.

Entsetzt sah Kathinka die vor ihr liegende Gestalt an. Dann drückte sie ihre rechte Hand auf den Mund, und ihr Blick wanderte voll Grauen zu Ludwig Zipka.

Unterdessen kniete der Marquis neben Bondeau, legte sein Ohr auf die Brust des Scheintoten, beleckte seinen Zeigefinger und hielt ihn an Marcels Lippen.

Florence Dupécheur, hinter dem Tisch, gluckste hysterisch.

Sergeant Andratte hielt den tobenden Dupécheur fest, der mit seiner leeren Weinflasche sogar noch nachschlagen wollte.

Mit ernster Miene erhob sich Raoul de Formentière und putzte sich die Hände an einer weißen Serviette mit Monogramm ab.

»Er ist tot!« sagte der Marquis dumpf.

»Nein! Um Himmels willen, nein!« stammelte Kathinka Braun. »Wig, o Wig, das... das ist doch nicht möglich...«

Nun war Andrattes große Stunde gekommen.

Er trat an Bondeau heran, stieß ihm die Stiefelspitze in die Seite und sagte gebieterisch: »Keine Aufregung, meine Herrschaften! Das kennen wir! Marcel ist nicht tot – das sieht nur so aus. Er ist ein medizinischer Einzelfall, sagt Dr. Bombette. Morgen läuft er wieder herum.«

»Er ist tot!« Der Marquis legte vorsorglich den Arm um Kathinkas Schulter. »Ich bitte doch, mir zuzutrauen, daß ich erkennen kann, wenn jemand tot ist. Ich bin Jäger! Dr. Bombette wird es bestätigen. Rufen Sie den Arzt, bitte.«

»Der kommt nicht!« Dupécheur beugte sich über den bleich werdenden Bondeau und riß ihm das Hemd von der Brust.

Keine Bewegung, nicht die Andeutung eines Atems! Es hatte jetzt keinen Zweck, auf Marcel einzureden, ihn etwa zu ohrfeigen oder mit anderen Mitteln zu reizen... Sein medizinisch unerforschter Zustand hielt 24 Stunden an, das wußte man. Beim vorletzten Mal hatte jemand versucht, ihn mit Salmiakgeist ins Leben zurückzuholen – aber auch da: Fehlanzeige! Seine Funktionen reagierten auf keinerlei Reize.

»Ich verlange, daß sofort Bombette gerufen wird!« rief der Marquis energisch. »Meine Gäste sind durch diesen Vorfall in eine ungemein peinliche Lage geraten. Schließlich wird nicht jeden Tag ein Mensch bei mir totgeschlagen...«

»Erlauben Sie, Marquis!« fiel Zipka ein. »Ich habe nicht...«

»Keine Aufregung, Monsieur! Jetzt nur den kühlen Kopf behalten! Wir alle sind Zeugen. Sie haben ritterlich gehandelt, wie es jeder von uns getan hätte. Sie sind mir nur zuvorgekommen, ich wollte auch schon zuschlagen! Aber das ändert nichts an der Tatsache, daß der Mann tot ist.« Er blickte sich um. »Hat er Hinterbliebene?«

»Eine Frau. Es ist Marcel Bondeau, der Maurer.«

Dupécheur rannte zum Telefon und rief Dr. Bombette an. Er sprach ungewöhnlich lange mit ihm und kam dann sehr zerknirscht zurück.

»Dr. Bombette kommt, aber er läßt sagen: Wenn Bondeau wieder nur Theater spielt und nicht wirklich tot ist, läßt er sich mit Gold aufwiegen! Wie Aga Khan! Gott sei Dank wiegt der Doktor nur knapp 110 Pfund.«

Sergeant Andratte zog sich einen Stuhl heran, setzte sich an einen Tisch und holte sein Protokollbuch aus der Tasche.

Der Marquis blickte ihn erstaunt an und schüttelte den Kopf.

»Was soll das, Sergeant?«

»Es ist meine Pflicht, darüber einen Bericht zu schreiben.« Andratte beleckte die Bleistiftspitze und malte das Datum auf das Papier. »Das Verhör beginnt gleich...«

»Verhör? Andratte, Sie waren doch dabei! Sie standen doch unmittelbar daneben – es war ein Unglücksfall!« sagte Zipka eindringlich.

»Sie sind doch selbst Zeuge!«

»Jetzt bin ich Untersuchender, Monsieur! Immer der Reihe nach! Ich werde mich, wenn ich an der Reihe bin, selbst verhören und zu Protokoll nehmen! Der Tatbestand ist bekannt: Sie haben einen Mann ans Kinn geschlagen, und der Mann ist daran gestorben. Wahrscheinlich ist ihm im Hirn eine Ader geplatzt. Monsieur, Sie haben aber auch einen Schlag! Der wirft ja Stiere um! Für diese Faust müßten Sie einen Waffenschein haben! – Sie heißen?«

»Sergeant, wollen wir das nicht zurückstellen, bis Dr. Bombette seine Untersuchung beendet hat?« fragte der Marquis.

Er war sehr zufrieden. Bisher hatte es keine Pannen gegeben, obwohl er zugeben mußte, daß ihn Bondeaus Aussehen und völlige Leblosigkeit doch erschreckten. Bisher kannte er dieses Phänomen nur aus Erzählungen... Nun, persönlich damit konfrontiert, war es schwer, zu glauben, daß Bondeau wirklich noch lebte. Vor allem seine Gesichtsfarbe gefiel dem Marquis nicht. So gelb-weiß sah kein Lebender aus...

Kathinka Braun hatte sich an Ludwig Zipka gedrückt, als könne sie mit ihrem Körper alle Angriffe, gleich von welcher Seite, abwehren.

»Was sollen wir machen?« flüsterte sie, während der Marquis mit Andratte verhandelte.

»Da wird man gar nichts machen können, Liebling«, flüsterte Zipka zurück.

»Wenn du ihn nun wirklich totgeschlagen hast? Sieh ihn dir bloß an...«

»Er ist kein erfreulicher Anblick, das stimmt.«

»Das bedeutet Zuchthaus! Wig, sie werden dich für Jahre einsperren. Und dazu bist du noch Ausländer – Deutscher! Ein Deutscher erschlägt einen armen betrunkenen Franzosen – da kommen doch alle alten Ressentiments wieder hoch! Mein Gott, wie soll das werden...?«

»Wir können nur abwarten. Schließlich war es Notwehr.«

»Er hat nicht dich, er hat mich angegriffen! O Wig, und das alles meinetwegen!«

Die Tür wurde aufgestoßen. Dr. Bombette, der kleine Greis mit der Donnerstimme, betrat das Lokal, stieß Dupécheur zur Seite und beugte sich über Bondeau.

»Das wird ein teurer Besuch!« brüllte er dabei. »Jedermann sieht doch, daß Marcel nur aus Alkohol besteht! Herr Marquis, Sie haben ausdrücklich gewünscht, daß ich komme?«

»Allerdings. Ich mache mir Sorgen...«

»Diese Konsultation kostet 2000 Francs!«

»Ich zahle Ihnen 10000, wenn Sie mir bestätigen, daß Monsieur Bondeau noch lebt.«

»Er lebt! Er hat sich schon zu Lebzeiten in Alkohol konserviert.«

»Man hat ihn niedergeschlagen.«

»Das gehört zu seinen Streifzügen.«

»Aufs Kinn! Wie ein Baum fiel er um. Er atmet nicht mehr.«

»Bondeau ist ein seltenes Exemplar von vollendetem Scheintod!«

»Wie wollen Sie das feststellen, Doktor?«

»Nur durch Warten! Wenn er keine Totenstarre bekommt und sich keine Totenflecken bilden, lebt der Knabe. In drei Tagen wissen wir es genau – aber so lange hat er noch nie gelegen. Morgen gröhlt er wieder herum! Ein Wunder!«

»Das beruhigt mich ungemein.« Der Marquis zeigte auf den wartenden Andratte. »Bei derartigen Unklarheiten ist doch ein polizeiliches Protokoll sinnlos. Sergeant, warten Sie ab, bis Bondeau seine Starre bekommt...«

»Das kann man vertreten.« Der Sergeant packte sein Protokollbuch weg. »Bringt Marcel heim...«

»Wohin?« fragte der Marquis.

»Heim! Wo er hingehört, in sein Haus. Seine Josephine kennt das.«

207

»Aber wenn er nun wirklich tot ist?«

»Ich protestiere!« rief Dr. Bombette und schnippte mit den Fingern. Dupécheur reichte ihm ein Glas Kognak. »Ich lasse mir von Laien nicht meine Diagnose anzweifeln.«

»Ich schlage vor, wir einigen uns auf einen Kompromiß: Bondeau wird in der Friedhofskapelle aufgebahrt, und mein Diener Alain hält die Wache«, sagte der Marquis.

Sergeant Andratte wedelte mit dem Protokollbuch.

»Unmöglich! Der Pfarrer weigert sich, Bondeau noch einmal aufzunehmen, nachdem er ihn dreimal vergeblich ausgesegnet hat! Niemand ist bereit, Bondeau aufzunehmen.«

»Die Polizei«, meinte Zipka.

Andratte bedachte ihn mit einem giftigen Blick. »Es ist nicht Aufgabe der Polizei, Scheintote zu beherbergen. Auch nicht bei Ihnen in Deutschland, Monsieur!«

»Aber Sie haben sicherlich eine Ausnüchterungszelle?«

»Da gehört kein Toter hinein – wenn er tot ist.«

»Bleibt nur das Hospital von Arles«, sagte Kathinka bedrückt.

»Ein Hospital nimmt nur Kranke auf, aber keine Toten.« Andratte wischte sich den Schweiß von der Stirn und schnaufte asthmatisch. »Was sagen Sie, Doktor?«

»Ich sage«, donnerte Dr. Bombette, »daß niemand Bondeau will! Ein Hospital braucht eine Einweisung! Was soll ich schreiben, he? Alkoholschock? Die halten mich in Arles für verrückt, wenn er wirklich tot ist. Schreibe ich Schocktod und er lebt – wie stehe ich dann da? Man kann es drehen und wenden, es bleibt immer das gleiche: Der Kerl bringt uns nur Scherereien!«

»Aber irgendwohin muß er doch!« sagte der Marquis jetzt energisch. »Er kann doch schließlich nicht hier liegen bleiben!«

»Auf keinen Fall!« rief Dupécheur, der bisher geschwiegen hatte. »Ich besitze eine Gastwirtschaft, aber keine Ausweichleichenhalle!«

»Ich hätte eine Idee.« Ludwig Zipka hob den Finger wie ein Schuljunge, der sich meldet. »Die Feuerwehr von Mas d'Agon! Wir legen ihn in den Wagenschuppen der Feuerwehr. Da ist er sicher und stört keinen.«

»Sehr gut! Und mein Diener bewacht ihn!« Der Marquis nickte beifällig. »Hat die Polizei auch da etwas dagegen?«

»Man muß nur diskutieren, dann kommen die Ideen – ich sage es immer!«

Sergeant Andratte blickte auf den stillen Bondeau. Auch ihm kamen Zweifel. So hatte Bondeau noch nie ausgesehen. Vielleicht sollte man Josephine holen? Die kannte besser die Einzelheiten dieses Zustandes ihres Mannes. »Bringen wir ihn also ins Spritzenhaus. Wie lange kann es dauern, Dr. Bombette?«

»Fragen Sie mich das nicht.« Der Arzt horchte Bondeau ab und schüttelte dann den Kopf. »Nichts! Aber das kennen wir ja. Wer hat ihn niedergeschlagen?«

»Ich!« Zipka hob die Schultern. »Wenn ich gewußt hätte...«

»Versinken Sie jetzt nicht in Selbstbeschuldigungen, Monsieur. Seit Jahren warten wir darauf, daß Bondeau uns nicht mehr zum Narren hält und wirklich tot ist.«

»Ich habe aber nicht den Ehrgeiz«, sagte Zipka heiser, »unbedingt der auslösende Faktor zu sein. Kann man denn Bondeau keine Injektion geben?«

»Wozu?« Dr. Bombette lachte meckernd. »Jedes Medikament wird doch durch die ungeheure Konzentration von Alkohol zerstört. Da könnte ich auch eine Kognakflasche injizieren!«

Allmählich füllte sich Dupécheurs Gastwirtschaft mit Neugierigen.

Es hatte sich herumgesprochen, daß Bondeau wieder einmal auf dem Rücken lag und nun zur Abwechslung bei der Feuerwehr untergebracht werden sollte. Das alarmierte den Leiter der Feuerwehr von Mas d'Agon, den wackeren Dulallier, der mit den Worten hereinstürmte:

»Protest! Protest! Ich schließe das Spritzenhaus nicht auf! Erst muß garantiert werden, wer die Säuberung bezahlt.«

»Säuberung?« fragte der Marquis konsterniert. Die Dinge bekamen ein anderes Gesicht. »Was soll denn da zu säubern sein?«

»Oh, wie können Sie fragen?« Dulallier sank auf einen Stuhl und starrte auf den starr daliegenden Bondeau. »So harmlos sieht er aus! Aber wehe, wenn er aufwacht! Da spukt sein Körper aus allen Öffnungen aus, was er nicht haben will. Und dafür soll ich mein Feuerwehrhaus zur Verfügung stellen? Unser schönes Spritzenhaus? Nie! Ich protestiere!«

»Und wenn der diesmal wirklich tot ist?« gab Andratte zu bedenken.

Dulallier starrte Dr. Bombette an. »Kann man mir das garantieren?«

»Natürlich nicht!« bellte der Arzt. »Will die Feuerwehr klüger sein als die Medizin?«

Man einigte sich, daß der Marquis für alles aufkommen würde, dann erst wurde endlich der arme Marcel weggetragen. Man legte ihn hinter den roten Spritzenwagen auf eine Decke, stellte einen Stuhl daneben, auf dem Alain, der Diener des Marquis, die Wache übernahm. Florence Dupécheur, eine Seele von Frau, brachte sogar einen Blumenstrauß in einer breiten tönernen Vase und dekorierte damit den Raum.

Dr. Bombette untersuchte noch einmal den Verunglückten. »Nichts!« sagte er, als er sich wieder aufrichtete. »Aber auch keine Starre. Ich bin gespannt, Messieurs, ich bin gespannt...«

Am Nachmittag erschien Josephine Bondeau im Spritzenhaus, weinte ergreifend, legte Marcel einen Bündel Feldblumen auf die Brust und sagte zu Alain: »Jetzt ist er wirklich gegangen. So hat er noch nie ausgesehen!«

Dann ging sie zum Fleischer, kaufte ein Stück Hammel-

210

keule und bezahlte in bar. Bei Dupécheur holte sie eine Korbflasche Rotwein, vom besten.

»Das war er mir wert«, sagte sie mit trauererstickter Stimme, »daß ich ihn anständig mit einem Essen ehre.«

Natürlich fiel das Galaessen bei Dupécheur aus. Weder Kathinka noch Zipka verspürten jetzt Appetit.

Sie tranken zur Erholung zwei Gläser Picon und ließen sich dann vom Marquis aufs Gut fahren.

Zurück blieb das halbe Dorf, debattierte und trank.

Am Ende war Dupécheur mit seinem Umsatz doch zufrieden.

XIV

Die dramatischen Geschehnisse setzten sich am Nachmittag fort. Raoul de Formentière verhehlte nicht, daß er in tiefer Sorge war. Von seinem Arbeitszimmer aus führte er einige Telefongespräche – wenigsten sagte er das, als er zu Zipka und Kathinka in den Salon zurückkam –, die seine Kümmernis noch verstärkten.

»Wir müssen, bei Abwägen aller Möglichkeiten, uns darüber im klaren sein«, sagte er mit geradezu heiligem Ernst, »daß Ihre Situation, Monsieur, eine denkbar schlechte ist.«

»Das weiß ich«, sagte Ludwig Zipka ehrlich.

»Er wollte mich doch nur beschützen!« rief Kathinka. »Die Folgen konnte doch niemand voraussehen!«

»Das ist die moralische Seite, Madame. Ich habe gerade mit meinen Anwälten in Avignon und Marseille telefoniert. Alle sind, unabhängig voneinander, der Ansicht, daß eine schwere Körperverletzung gegeben ist – mit oder ohne Todesfolge – das wissen wir in drei Tagen! Nehmen wir das Schlimmste an, dann käme es zu einem Prozeß. Selbst die geringfügigste Verurteilung hätte für Sie die fatale Folge, vorbestraft zu sein. Mit einem Toten belastet! Buchstäblich durch eigene Hand. Diese Vorstellung ist doch – niederschmetternd, ja?«

»Ich müßte mich daran gewöhnen, damit zu leben«, bestätigte Zipka bedrückt. »Was bleibt mir anderes übrig?«

»Sie könnten Frankreich sofort verlassen...«

»Was nützt das? Man würde sofort einen Auslieferungsantrag stellen, die Flucht käme einem Schuldbekenntnis gleich, und alles würde nur noch schlimmer.«

»Ich könnte meinen Einfluß geltend machen und Marcel Bondeaus Tod als Folge einer Alkoholvergiftung hinstellen lassen. Herzschlag infolge eines alkoholischen Exzesses...«

»Wer sollte das bescheinigen, Marquis?« fragte Kathinka mit einem Hoffnungsschimmer in der Stimme.

212

»Dr. Bombette. In Mas d'Agon hat niemand ein Interesse daran, daß aus der Sache Bondeau eine große Affäre gemacht wird. Gut, Sie haben dem Betrunkenen einen Boxhieb versetzt, Sie haben ungewöhnlich hart zugeschlagen, es reichte zu einem klassischen K.o. – aber einen normalen Menschen hätte dieser Schlag nie getötet! Anders bei Bondeau. Sein Organismus ist morsch, der Alkohol hat ihn zerstört. Das konnten Sie nicht wissen. Aber hier weiß es jeder! Also wird man wohlwollend darüber hinwegsehen.«

»Auch Sergeant Andratte?«

»Er wird ein Protokoll schreiben, das von einem Unglücksfall berichtet. Ein bekannter Säufer brach im Delirium tot zusammen.«

»Wieso ist man hier bereit, so elegant zu lügen?« fragte Zipka.

»Lügen!« Raoul de Formentière lächelte mokant. »Wir geben lediglich den Dingen einen nützlichen Namen. Monsieur, ich will Sie retten! Ich baue Ihnen goldene Brücken, und Sie zögern noch, darüber zu gehen...«

»Ich bin noch nie geflüchtet!« erwiderte Zipka hart.

»Wig, bitte...« Kathinka sah ihn flehend an. »Laß uns morgen fahren. Am besten gleich nach Hause. Ich habe keine Urlaubsstimmung mehr...«

»Madame haben den richtigen Weg erkannt«, sagte der Marquis galant und küßte Kathinkas kalte Hand. »Ich schlage vor, Sie fahren sogar noch in dieser Nacht! Sie fahren, bevor Dr. Bombette irgendwelche Anzeichen eines endgültigen Todes bei Bondeau entdeckt. Alles Weitere vertrauen Sie mir an – ich werde alle Schwierigkeiten aus dem Weg räumen!«

»Ich weiß nicht, wie ich Ihnen danken soll«, sagte Kathinka leise.

»Wenn Sie sich nur ab und zu freundlichst meiner erinnern, Madame, so ist das Dank – mehr als genug!«

»Sie sind so lieb, Marquis.«

»Ich wünschte, ich könnte es als Ihr echter Freund immer sein.«

Zipka verzog das Gesicht. Das galante Geschwafel gerade in dieser Situation empfand er als aufdringlich und dumm.

Er stand auf, ging zum großen Fenster und blickte in den Garten hinaus, wo wieder die drei Bluthunde herumhechelten. Entschlossen stellte er fest:

»Ich bleibe hier!«

»Nein!« rief Kathinka betroffen. »Wig! Bitte nicht!«

»Hier kann ich Sie nicht schützen, Monsieur.« Der Marquis war auch konsterniert. »Sie müssen außer Landes sein! Vollendete Tatsachen schaffen! Und denken Sie bitte auch an mich! Sie sind meine Gäste...«

Zipka nickte zufrieden. Der Ton des Marquis wurde jetzt etwas direkter, fast gröber. Das gefiel ihm. Die Süßholzraspelei hatte aufgehört. So sprach es sich leichter.

»Ich habe keine Angst.«

»Ausweichen, Monsieur, ist doch keine Angst! Warum wollen Sie unbedingt den germanischen Helden spielen, der sich im Drachenblut badet?«

»Ich bin dafür, daß jeder zu seinen Taten steht – was nichts mit Siegfried zu tun hat. Auch mag es unmodern sein; auf keinen Fall ist es politische Klugheit, denn wenn es Gesetz würde, daß jeder Politiker für seine Handlungen voll verantwortlich gemacht werden könnte, so gäbe es kaum noch jemanden, der sich auf einen Ministersessel setzt. Sehen Sie, Marquis, ich denke da anders. Ich habe diesen Bondeau – aus gutem Grund – zu Boden geschlagen, nun renne ich nicht vor den Folgen davon.«

»Bitte, überlegen Sie sich das genau!« Raoul de Formentière hob die Schultern. »Ich möchte Ihnen wirklich nur behilflich sein, schon um Madame zu beruhigen...«

Später in ihrem Zimmer sagte Kathinka böse: »Ich weiß, warum du nicht wegwillst! Warum du an diesem Flecken Erde klebst: Lulu!«

»An die habe ich überhaupt nicht mehr gedacht! Aber gut, daß du sie erwähnst. Richtig, was soll aus Lulu werden? Wir können sie nicht einfach in der Mühle zurücklassen.«

»Es geht jetzt um dich, Wig, nicht um diese Lulu! Für sie wird immer gesorgt werden, in jedem Heim.«

»Für mich auch – in jedem Zuchthaus. Wo könnte ich hinkommen? Haben Arles und Avignon Langzeitgefängnisse? Oder ist Marseille zuständig?«

»Das ist keine Situation, um Witze zu reißen!« rief Kathinka wütend. Sie spürte, wie ihre Nerven nachließen. »Du hast einen Franzosen erschlagen!«

»Das muß erst der medizinische Befund ergeben. Dein Marquis hat mir da einen Funken ins Gehirn gesetzt, der immer heller leuchtet. Ein einziger Schlag gegen das Kinn kann unmöglich einen gesunden Menschen in Sekundenschnelle töten. Selbst wenn er eine Hirnblutung bekäme, würde es Tage oder Wochen dauern! Die tragischen Boxunfälle sind meine Zeugen. Wenn Bondeau blitzartig umfiel und starb, dann hatte das eine andere Ursache.«

»Aber du hast doch geschlagen, Wig!«

»Nimm einmal ein Beispiel aus deinem Beruf, Tinka. Du hast eine Brücke gebaut. Über diese Brücke fährt ein Lastauto – und krrr, die Brücke bricht zusammen. Ist das Lastauto schuld? Nie! Die Brücke wird ja gebaut, damit man darüberfahren kann. Man wird sich also an die Konstrukteure halten...«

»Ein schlechtes Beispiel! Bondeaus Kinn war nicht dazu da, damit du draufschlagen kannst. Wig, wir sollten heute nacht noch fahren.« Sie atmete tief auf. »Damit du siehst, wie groß meine Angst um dich ist: wir können sogar Lulu mitnehmen, wenn du es willst!«

Zipka schüttelte den Kopf.

»Ich habe es schon einmal gesagt, ich flüchte nicht! Ich bin für klare Verhältnisse.« Er lehnte sich gegen die Wand und sah Kathinka, die in einem Sessel saß und die Hände verkrampfte, lange an. »Für ganz klare Verhältnisse!« wiederholte er. »Tinka, willst du meine Frau werden?«

»Mein Gott, laß doch jetzt diesen Blödsinn, Wig!« sagte sie gequält.

»Das ist kein Blödsinn, sondern ein offizieller Heiratsantrag.«

»Jetzt? Hier? In dieser verzweifelten Lage denkst du daran?«

»Das ist genau der richtige Augenblick, Tinka. Ich muß wissen, ob du mich wirklich liebst...«

»Wenn du das noch nicht gemerkt hast...«

»Wollen wir heiraten?«

»Ja...« Sie legte den Kopf zurück, drückte beide Hände auf die Augen und begann zu weinen. »O Wig, Wig... Das soll nun unsere glücklichste Stunde sein! Wie habe ich mir diesen Augenblick ausgemalt...«

»Es ist auch ein besonderer Augenblick, Tinka. Wir zwei werden uns von nun an durch diesen Urlaub durchnagen wie die Biber, denen kein Baumstamm zu dick ist – sie fällen ihn doch mit ihren Zähnen! Wir bleiben in Mas d'Agon! Man soll nie sagen, daß sich ein Ludwig Zipka aus dem Staub macht, wenn mal ein scharfer Wind weht! Ich werde den Marquis bitten, die Staatsanwaltschaft in Arles anzurufen. O Tinka, wie liebe ich dich...«

XV

Als die Nacht über das Land hereinbrach, begann es Alain ungemütlich zu werden. Marcel Bondeau lag noch immer regungslos auf seiner Decke.

Dupécheur hatte zwei Lampen und vier große Kerzen gebracht, Florence einen Spankorb mit Brot, Butter, Käse, Wurst und kaltem Fleisch. Auch drei Flaschen Wein kamen auf Rechnung des Herrn Marquis; Emile Andratte hatte dienstlich nach Bondeau gesehen und in seinem Buch notiert: »21.17 Uhr: Asservierte Person noch tot.«

Feuerwehrhauptmann Dulallier vergewisserte sich ebenfalls vom Zustand Bondeaus, und Dr. Bombette endlich hob Arme und Beine Marcels an und konstatierte tief ergriffen: »Noch immer keine Starre! Aber auch kein Atem! So was!«

Josephine Bondeau ließ sich nicht blicken. Sie hatte ihre Hammelkeule verzehrt, eine ganze Flasche Wein getrunken und lag jetzt auf ihrem Bett, leise vor sich hin lallend. Plötzlich verstand sie die Welt ihres Mannes Marcel. Sie war schöner mit vollem Bauch und einem umnebelten Hirn. Sie war schöner, das Leben war erträglicher.

»Mon chérie...«, sagte sie mit schwerer Zunge. »Ich habe dich verkannt. Verzeih deiner Josephine...«

Weit nach Mitternacht – Alain war auf seinem Stuhl eingeschlafen – weckte ihn ein lautes Husten. Er fuhr hoch, und nun verstand er völlig, warum damals das betende Mütterchen in der Kapelle klaglos umgefallen war, als Bondeau sich aus dem Sarg erhob.

Für jeden Menschen mit normalen Nerven war so ein Anblick höchst schockierend: Marcel Bondeau saß inmitten der brennenden Kerzen, kratzte sich seinen entblößten Oberkörper, hustete stark und sprang plötzlich auf die Beine. Er blickte wild um sich und rief: »Wo kann man hier austreten? Ich platze...«

»Nicht hier!« stieß Alain hervor und sprang gleichfalls

auf. Er stieß gegen die Hintertür und zeigte hinaus in die Nacht. »Raus! Hinter dem Haus! Und laß dich nicht wieder blicken, bis du...«

Marcel Bondeau grinste und verschwand in der Dunkelheit. Alain packte unterdessen den Korb mit den Eßwaren aus, um nach dem Befehl des Marquis Bondeau bei guter Laune zu halten.

Mit einer Schnelligkeit, die man ihm nicht zugetraut hätte, war Marcel wieder im Spritzenhaus und zog die Hintertür zu.

»Da kommt einer!« keuchte er heiser.

»Hinlegen!«

Bondeau warf sich wieder auf die Decke, streckte sich aus, faltete die Hände und versuchte, seine Atmung zu verringern. Aber die schnellen Bewegungen hatten Folgen: Seine Brust hob und senkte sich lebhaft, und das konnte er nicht verhindern. Bei einem Toten ist so etwas unmöglich.

Geistesgegenwärtig zog Alain die Decke bis zu Bondeaus Kinn und löschte die Kerzen aus. Das Licht der kleinen Lampe tauchte die liegende Gestalt in eine milde Dämmerung.

Sergeant Andratte kam herein. Er blieb an der Tür stehen und schnupperte wie ein Hund.

»Alles klar?« fragte er leise. »Er stinkt...«

»Unsinn!« Alain hob ein Paket hoch. Das ist Sabaronds Ziegenkäse. Was ist los, Andratte? Wieso kontrolliert die Polizei nun auch Tote?«

»Es gibt da ein Problem, Alain. Dein Marquis hat mich angerufen. Er hat mir erklärt, daß ich unmöglich aussagen könne, ich hätte gesehen, wie Monsieur Zipka, der Deutsche, Marcel geschlagen hat. Er hat nämlich gar nicht geschlagen, sagt der Marquis. Er wollte wohl schlagen, aber bevor die Faust an Bondeaus Kinn landete, fiel unser Marcel schon um. Das konnte ich nicht sehen, ich stand nämlich im falschen Blickwinkel. Von mir aus wirkte es so, als habe der Monsieur zugeschlagen – sagt der Marquis...

218

Und das leuchtet mir ein! Es kommt nämlich im Leben immer darauf an, wo man steht und aus welchem Blickwinkel man die Dinge betrachtet – ob man sie nur subjektivrelativ sieht – sagt der Marquis.«

Andratte seufzte erleichtert auf. Dann schloß er ab: »Man muß sich durch Argumente überzeugen lassen.«

In diesem Moment spürte Bondeau ein heftiges Jucken im linken Nasenloch.

Noch nie hat man gehört, daß Tote niesen.

Derartige Situationen sind immer fatal, und meistens treten sie auf, wenn man sie nicht gebrauchen kann. Beispielsweise in einer Oper oder einem Syphoniekonzert, ausgerechnet dann, wenn die schönste Pianostelle gespielt wird, regt sich die Nase. Oder man begrüßt eine besonders wichtige und empfindsame Dame, und statt eines angedeuteten Handkusses niest man ihr kräftig auf den Händerükken. Noch schlimmer ist es, wenn man das Glück hat, aus irgendeinem Grund auf den Fernsehschirm zu kommen und begrüßt die Millionen Zuschauer mit einem Sprühregen über die Mattscheibe. So etwas ist ungeheuer peinlich und nur in den wenigsten Fällen vermeidbar. Eine jukkende Nase beansprucht nun einmal ihr Recht, da hilft kein Luftanhalten, kein Massieren des Nasenrückens, kein Verstopfen der Nasenlöcher mit dem Taschentuch oder gar mit den Fingerspitzen, kein Stoßgebet... Erst nach der Entladung überfällt den Menschen ein geradezu extremes Wonnegefühl, das nur durch die Uneinsichtigkeit der Umgebung getrübt wird.

Marcel Bondeau versuchte zunächst krampfhaft das uralte, aber meist unwirksame Mittel des Luftanhaltens, um Zeit zum Nachdenken zu gewinnen. Nach dem Willen des Marquis sollte sein Zustand drei Tage dauern... Wenn er jetzt durch das Niesen wieder in die Welt zurückkehrte, war das zwar seine normale Zeit, an die sich seine Mitbürger schon gewöhnt hatten, aber es behinderte die Pläne seines Geldgebers.

Und an die 7000 Francs und die beiden Kisten Alkohol dachte Marcel Bondeau so intensiv, daß ihm einfiel, unter der Decke dem vor ihm stehenden Alain einen Stoß mit dem Fuß zu geben.

Dieser verstand die Warnung.

Er hakte sich bei dem Sergeanten unter und drängte ihn ins Freie.

»Es wird gar keine Untersuchung geben«, sagte er dabei und zog den Gesetzeshüter ganz hinaus, die Tür mit einem Knall zuwerfend. »Ich kann da auch nichts aussagen. Ich stand, genau wie du, im falschen Blickwinkel...«

»Aha!« Andratte setzte sich auf die Bank, die vor dem Spritzenhaus stand und an deren Lehne ein Messingschild angeschraubt war, auf das eingraviert war: »Gestiftet von Monsieur Roger Bérluc.«

Das war ein Mensch gewesen, der vor zehn Jahren einmal in Mas d'Agon seinen Urlaub verlebt hatte und so begeistert von dem Ort und seinen Bewohnern war, daß er diese Bank stiftete.

Keiner konnte sich mehr an Roger Bérluc erinnern, aber als die Bank per Frachtgut eintraf, gab es erregte Diskussionen, wo man sie aufstellen sollte. Um niemand zu bevorzugen, wählte man als neutralen Ort das Spritzenhaus. Hier war zwar die Aussicht nicht besonders interessant und auch nicht typisch für die Camargue – man blickte auf den Hinterhof von Sylvester Dragony, dem Schmied, wo es meist nach verbranntem Horn stank, weil er die Pferde beschlug – aber es gab nun keinen Streit mehr.

Sergeant Andratte streckte die Beine von sich, klemmte die Hände hinter sein Lederkoppel und fragte: »Wer hat nun eigentlich etwas Konkretes gesehen?«

»Niemand!«

»Das dachte ich mir! Immer dasselbe! Ha!«

Andratte fuhr hoch, und seine Augen weiteten sich. Aus dem Inneren des Spritzenhauses war ein seltsamer Laut gedrungen. Es hatte wie eine helle Explosion geklungen.

»Was war das? Da... Da drinnen...«

Alain blieb sitzen und wirkte dadurch beruhigend. Er winkte lässig ab und schraubte eine der mitgebrachten Rotweinflaschen auf.

»Fledermäuse...«, sagte er.

»Was?« Andratte starrte die große Garagentür an.

»Im Spritzenhaus leben Fledermäuse, Emile.«

»Und die machen solchen Krach?«

»Wenn sie irgendwo anstoßen...«

»Fledermäuse stoßen nirgendwo an. Die haben doch Radar...«

»Wer sagt denn diesen Blödsinn? Radar! Fledermäuse!«

»Im Fernsehen haben sie das gezeigt, Alain.«

»Im Fernsehen! Emile, glaubst du etwa alles, was die im Fernsehen zeigen? Gehörst du etwa zu den Menschen, die eine Zeitung lesen und meinen, da stände nur die Wahrheit drin? Ich sage dir, ich habe vorhin drei Fledermäuse in dem Spritzenhaus beobachtet, die flogen immer abwechselnd gegen die Messingglocke am Auto, weil sie so schön bimmelte! Ganz verrückt waren die Tierchen danach...«

Alain hob die Flasche Andratte entgegen.

»Nimm einen Schluck, Emile!«

Bondeau hatte die erste Nasenrakete nicht zurückhalten können. Sie explodierte schneller, als er die Decke vor sein Gesicht reißen konnte. Jetzt, bei dem zweiten Niesen, drückte er seinen Kopf in die zusammengeknüllte Decke und konnte dennoch nicht verhindern, daß der weite Raum wie ein Schallverstärker wirkte.

Ein dumpfer, grollender Laut pflanzte sich fort.

Sergeant Andratte, der gerade an der Flasche hing, verschluckte sich und breitete beim nachfolgenden Husten weit die Arme aus.

»Schon wieder!« keuchte er, als er endlich Luft bekam. »Jetzt sollten wir aber nachsehen, ob Bondeau vielleicht doch...« Er riß die Tür auf, bevor Alain etwas unternehmen konnte, und stürzte ins Spritzenhaus.

Marcel Bondeau lag starr auf seinem Lager, im fahlen Licht der kleinen Lampe besonders bleich aussehend.

Andratte wischte sich über die Augen und verließ leise und ergriffen die Halle.

»Na?« fragte Alain draußen vor dem Tor.

»Der arme Marcel!« Andratte setzte sich wieder auf die gestiftete Bank. »Es ist vorbei mit ihm. Die gewohnte Aufwachzeit ist doch längst vorüber?«

»Schon seit drei Stunden, Emile.«

»War Dr. Bombette noch einmal hier?«

»Er will am frühen Morgen wiederkommen.«

»Es bleibt also dabei – ein Unglücksfall. Keiner hat den Schlag gesehen.«

»Der einzige, der darüber Auskunft geben kann, ist Monsieur Zipka selbst.«

»Der wird sich hüten. Aber – warum eigentlich? Wenn er unschuldig ist... Na, ich werde ihn fragen.«

»Ist das noch nötig bei dem klaren Sachverhalt, Emile?«

»Zur Beruhigung!« Andratte nahm noch einen Schluck aus der Flasche. »Als Bürger von Mas d'Agon gibt es für dich keine Unklarheiten mehr – aber als Beamter muß ich mein Gewissen überzeugen.«

XVI

Den ganzen Tag über lagen Johann Kranz und Karl Lubizek auf der Lauer.

Abwechselnd – denn einer mußte ja Lulu bewachen, die vorbildlich brav war und sogar das Mittagessen auf dem Campingkocher zubereitete – lagen sie im hohen Gras hinter einer kaum nennenswerten Erhebung, die aber genügend Schutz bot, und beobachteten durch ein Fernglas die kleine Kapelle an der fraglichen Straße.

Sie zählten bis zum Einbruch der Dämmerung 34 Autos, die aber ohne Halt an der Kapelle vorbeifuhren, und eine Radfahrerin mit einem schwarzen Kopftuch, die zwar die Kapelle mit einem Strauß Feldblumen betrat, aber nicht um das kleine Gotteshaus herumging und etwas ablegte.

»Verdammter Mist!« sagte Lubizek, als er von der letzten Wache zurückkam. »Nichts! Jetzt wird es zu dunkel, um weiter etwas erkennen zu können.«

»Dein Herr Marquis haut dich ganz schön in die Pfanne«, meinte Johann Kranz grinsend und öffnete eine Dose Nudeln mit Gulasch.

»So groß kann die Liebe nicht sein!«

»Das ist ein Saukerl!« versetzte Lulu wenig damenhaft. »Ich habe gedacht, der rast sofort los mit dem Geld.«

»Pustekuchen! Sei froh, daß wir dich weggeholt haben. Diese feinen Herren! Eines Tages hättest du einen Tritt bekommen wie ein lahmer Köter...«

»Das hätte Raoul nie gewagt! Dafür weiß ich zuviel...«

»Darüber müssen wir noch reden.«

Kranz setzte einen Topf auf den Propangaskocher und schüttete das Gulasch hinein.

Lulu hatte den Klapptisch bereits gedeckt, ihre hausfraulichen Ambitionen schlugen in jeder Lebenslage – sogar im Zelt – durch. Tempotaschentücher, die sie in dem alten VW gefunden hatte, funktionierte sie zu Servietten und Tischtüchern um; sie hatte sich überhaupt erstaunlich rasch in ihre neue Lage eingelebt, eine Spezialität von ihr, die auch schon Zipka bewundert hatte. Sie nahm eine neue Situation hin und füllte sie mit eigenen Attributen auf.

»Was weißt du von dem Marquis?«

»Jungs, laßt die Finger von dem!« antwortete Lulu abweisend.

»Was liegt denn in der Mühle, Püppchen?« Lubizek riß eine Coladose auf. »Könnte man sich nicht daran beteiligen?«

»Unmöglich!«

»Das müßte man erst mal sehen«, meinte Kranz.

»Vergeßt es, Jungs!«

Lulu setzte sich an den Klapptisch und stützte den Kopf in beide Hände. Sie dachte nach, dann fuhr sie fort:

»Die Sache ist für euch zehn Nummern zu groß! Das läuft alles international, rund um die ganze Welt!«

»Wir könnten doch mal auf Vergrößerungskurs gehen, Baby. Wer will denn schon bei dem Erreichten stehenbleiben?«

»Bei diesem Ding ständet ihr völlig hilflos da! Glaubt es mir! Wenn ihr damit auf dem Markt auftaucht, in solchen Mengen, dann klingelt es überall Alarm. Dann ballert es von allen Seiten auf eure Köpfe. Das überlebt ihr keine Woche! Jungs, ihr seid so nette Schwachköpfe – warum wollt ihr unbedingt ein Loch darin haben?«

»Waffenschmuggel!« sagte Lubizek mit ehrfurchtsvollem Unterton. »Stimmt's? Der Marquis verdient seine Mäuse mit Waffenschmuggel?«

»Oder Rauschgift!« meinte Johann Kranz. »Umschlagplatz für Frankreich. Das große Ding im Drogengeschäft mit Afrika. Ja?«

»Fragt mich nicht – ich sage nichts. Und jetzt kommt nur nicht mit der Masche: Das kitzeln wir noch aus dir heraus! – Fehlanzeige, Jungs! Ich bleibe stumm.«

»Obwohl dein sauberer Kavalier nicht mal 100000 Francs für dich ausspuckt? Püppchen, den würde ich hochgehen lassen wie 'nen Freiballon! Dem würde ich zeigen, as ich wert bin.«

»Das kommt noch!« sagte Lulu mit gefährlicher Ruhe. »Aber da muß ich erst in Sicherheit sein.«

»Wer bist du eigentlich?« Karl Lubizek schöpfte heißes, dampfendes Gulasch mit Nudeln auf die Plastikteller. »Nur die Mieze des Marquis?«

»Ich lebe jetzt über ein Jahr mit ihm zusammen. Wir haben uns auf Korsika kennengelernt – bei einer Miß-Wahl!«

»Du grüne Neune!« rief Kranz.

»Ich wurde zur ›Miß Touristik‹ gekrönt – erster Preis: eine Woche im Luxushotel MARE NOSTRUM, eine Nacht mit dem Filmschauspieler Jean Panther – das war Mist, der Kerl wollte mir dauernd an die Wäsche – und freie Wahl in der besten Boutique bis 5000 Francs. Dort sprach mich der Marquis an und kaufte mir Sachen für 25 000 Francs! Das überzeugte mich, ich fuhr mit ihm erst nach Marseille, dann hierher. Er ist ein lieber Mann, er hat mich noch nie geschlagen...«

»Wie alt bist du denn?«

»Dreiundzwanzig.«

»Schon allerhand auf dem Buckel, was, Baby? An Erfahrung, meine ich. Willst du denn wieder nach Deutschland?«

»Nein!« Sie stocherte in dem Essen herum und schüttelte ihren blonden Kopf. »Was soll ich denn da? Wenn mich ein Mann aushält, muß ich dafür auch noch Steuern zahlen! Allein der Gedanke, daß das Finanzamt immer mit mir im Bett liegt, macht mich krank! Hier fragt keiner danach – hier lebe ich frei wie die Wildenten und die Flamingos.«

»Aber wenn du den Marquis hops gehen läßt, ist das doch vorbei, Baby.«

»Es wird andere reiche Männer geben!« versetzte Lulu ungeniert und aß weiter von ihrem Gulasch mit Nudeln. »Es ist nett von euch, Jungs, daß ihr euch so um mich kümmern wollt, aber ich falle schon wieder auf die Beine. Ich bin in dieser Beziehung wie eine Katze.«

»Ein süßes Kätzchen«, meinte Lubizek traurig. Er sah keine Chance mehr, für Lulu mehr als ein zufälliger Kumpel zu werden.

»Und was ist, wenn dein Marquis doch noch in der Nacht das Geld hinterlegt?«

»Dann falle ich ihm nach meiner ›glücklichen Befreiung‹ um den Hals und werde wieder einmal ganz lieb zu ihm sein!«

»Dafür würde ich bei dem seinen Geld auch 100000 Francs bezahlen«, maulte Lubizek. »Mädchen, die Freuden dieser Welt sind ungerecht verteilt! Wir armen Schweine haben immer nur Stehplätze...«

Spät in der Nacht fuhr Kranz zu der kleinen Kapelle.

Er hielt in respektvoller Entfernung, ging das letzte Stück zu Fuß und näherte sich wie ein Wolf, nach allen Seiten sichernd, der Rückwand des kleinen Gebäudes.

Eine halbe Stunde lang blieb er dort in einer wilden Lavendelpflanzung liegen und rechnete damit, daß irgend etwas eine Falle verriete. Als sich nichts rührte, kroch er auf dem Bauch an die Kapelle heran und entdeckte – genau unter der Erinnerungstafel – eine schwarze Aktentasche.

Noch einmal wartete der vorsichtige Johann Kranz eine Viertelstunde, dann wagte er die letzten Meter und griff nach der Tasche. Sie war mit einem Draht an einem Haken in der Kapellenwand befestigt, was Kranz sehr vernünftig fand. Ein korrekter Mann, der Baron, der an alles denkt, sagte er sich.

Einen Profi würde die Verschnürung unsicher gemacht haben. Was Kranz nicht wußte – und auch nicht ahnte –, war, daß der Draht mit einem entfernten Alarmgeber verbunden war. Als er mit einem Ruck den Draht von dem Haken riß, leuchtete irgendwo ein schwaches rotes Lämpchen auf.

Marquis de Formentière unterbrach die Schwachstromleitung und ging zu seinem Pferd. Man hatte ihm die Hufe dick umwickelt, und so konnte es fast lautlos durch das Grasland traben. Ein Gebüsch aus Weiden und Tamarisken verbarg den Reiter vor den Blicken des Mannes, der die Aktentasche abholte.

Der Marquis wartete, bis Johann Kranz von der Kapelle weglief; dann führte er sein Pferd seitlich der Straße durch das unübersichtliche Gelände. Nach einer Weile hörte er das Aufbrummen eines Motors – da saß er auf und ritt zur Straße zurück.

In der Ferne verschwanden die Rücklichter des Wagens.

Raoul de Formentière gab seinem Pferd die Sporen und setzte in einem leichten Jagdgalopp hinterher. Erst als Johann Kranz in einen schmalen Weg abbog, der mitten hinein in das Sumpf- und Steppengelände führte, hielt der Reiter an und folgte nicht weiter.

Die Richtung war nun bekannt – wenn man weiß, wo ein Fuchs strolcht, entdeckt man auch seinen Bau.

Nach den internationalen Spielregeln des Gewerbes, dem der Marquis de Formentière angehörte, waren Karl Lubizek und Johann Kranz bereits tot.

Es kostete den Marquis eine große innere Überwindung, auch Lulu dazuzurechnen. Ihre Schönheit und ihre Zärtlichkeit hatten ihn oft erfreut. Vor allem war sie nie langweilig geworden, was man nicht von allen ihren Vorgängerinnen sagen konnte.

Ein echter Verlust, dachte der Marquis, aber es gibt nun einmal Geschäftsregeln, die über persönliche Gefühle hinaus bindend sind.

XVII

Bis zum Morgengrauen wurde Marcel Bondeau nur noch einmal belästigt. Der Marquis erschien zu Pferde am Spritzenhaus und wurde von Alain zu Bondeau geleitet. Der lag hellwach auf seiner Decke und kaute an einem Stück Dauerwurst.

»Wie geht es Ihnen?« fragte der Marquis und setzte sich auf Alains Stuhl.

»Blendend.«

»Sie haben eine Meisterleistung vollbracht, Bondeau.«

»Das war nicht schwer.«

»Einen Augenblick lang dachte selbst ich, daß Sie tot seien.«

»So ähnlich war es auch. Dieser Kerl von einem Deutschen schlägt ja wie ein Hengst. Ich war wirklich weg. Ich hatte vielleicht eine Angst, als ich alles heranschweben sah. So war's noch nie! Herr Marquis, das tue ich nicht noch einmal.«

Bondeau setzte sich hoch und rieb sich die Hände an der Decke sauber. Dann streckte er sie dem Marquis entgegen.

»Was soll das?« fragte Raoul de Formentière verwundert.

»Ich bekomme noch 5000 Francs.«

»Wenn alles vorbei ist, Bondeau. Übermorgen. Noch ist Monsieur Zipka nicht weg.«

»Es geht mir vor allem darum, daß meine Frau nicht das Geld bekommt, verstehen Sie?«

»Von Ihrer Frau komme ich gerade.«

»Und – was macht sie? Weint Sie?«

»Das Haus ist offen, und sie liegt betrunken auf dem Bett.«

»Dieses Ferkelchen!« sagte Bondeau düster. »Sie feiert, während ich leide! Ich muß sie wieder einmal durchprügeln, das überzeugt sie immer am besten.«

»Ja, man hat seinen Kummer mit den Frauen!« bestätigte der Marquis. »Enttäuschen Sie mich nur nicht, Bondeau.«

Draußen vor dem Spritzenhaus berichtete der Diener seinem Herrn leise, was sich zugetragen hatte.

»Das können wir nicht drei Tage durchhalten, Herr Marquis«, sagte Alain, »denken Sie nur an das Niesen. Und wenn morgens Dr. Bombette kommt, wird es schwer sein, ihn noch zu täuschen. Bondeau atmet ja wieder.«

»Mach ihn von neuem betrunken und schlag ihn auf das Kinn – das gibt abermals ein paar Scheintot–Stunden.« Raoul de Formentière klopfte seinem Diener auf die Schulter. »Ich verlasse mich auf dich, Alain! Es darf keine Panne geben. Es hängt zuviel davon ab!«

So kam es, daß Marcel Bondeau wider Willen zurückgeschickt wurde in die große Vergessenheit.

Alain spendierte ihm eine Flasche Kognak, die Bondeau, von einem höllischen Nachdurst geplagt, fast in einem Durchgang leerte. Man wußte nicht, was man mehr bewundern sollte: sein Herz, das statt Blut eigentlich nur Alkohol pumpen mußte, sein Hirn, das solche hochprozentigen Narkosen überstand, oder seine Leber, die anscheinend alles verarbeitete, was Bondeau schluckte.

Nach dieser Flasche sang Marcel ein unanständiges Lied, das schon sein Vater gesungen hatte, und fiel wie ein Klotz um, nachdem Alain ihm die Faust gegen das Kinn gedonnert hatte.

Nicht zu früh – denn wenig später erschien Dr. Bombette mit einem Spezial-Atmungsgerät. Es sah aus wie ein Hörrohr mit einem Schlauch.

Der Diener saß müde auf seinem Stuhl, den Kopf zur Seite geneigt. Neben Bondeau flackerten die Kerzen. Es wirkte alles sehr feierlich.

»Das ist ja grauenhaft«, sagte Dr. Bombette als erstes und schnupperte. »Der Kerl verströmt aus seinen Poren immer noch Schnaps!«

Er lehnte sich gegen das Feuerwehrauto und betrachtete

den Liegenden. »Noch keine Veränderung, Alain?«

»Ich habe nichts bemerkt, Herr Doktor.«

»Endlich eine Starre...?«

»Ich habe ihn nicht angefaßt.«

Der Arzt ergriff Bondeaus Arme, hob sie und ließ sie zurückfallen. Das gleiche vollführte er mit den Beinen.

»Noch immer beweglich! Bei Gott, das ist ein Phänomen! Ich werde darüber in der ›Zentralzeitschrift für Medizin‹ schreiben.« Er steckte den Schlauch zwischen Marcels Zähne und drückte das merkwürdige Instrument gegen sein Ohr. »Nichts! Absolut nichts! Bondeau ist tot! Mit diesem Gerät wäre der geringste Hauch zu registrieren. Aber da ist nichts!«

Dr. Bombette setzte sich auf das Trittbrett des Feuerwehrwagens und rieb sich mit beiden Händen die Kopfhaut.

»So etwas muß ich in meinem Alter erleben! Waren Sie dabei, als es passierte, Alain? Die Aussagen widersprechen sich. Sogar Andratte weiß nicht mehr genau, was er gesehen hat. Er wirft mit Winkelberechnungen um sich. Wie war es denn? Hat Monsieur Zipka zu hart zugeschlagen?«

»Er wollte...«, antwortete Alain vorsichtig.

»Aber er hat nicht...?«

»Das hat keiner gesehen.«

»Aber Monsieur Zipka behauptet doch selbst, daß er Bondeau getroffen habe.«

»Vielleicht ist Marcel ihm auf die Faust gefallen, als er umkippte...«

»Ich verstehe.« Dr. Bombette grinste schief. »Es soll nichts amtlich werden. Aber von mir verlangt man, daß ich einen amtlich gültigen Totenschein ausschreibe. Wie kann ich das bei diesen seltsamen Symptomen?«

Er trank noch einen Kognak, den ihm Alain anbot, schnupperte noch einmal nach Bondeau hin und sagte abschließend: »Ein Mensch, der nur noch aus Alkohol besteht...«

Damit verließ er das Spritzenhaus.

Alain, müde wie ein umherstrolchender Hund, legte sich nun in das Führerhaus des Spritzenwagens, knüllte seine Jacke wie ein Kissen zusammen und schlief sofort ein, als er den Kopf niederlegte und die Augen schloß. Er war sicher, daß Marcel Bondeau die nächsten acht Stunden Ruhe geben würde.

Der Marquis Raoul de Formentière hatte es nicht geschafft, daß Zipka in der Nacht noch die Camargue verließ. Auch Kathinka hatte alles versucht und auf Zipka eingeredet, bis sie einsah, daß es vergeblich war. Sein starker Gerechtigkeitssinn war mit Sturheit gepanzert.

»Es ist geradezu kriminell, wie Monsieur Zipka ein Held sein will!« sagte der Marquis böse. »Madame, ich bitte zu bedenken, daß meine Gastfreundschaft durch diese Haltung sehr strapaziert wird.«

»Ich kann es doch nicht ändern«, antwortete Kathinka zermürbt. »Ich bin am Ende mit meinen Argumenten.«

»Stellen wir außerdem fest, Marquis«, warf Zipka ein, »daß wir uns nicht gedrängt haben, Ihre Gäste zu sein. Sie haben uns geradezu auf Ihr Gut entführt.«

»Danke!« Der Marquis lächelte säuerlich. »Höflichkeit ist eben auch eine Charaktersache. Ich hatte mir eben sehr große Sorgen um Madame gemacht. Der tragische Unglücksfall mit dem Mädchen, der Ruf der Mühle...«

»Hat man die Kleine übrigens gefunden?«

»Die Suche ist abgebrochen worden. Mehr als getan worden ist, konnte man nicht tun. Jetzt muß man abwarten...«

»Und wenn sie nicht wieder auftaucht?«

»Das läge durchaus im Bereich des Möglichen. Die Étangs sind mit Schlingpflanzen durchsetzt, die solche armen Opfer oft monatelang festhalten. Manchmal kommen sie nie wieder zum Vorschein. Wir leben in einer Urlandschaft, Monsieur. Hier sind Geheimnisse noch alltäglich – man lebt mit ihnen.«

»Es wird also nie wieder nach dieser Lulu gesucht werden?« fragte Zipka leichthin.

»Nein. Wo sollte man noch suchen?«

»Da schreibt man einen Menschen einfach ab...«

»Das ist nicht korrekt ausgedrückt, Monsieur: Man beugt sich der Natur – das ist besser! Hier wird Menschenwille winzig...«

»Theoretisch ist es also möglich, einen Menschen verschwinden zu lassen und zu bejammern, daß diese – wie sagten Sie? –Urlandschaft wieder einmal zugeschlagen hat? – Und jeder hier respektiert das mit heiligem Schauer.«

»Das haben Sie sehr schön ausgedrückt.«

Raoul de Formentière blickte an Zipka vorbei in den Garten. Der Mann ist gefährlich, dachte er. So harmlos er auch aussieht, manchmal direkt trottelhaft, dieser Designer für Anglerfliegen, so verbirgt sich doch hinter dieser Harmlosigkeit eine alarmierende Intelligenz. Ohne es zu wissen, hatte er genau den Punkt getroffen: Auch Lulu wird verschwinden, ohne eine Erinnerung zu hinterlassen. Amtlich ist sie bereits bekannt als Mädchen, das im Étang ertrunken ist.

Niemand wird sie vermissen... Ihre Verwandten in Deutschland – wenn es welche gibt – ahnen nicht einmal, daß sie in der Camargue lebte. Ihre letzte Nachricht kam aus Korsika, und das ist lange her. Sie war eines der Mädchen, die in der Glitzerwelt herumschwirren wie Schmetterlinge, und die irgendwo unbekannt zu Boden fallen, wenn sie sich die Flügel verbrannt haben. Abfall der großen Welt – wie Zigarettenasche...

»Ja, sehr schön!« begann Raoul nach einer Pause von neuem. »Aber ihre Gedankenspiele, Monsieur Zipka, sind doch wohl in höchstem Maße makaber. Auf eine solche Idee ist hier noch niemand gekommen: Zugeschlagen! Die Menschen der Camargue sind gute Menschen, ehrliche Menschen, freie Menschen – eben weil sie mit der Natur so eng verbunden leben!«

Der Marquis legte die Hände aneinander und blickte über die Fingerspitzen hinweg Kathinka an. »Wie soll es nun weitergehen, wenn Sie nicht fahren wollen?«

»Zunächst möchten wir Ihre Gastfreundschaft nicht länger in Anspruch nehmen, Marquis«, sagte Ludwig Zipka. »Wir kehren zur Mühle zurück.«

»Das wird nicht gehen«, antwortete Raoul ruhig. »Die Moulin St. Jacques wird morgen amtlich versiegelt.«

Zipka spürte, wie sich seine Nackenhaare sträubten.

Sie schließen Lulu ein, durchfuhr es ihn. Sie versiegeln sie. Um nicht zu verhungern, muß sie also aus ihrem Versteck heraus, und dann wird es zu ungeahnten Komplikationen kommen.

Er blickte rasch zu Kathinka hinüber und las in ihren Blicken die gleichen Sorgen.

»Warum schließt man die Mühle?« fragte er heiser.

»Sie hat Unglück genug gebracht. Der letzte Fall der armen Lulu sollte wirklich der letzte sein! Wenn die Mühle nicht unter Denkmalschutz stünde, hätte man sie längst abgerissen. Sie ist ja auch wirklich zu nichts mehr nütze... Ein Überbleibsel aus sehr rauhen, gottlob vergangenen Jahrhunderten. Ein Knochenfinger der Vergangenheit...«

»Aber unsere Sachen dürfen wir doch wohl noch abholen?« fragte Kathinka, und ihre Stimme klang bedrückt.

»Selbstverständlich! Wenn Sie Ihre Koffer abgeholt haben, wird die Mühle verschlossen. Man wird alle Zugänge und Fenster mit festen Bohlen vernageln.«

Zipka nagte an der Unterlippe.

Die Situation spitzte sich zu. Wenn mit den Koffern auch plötzlich Lulu aus der Mühle käme, könnte man nur den Überraschten spielen. Für das arme Mädchen aber bedeutete ihr Wiederauftauchen unweigerlich den Transport in eine geschlossene Anstalt nach Arles.

»Ich schlage vor, wir fahren morgen früh zur Mühle und räumen aus«, sagte Ludwig gepreßt. »Dann werden wir bei Dupécheur ein Zimmer mieten...«

»Aber ich bitte Sie! Sie können doch meine Gäste bleiben!« warf der Marquis rasch ein. »Wenn Sie, Monsieur, unbedingt ein Verfahren wegen Körperverletzung mit Todesfolge auf sich nehmen wollen...«

»Ich möchte im Dorf wohnen, Marquis. Ich ahne, daß Komplikationen auf uns zukommen und sich mehren – und das ist Ihnen nicht länger zuzumuten!« Zipka schlug die Fäuste gegeneinander. »Wir werden bei Dupécheur wohnen.«

Der Marquis nickte gottergeben.

Sein so lückenloser Plan begann überall Löcher zu bekommen. Auf der einen Seite mußte der Deutsche in dem Glauben gelassen werden, er sei ein Mörder und müsse sofort verschwinden, vor allem innerhalb der drei Tage, die Bondeau noch als Toter vorgezeigt werden konnte – und andererseits war Sergeant Andratte bereit, kein Protokoll aufzunehmen und die Sache mit Bondeau als Unglücksfall zu betrachten – was natürlich Monsieur Zipka nie erfahren durfte! –, denn nach drei Tagen würde Mas d'Agon das unbegreifliche Wunder erleben, daß Bondeau wieder aufstand, sich von neuem Mut antrank und dann seine feiernde Frau Josephine verprügelte. Das wiederum würde davon ablenken, daß Lulu für immer verschwand, wenn die unbekannten Erpresser sie freiließen. Sie hatte bewiesen, daß sie einen großen Risikofaktor in Raouls Geschäft darstellte. Ein Risiko, das für den Marquis vielleicht tödlich werden konnte. Es war schon eine Kunst, mit allen diesen Bällen zu jonglieren...

In der Nacht beobachteten Kathinka und Zipka wieder, wie der Marquis sein Pferd aus dem Stall holte und wegritt.

Sie saßen im dunklen Zimmer hinter der Gardine und wunderten sich, daß Raoul einen taschenähnlichen Gegenstand mitnahm und vor sich auf den Sattel legte.

»Der Bursche führt ein Doppelleben«, sagte Zipka, nachdem der Marquis losgeritten war. »Ich gäbe was drum, wenn ich ihm nachreiten könnte.«

»Sollen wir ihm ohne Lichter nachfahren...?«

»Zu laut. In diesen stillen Camarguenächten dröhnt ein Motor wie ein Gewitter. Außerdem kommen wir an den Wagen gar nicht heran. Er steht in der Remise bei der Kutsche, und die Remise hat nur ein Tor zum Garten. Dort aber lauern die drei Bluthunde. – Es ist wirklich die beste Lösung, morgen zu Dupécheur umzuziehen.«

»Und was wird aus Lulu?«

»Da gibt es nur eine Möglichkeit: Sie muß erzählen, daß sie gar nicht in den Étang gegangen, sondern einfach ziellos davongelaufen ist. Als sie müde war und nicht wußte, was sie machen sollte, ist sie einfach zurückgekommen. Alle werden aufatmen – am meisten Sergeant Andratte und Kommissar Flacon.«

»Und dann kommt ein Krankenwagen...«

»Das werde ich verhindern, indem ich so etwas Ähnliches wie eine Vormundschaft über das Mädchen ohne Gedächtnis übernehme. Ich werde mich verpflichten, mich um sie zu kümmern.«

»Als Mörder, Wig? Das soll eine Behörde erlauben?«

Zipka sah Kathinka ratlos an.

»Da hast du recht«, sagte er gedehnt. »Ich darf nicht verdächtigt werden...«

»Aber Bondeau, der Beweis, liegt im Spritzenhaus.«

»Verdammt! Ich glaube allmählich, der Marquis hat mir doch den einzig richtigen Weg gezeigt.«

Zipka fuhr sich mit zitternden Händen übers Gesicht. Er bemühte sich nicht, das zu verbergen. Ich darf auch einmal Nerven haben, dachte er. Einmal ist der Vorrat an Stärke eben aufgebraucht...

»Wir müssen Lulu aus der Mühle holen und dann so schnell wie möglich das Weite suchen. Ich muß mich nur daran gewöhnen, ein Flüchtender zu sein.«

XVIII

Am nächsten Morgen zeigte sich Raoul de Formentière sehr aufgeschlossen für die neuen Pläne Monsieur Zipkas. Er lobte dessen reale Abschätzung der Lage und seinen Entschluß, einer vielleicht doch nicht unbedingt objektiven französischen Justiz auszuweichen.

»Fahren Sie zurück nach Deutschland!« sagte er eindringlich. »Ich wiederhole mein Angebot: Es wird nichts nachkommen! Ich werde hier alles regeln und im Sand verlaufen lassen.«

»Das scheint eine Spezialität von Ihnen zu sein«, erwiderte Zipka sarkastisch.

»Wo viel Wasser ist, schwimmt auch viel davon!« Der Marquis lächelte. »Wir leben hier inmitten von Wasser...«

Er wartete, bis das Hausmädchen, das Alains Funktionen übernommen hatte, das Frühstückszimmer verlassen hatte, und fuhr dann fort: »Ich habe da bereits eine recht angenehme Überraschung für Sie, Monsieur Zipka: Sergeant Andratte will von einem Protokoll absehen, wenn Sie heute noch wegfahren. – Sie sehen, daß ich mich sehr bemüht habe.«

»Ich wäre gern bis zum Begräbnis von Bondeau geblieben...«

»Unmöglich, Monsieur! Das käme einer Provokation gleich! Bedenken Sie den Volkszorn, der sich gerade bei einer solchen Feierlichkeit entladen kann! Der Mann, der Bondeau erschlagen hat, der Ausländer, steht an dessen offenem Grab... die Leute würden überkochen! Man würde eine solche Geste nicht als Mitgefühl, sondern als – Frechheit auslegen.«

Der Marquis reichte Zipka für seine Morgenzigarette Feuer.

»Das Gegenteil ist richtig: Weit weg sein, wenn die Trauerfeierlichkeiten beginnen! Ich schlage vor, wir fahren gleich zur Mühle und holen Ihre Sachen.«

»Sie wollen mitfahren?« fragte Zipka leichthin.

»Aber natürlich! Ich begleite doch meine Gäste bis in die Sicherheit.« Raoul lächelte liebenswürdig. »Vielleicht bedürfen Sie noch meines Schutzes...«

»Nötig ist das nicht, Marquis«, sagte Kathinka, die Zipkas Vorhaben genau verstand. Wenn sie allein zur Mühle kommen würden, wäre es ein leichtes, Lulu ungesehen mitzunehmen.

»Ich fühle mich doch für Sie verantwortlich, Madame!«

»Wir haben, meine ich, Ihnen genug Ungelegenheiten bereitet, Marquis.« Ludwig Zipka blickte auf seine Uhr. »Ich möchte gleich fahren. Unseren hiesigen Koffer haben wir in der Nacht schon gepackt...«

Das war eine leicht hingeworfene, aber doch absichtlich gemachte Bemerkung. Der Marquis nahm sie sofort auf.

»Oh, Sie haben schlecht bei mir geschlafen? Das bedaure ich. Hat Sie irgend etwas gestört?«

»An fremde Betten muß ich mich immer erst gewöhnen.« Zipka grinste verhalten. Jetzt schmorst du, mein Lieber! Jetzt weißt du nicht, ob wir deine Ausritte beobachtet haben oder nicht.

»Ich nehme an, Sie kennen das auch, Marquis. Überall hört man fremde Geräusche. Hier knackt es, dort raschelt es – das Ohr ist ungewöhnlich empfindlich, als sei es auf Gefahr programmiert. Das ist natürlich barer Unsinn – aber ich reagiere nun mal so auf fremde Betten.«

»Und gerade bei mir ist die Stille so vollkommen«, antwortete Raoul. »Nur wenn Wind aufkommt, dann singt es um das Haus. Aber ich liebe diese Äolsharfenklänge... Dann am Kamin zu sitzen und zu wissen, daß man unter einem festen Dach und hinter dicken Wänden sicher ist – diese Gewißheit pflege ich immer mit einer Flasche alten Bordeaux zu feiern.«

Zipka hatte keine Lust, weiter den romantischen Exzessen des Marquis zu lauschen. Die Sorge um Lulu trieb ihn an.

»Wann soll die Mühle vernagelt werden?«fragte er.

»Andratte sprach von heute. Ich habe zu ihm geschickt und ihm ausrichten lassen, daß Sie heute morgen Ihre Sachen holen. Danach wird wohl sogleich Jerôme, der Tischler, anrücken und die Mühle schließen. Dann soll sich später der Staat um sie kümmern, der ja schließlich diese Ruine zum Denkmal erklärt hat. Dupécheur, der bisher die Verwaltung übernommen hatte, lehnt diese jetzt auch ab.«

Dann also los!« Zipka stand auf. »Das war ein kurzer Urlaub, Marquis, aber recht ereignisreich. So etwas passiert mir immer, es ist schon unheimlich. Wenn andere Menschen vier Wochen in Urlaub fahren, dann können sie in der Sonne liegen und wissen später nur vom Faulenzen zu berichten. Tauche ich irgendwo auf, dann erlebe ich an einem Tag mehr, als andere in vier Wochen in Büchern lesen!«

»So etwas gibt es!« Raoul nickte. »Manche Menschen ziehen das Abenteuer wie ein Magnet an. Sie leben gefährlich...«

Das war eine versteckte Warnung, dachte Zipka. Wir kommen uns näher, Raoul! Wir verstehen uns plötzlich prächtig. Wenn Lulu nicht wäre... Ich bliebe dir auf dem Pelz wie eine Laus.

»Ich habe das nie so empfunden«, versetzte Zipka freundlich. »Gefahr? Vielleicht habe ich nur keinen Nerv für Gefahren, so etwas soll es auch geben. Wo andere ängstlich werden, werde ich munter. Der eine erstarrt beim Anblick eines Löwen und läßt sich auffressen, der andere schießt ihm genau ins Auge. Darum widerstrebt mir ja auch diese Flucht, aber die Umstände sind zwingender, ich sehe es ein.«

Nach einer halben Stunde fuhren sie zur Mühle zurück, wie sie vor zwei Tagen von ihnen verlassen worden war: Der Marquis mit Kathinka in dem großen Wagen voneweg, hintendrein Zipka in dem kleinen Sportwagen Kathinkas.

An der Gabelung der Straße nach Mas d'Agon trafen sie Josephine Bondeau, die auf einem alten Fahrrad unterwegs war. Sie sprang sofort ab, als sie das Auto des Marquis erkannte.

Raoul bremste und sagte zu Kathinka: »Sie verzeihen, Madame, aber ich muß der armen Frau ein paar tröstliche Worte sagen.«

Er stieg aus, und Zipka überlegte, ob er auch aussteigen sollte. Er blieb jedoch sitzen.

Josephine begann zu weinen und stützte sich auf ihr Rad.

»Habe ich Ihnen nicht gesagt, Sie sollen zu Hause bleiben?« zischte der Marquis sie an, als er nahe genug vor ihr stand. »Wo wollen Sie denn hin?«

»Er ist tot!« Josephine weinte und schnupfte.

»Sie können es doch mal drei Tage allein aushalten.«

»Marcel ist wirklich tot.«

»Blödsinn! Sie wissen es doch am besten.«

»Aber Dr. Bombette sagt, Marcel sei... Das habe ich nicht gewollt. Wenn ich das vorher gewußt hätte! Mein armer Marcel! Er war so gut...«

»Er lebt!« entgegnete der Marquis scharf. »Und jetzt benehmen Sie sich vernünftig. Er hat schon in der Nacht kräftig gegessen, hat dann eine Flasche Kognak ausgetrunken und ist wieder in seinen scheintoten Zustand zurückgefallen.«

»Nein!« schrie Josephine. Und dann leiser: »Er hat gegessen?«

»Und schon wieder Kognak getrunken?«

»Sie hören es doch! Dr. Bombette hat sich täuschen lassen.«

»Er lebt! Auf nichts mehr ist Verlaß.«

Josephine Bondeau drehte ihr Fahrrad um, begann wieder laut zu weinen, schwang sich auf den Sattel und fuhr – wie eine Betrunkene – in Schlangenlinien davon.

Raoul de Formentiére trat an den offenen Sportwagen heran und beugte sich zu Zipka herunter.

»Der Schmerz zerstört sie«, sagte er sehr ernst. »Es war Bondeaus Witwe. Sie ist jetzt völlig allein auf der Welt.«

»Ich werde ihr einen namhaften Geldbetrag hinterlassen. Fahren Sie schon zur Mühle vor, Marquis, ich folge der Frau und sage es ihr.«

»Bitte, nein, halten Sie sich ganz zurück, Monsieur.« Raoul schüttelte den Kopf. »Ich würde jetzt so wenig wie möglich in Erscheinung treten. Die Stimmung der Bevölkerung ist leicht explosiv! Jeder, der die weinende Josephine Bondeau sieht, wird mit Ihnen abrechnen wollen. Es ist wirklich das beste, wenn Sie so schnell wie möglich aus dieser Gegend verschwinden.«

Zipka sah das ein und fuhr Josephine nicht nach.

Nach zehn Minuten hatten sie die Moulin St. Jacques erreicht. Zipka hupte ein paarmal, um Lulu zu warnen, und parkte dann neben dem schweren Wagen des Marquis.

»Warum veranstalten Sie ein solches Konzert?« fragte Raoul scharf. »So unauffällig wie möglich – wenn ich bitten darf.«

»Eine alte dumme Gewohnheit von mir! Wenn ich etwas Schönes wiedersehe, muß ich es begrüßen! Zum Beispiel in München. Täglich fahre ich sicherlich viermal an den Propyläen vorbei – und jedesmal hupe ich! Es überkommt mich einfach.«

»Und jetzt ausgerechnet bei dieser alten Mühle?«

»Ich habe sie liebgewonnen. Warum? Oh, das betrifft meine Intimsphäre, wie man so schön sagt, und bedarf keines Kommentars.«

Er blickte zu dem alten Gemäuer hinüber und hoffte, daß Lulu aus einem der kleinen, oberen, schießscharten-ähnlichen Fenster blicke und die Situation begriffe.

Kathinka schloß die dicke Bohlentür auf und ließ sie weit offen.

Im Innern der Mühle roch es muffig und immer noch nach gärendem Mehl, obwohl sich die Mahlwerke seit hundert Jahren nicht mehr gedreht hatten. Kathinka lief durch das untere Geschoß, riß alle Fenster und Läden auf und ließ frische Luft herein. Dabei klapperte sie laut in der Küchennische mit den Töpfen, um Lulu, die irgendwo oben sich versteckte, auf diese Weise mitzuteilen, daß sie noch unsichtbar bleiben müsse.

Zipka machte zunächst keine Anstalten, die Mühle zu betreten. Er lehnte an dem Sportwagen und steckte sich eine Zigarette an.

»Wie lange werden Sie brauchen?« fragte der ungeduldige Marquis.

»Vielleicht eine Stunde...«

»Wenn Sie das abkürzen könnten...«

»Sollten Sie eilig sein, Marquis, wir möchten Sie nicht aufhalten. Wir haben Ihre Güte, ich sagte es schon, sowieso über Gebühr strapaziert. Wir werden packen und dann sofort verschwinden. Bei Dupécheur müssen wir noch kurz vorbei, die Miete bezahlen...«

»Das ist bereits erledigt, Monsieur.«

»Marquis, das kann ich unmöglich annehmen.«

»Sie waren meine Gäste und haben die Mühle kaum bewohnt. Also war es meine Aufgabe, alle Auslagen zu übernehmen. Es war mir eine Freude, bitte, kein Wort mehr darüber, Monsieur Zipka. Außerdem wäre es fast Selbstzerfleischung, jetzt noch ins Dorf zu fahren! Ich rate Ihnen wirklich, den schnellsten Weg zu nehmen: Von hier bis Albaron und dann auf der N 570 direkt nach Arles.«

»So wollte ich fahren!«

Zipka blickte zur Mühle. Kathinka stand in der Tür und winkte mit beiden Armen. Ihr Gesicht zeigte Ratlosigkeit.

»Entschuldigung, ich werde gebraucht.«

»Wenn ich helfen kann...«

»Danke, Sie haben uns wirklich schon genug geholfen.«

Zipka ging an Kathinka vorbei in das große Wohnzimmer und sah sich um. »Was ist?« fragte er.

»Lulu... Lulu ist nicht mehr hier...«, stammelte Kathinka.

»Nicht mehr hier? Mach bitte jetzt keine Witze,
Tinka...«

»Ich habe sie überall gesucht. Ich war bis oben an den
Windmühlenflügeln. Ich habe gerufen – nichts!«

»Sie hat Angst.«

»Vor uns?«

»Sie hat sicherlich den Marquis gesehen. Geh hinaus,
Tinka, lenke den gelackten Burschen ab. Ich hole Lulu
schon aus ihrem Versteck.«

Aber nach einer Viertelstunde erschien Zipka an der Tür
und hob resignierend die Schulter. Nichts! Lulu hatte die
Mühle tatsächlich verlassen. Ziellos würde sie jetzt durch
die Gegend irren – ein Mädchen ohne Erinnerung...

Ein fürchterlicher Gedanke.

»Ist etwas nicht in Ordnung?« rief Raoul de Formentière
gehässig.

Zipka winkte ab.

»Ich weiß mit meinem Koffer nicht Bescheid. Tinka,
wenn du bitte kommen möchtest...«

Kathinka lief zur Mühle zurück und fragte gar nicht, was
Zipka wirklich von ihr wollte. Sie sagte nur hastig: »Was
machen wir jetzt? Wir können sie doch nicht suchen.«

»Nein! Wer weiß denn, wann sie weggelaufen ist? Sie
kann schon über einen Tag weg sein.«

»Vielleicht ist es besser so, Wig...«

»Das auf keinen Fall. Aber wir können es nicht mehr
ändern.«

Kathinka lehnte sich an die dicke hölzerne Stützsäule der
Treppe und ließ die Arme hängen. Zipka blickte kopf-
schüttelnd den Tisch an.

Er war noch gedeckt, wie sie ihn verlassen hatten. Nur
war das Geschirr sauber, als habe man sie erwartet...

»Wir fahren nach Hannover zurück, Wig?« fragte Kathinka.

»Nein. Ich habe mir gedacht, wir setzen unseren Urlaub
in Spanien fort. Wir fahren die ganze Küste entlang, bis wir

einen stillen schönen Platz für uns allein gefunden haben. Das soll es noch in Spanien geben. Und dort werden wir im Ufersand oder unter Pinien liegen und feststellen, ob es ein wahrer oder ein dummer Spruch ist – dieses: ›Liebe läßt alle Blumen blühen!‹ Ist er wahr, dann müßten sich in den Wochen unseres Urlaubs die Felsen an der Küste, der Strand am Meer und der Boden des Landes um uns herum in einen einzigen, üppig blühenden Garten verwandeln! So liebe ich dich...«

»Du hast eine merkwürdige Art, solche Dinge immer an den unmöglichsten Orten und zu den unpassendsten Zeiten zu sagen, Wig. Was soll ich nun in dieser Situation damit anfangen?«

»Dich freuen – und das Kapitel ›Camargue‹ abschließen.« Er legte den Arm um sie, zog sie an sich und küßte sie.

»Ich werde das Wort ›Camargue‹ in Gold schreiben lassen und bei uns aufhängen. Kein Gemälde kann kostbarer sein! Hier habe ich entdeckt, was Liebe überhaupt ist.«

»Wir müssen packen, Tinka.«

»Eigentlich bin ich nur aus Trotz in die Camargue gefahren, weißt du das?«

»Ich habe es geahnt.«

»Du hattest mich so geärgert, daß ich mir sagte: Ich will keinen Mann mehr sehen! Ich werde jetzt Urlaub machen, wo ich ganz allein bin. Da hörte ich von der alten Mühle – und habe sofort die Moulin St. Jacques gemietet.«

»Wir müssen weg, Tinka«, sagte er und küßte ihre Nasenspitze. »Uns sitzen zwei Katastrophen im Nacken: Bondeau und Lulu...«

»Jetzt fängst du an, zerstörend nüchtern zu denken. Was du mir immer vorgeworfen hast.«

»Das hat seinen Grund. Tinka, ich will so schnell wie möglich von hier weg und mit dir allein irgendwo glücklich sein! Ich will unter einem blauen Himmel liegen und in die Unendlichkeit rufen können: Wir sind glücklich...!«

243

Seine Begeisterung steckte sie an. Sie rannte die Treppe hinauf und begann, in den Schlafzimmern die restlichen Sachen zusammenzupacken.

Niemand wußte zu dieser Stunde, wie dieser Tag enden würde.

Mas d'Agon sollte seine wenig aufregende Historie endlich um ein dramatisches Kapitel bereichern.

XIX

Die Ereignisse überschlugen sich, wie es ja öfter im Leben sehr seltsam ist, daß Jahre oder gar Jahrzehnte in stiller Harmonie vorbeiziehen, gewissermaßen auf Filzpantoffeln, und dann plötzlich das Schicksal über uns hereinbricht, daß man nicht genug Sinne hat, es zu begreifen.

Die Flutwelle unserer Geschehnisse wurde durch den Brief ausgelöst, den Raoul de Formentière den 100000 Francs in der Aktentasche beigelegt hatte.

Bedauerlicherweise wurde er erst gelesen, nachdem sie das Geld gezählt hatten.

Lubizek, der nicht daran geglaubt hatte, daß man überhaupt Geld kassieren würde, vollführte vor dem Zelt einen Freudentanz, riß Lulu an sich und küßte sie, dann köpfte er eine Flasche Brandy und benahm sich überhaupt so, als habe man Frankreichs größte Bank ausgeraubt.

Nach deutscher Währung war der Gewinn zwar mehr als bescheiden, weil ja die Hälfte des Geldes an Lulu ging, aber auch 12500 DM – wohlwollend gerechnet – stellten einen Erfolg dar, wenn man berücksichtigte, daß die große Entführung gescheitert war und die Goldmine Kathinka Braun wohl nie mehr zu knacken war.

Erst nachdem sie die Scheine verteilt und einige Schlucke Brandy getrunken hatten, nachdem Lulu ein Brathähnchen aus der Dose aufgewärmt und sie es mit fast alberner Fröhlichkeit verzehrt hatten, entdeckte Johann Kranz auf dem Boden der Tasche einen Zettel.

»Da ist noch was!« rief er.

»Vielleicht 'ne Quittung?« johlte Lubizek. »Verbucht unter Spesen, haha!«

»Eine Mitteilung. Lulu, übersetze es mal...«

Es waren nur wenige Zeilen, die der Marquis mit der Schreibmaschine geschrieben hatte. Lulu las sie langsam vor. Ihr Gesicht wurde dabei immer starrer und am Ende beinahe angstvoll.

»Anbei die 100 000 Francs als Ablösung für Lulu. Es ist sonst nicht meine Art, auf solche Kindereien einzugehen, aber in diesem Fall lohnt sich die Investition – wegen Lulu!

Lassen Sie sie laufen, sie wird auf der Straße erwartet werden. Ich hätte sie auch bei Ihnen im Sumpf abholen können, aber ich wollte keine Komplikationen und keine nassen Füße. Ich erwarte, daß Sie Ihr Zelt umgehend abbrechen und mit Ihrem Wagen verschwinden. Sie müssen noch viel lernen, um große Gauner zu werden. Adieu, Messieurs!«

Johann Kranz starrte vor sich hin in das trübe Licht der Propangaslampe. Auch er begriff, lange vor Lubizek, was dieser Brief bedeutete. Das war ein saftiger Tritt in den Hintern...

»Der hat unser Versteck gekannt«, sagte Kranz dumpf.

»Der hat alles gewußt! Und trotzdem hat er bezahlt.«

»Aber wieso denn?« fragte Karl Lubizek verwirrt. »Wie kann der denn wissen, daß wir hier leben, wenn wir nie einen gesehen haben, der in unserer Nähe spioniert hat? Der kann dir doch nur gefolgt sein, als du die Tasche abgeholt hast – aber da lag doch der Zettel schon in der Tasche unter dem Geld! Da stimmt doch was nicht...«

»Das merke ich auch!« Lulu hielt den Zettel in ihren Händen, die plötzlich zu zittern begannen. »Das ist ein ganz großer Bluff, Jungens! Raoul wußte gar nichts! Aber er hat es sich eben vorgestellt, daß es so sein könnte.«

»Und was soll dann der Brief? Ist doch klar, daß wir sofort abhauen, wenn wir dich auf der Straße abgesetzt haben.«

»Nehmt mich mit...«, sagte Lulu leise. Ihre kindliche helle Stimme schwankte ein wenig.

»Du hast wohl 'nen Knall?« rief Kranz überrascht. »Bei uns kannste kein Geld verdienen.«

»Nehmt mich mit bis Paris – bitte!«

»Das ist ein Umweg.«

»Dann wenigstens bis Lyon. – Ich habe Angst...«

»Aber warum denn? Auf der Straße wartet dein Marquis mit einem Blumensträußchen auf dich. Und nachher im Bettchen...«

»Halt's Maul!« brummte Lubizek. »Wenn sie Angst hat...«

»Vor wem denn?«

»Ich habe einen Fehler gemacht«, sagte Lulu kläglich. »Einen ganz großen Fehler – für so wenig Geld.«

»Die hat den Verstand verloren!« Johann Kranz tippte sich an die Stirn. »Mädchen, du bist frei!«

»Nein!« rief Lulu hell. »Ihr müßt mich mitnehmen!«

»Aber er schreibt doch...«

»Laßt sie laufen, schreibt er. Sie wird auf der Straße erwartet... Begreift ihr das denn nicht? Wenn ein Raoul de Formentière so etwas schreibt... Laßt sie laufen... Als wenn es sich um einen Hund handelt, den man auf die Straße setzen soll und dem man einen Tritt gibt: Nun lauf schon nach Hause! Los! – Das hier, das hier...« Sie hielt den Zettel hoch, und ihre Hand zitterte heftig, »das ist ein Urteil! Das heißt: Liefert sie mir für diese 100 000 Francs aus – alles andere übernehme ich.«

»Das ist vielleicht 'n Ding!« stotterte Lubizek.

»Er wird mich umbringen.«

»Blödsinn! Wir sind doch hier nicht in Chikago!«

»Nein, da sind wir nicht«, antwortete Lulu bitter. »Hier ist mehr! Ach, ihr habt ja keine Ahnung, Jungs. Ihr wißt ja nicht, was hier gespielt wird! Und ich habe mich verrechnet. Ich habe nicht geahnt, daß er mich so kalt fallenläßt. Er ist ein Satan, sage ich euch – ein lächelnder, eleganter, charmanter Satan.«

Und dann, unter der Angst, die sie bedrückte, erzählte sie, was unter der Falltür, im geheimen Kellerraum der Moulin St. Jacques lagerte.

Kranz und Lubizek starrten sie mit fahlen Gesichtern an. Plötzlich waren die Geldscheine in ihren Taschen wie glühende Stahlplatten. Raoul de Formentière hatte recht:

247

Zum großen Gangster fehlte ihnen alles, vor allem die Nerven. Immerhin begriffen sie ganz klar, daß sie da in ein Geschäft eingegriffen hatten, das nie und nimmer zu ihnen paßte und das sie vernichten konnte, wenn sie nicht sofort reagierten.

»Du lieber Himmel!« sagte Kranz mit heiserer Stimme. »Wir müssen sofort weg! Damit will ich nichts zu tun haben. Über zwanzig Millionen Mark? Auf einem Haufen?«

»Schätzungsweise. Es können auch mehr sein, weniger nicht.«

»Zelt ab!« rief Lubizek und sprang auf. »Sofort in die Kurve! Hier bleibe ich keine Minute länger als nötig!«

»Und ihr nehmt mich mit?« fragte Lulu verzweifelt.

»Natürlich!« Kranz begann die Möbel zusammenzuklappen und die Luft aus den Luftmatratzen zu lassen. Dann sagte er entschlossen:

»Aber vorher jubele ich dem feinen Herrn eins unter die Weste, daß er an Überdruck erstickt. So ein Saustück! Mädchen, ich habe für 'ne ganze Menge von kleinen und größeren Gaunereien Verständnis – die Welt ist so schlecht, warum sollten wir da besser sein? – Aber zwei Dinge mache ich nicht mit: Irgendein Ding mit Kindern – und das hier!« Er blieb stehen und sah Lulu mit brennenden Augen an. »Weißt du, daß ich eine Schwester habe?«

»Nein, woher sollte ich das wissen?«

»Siebzehn Jahre ist sie, ein hübsches Ding. Hat Friseuse gelernt und wollte mal Kosmetikerin werden. Ein gutes strebsames Ding, nicht so eine mit 'ner breiten Couch und roten Gardinen. Dann lernte sie in 'ner Diskothek so einen Typ kennen, auf den alle Weiber fliegen. Große Schnauze, enge Hose und immer Geld in der Tasche. Bei dem lernte sie das Schnupfen, und der hat ihr auch den ersten Schuß gesetzt. Gleich so viel Heroin, daß sie wild auf das Zeug wurde.«

Kranz atmete schwer.

»Heute sitzt sie in einer geschlossenen Anstalt, und die Leber ist kaputt. Das ganze Mädchen ist kaputt. Monatelang bin ich rumgelaufen, um den Typ zu suchen. In allen Diskotheken bin ich Stammgast geworden – aber der Kerl war weg. Wie ich später hörte, nach Frankfurt. Ich sag es euch, wenn ich den in die Finger bekommen hätte... Und so'n ganz Großer von der Sorte ist nun dein Marquis! Lulu, den laß ich jetzt ins Messer rennen...«

Nach einer Stunde hatten sie das Zelt abgerissen, hatten alles verpackt und rumpelten mit ihrem alten VW über den Feldweg zur Straße. Sie versteckten sich jetzt nicht mehr – mit vollen Scheinwerfern suchten sie den Rückweg aus dem unwirtlichen Gelände.

Im flammenden Morgenrot erreichten sie Arles und fragten auf der Straße die Polizisten nach dem Polizeipräsidium.

Dort hatten sie Mühe, einen Kommissar zu sprechen, denn der diensttuende höhere Beamte war auf alles vorbereitet, sogar auf Mord, nur nicht auf die Anzeige, die da vorgebracht wurde.

Da aber ein solcher Fall nicht brennend akut war, telefonierte er erst einmal mit dem Leiter des zuständigen Kommissariates, der natürlich noch im Bett lag, im Zustand des Halbschlafes nur bedingt aufnahmefähig war und erst sehr munter wurde, als ein Name genannt wurde: Marquis Raoul de Formentière.

»Blödsinn!« sagte der Kommissar. »Völliger Blödsinn! Sind die Kerle betrunken? Nein? Was sind sie? Deutsche? Aus Hannover? Und ein Mädchen ist dabei? Emmi Schmidt aus Oberpfaffenhofen? Mein Gott, das kann ja kein anständiger Franzose aussprechen. Und dieses Trio zeigt den Marquis de Formentière an? Festhalten, mein lieber Daniel, festhalten! Ich komme sofort! Da steckt etwas anderes dahinter! Diese Anklage ist zu absurd...«

Kommissar Philippe Mauran erschien im Präsidium mit dem festen Willen, diese Deutschen mit stählerner Strenge anzufassen. Aber nachdem er im Vorzimmer die bereits schriftlich vorliegende Anzeige gelesen hatte, spürte er so etwas wie einen eisernen Ring um sein Herz.

Wenn das stimmte, dann hatte man zwei Jahre lang ahnungslos mit einem der gesuchtesten Unbekannten Frankreichs zusammengelebt. Das rapide Ansteigen der Rauschgifteinfuhr wurde mit größter Sorge registriert – aber niemand wußte bisher, durch welche Kanäle das Gift nach Frankreich floß.

Kommissar Mauran verspürte Übelkeit.

Ausgerechnet bei uns in der Camargue soll das sein? dachte er. Aus einem Paradies wie unserem Étang de Vaccarès soll der verfluchteste Tod kommen?

Und wir haben jahrelang daneben gesessen, haben den Marquis de Formentière als Gast bei allen großen Galaveranstaltungen begrüßt? Welch eine Blamage!

Er griff zum Telefon und ließ sich das Personalamt der Polizei geben. Dort suchte man lange, bevor man antwortete:

»Zuständig ist Sergeant Emile Andratte in Mas d'Agon«, sagte der Sprecher im Personalamt. »Was ist mit ihm?«

»Gibt es einen Aktenvermerk über ihn?« fragte Mauran ungeduldig.

»Ein guter, fleißiger Beamter. Beste Beurteilungen – bis auf einen Eintrag...«

»Aha! Und was?«

»Er hat den Leiter der Materialbeschaffungsstelle einen ›elenden Geizkragen‹ genannt. Das hat ihm den Verweis eingetragen.«

»Und warum ist der Kollege ein alter Geizkragen?«

»Elender, Herr Kommissar.«

»Zum Teufel, ja! Warum?« brüllte Mauran.

»Sergeant Andratte beantragt seit Jahren einen Dienstwagen und ist immer abschlägig beschieden worden.«

»Begründung?«

»Keine Notwendigkeit. Das Gebiet des Sergeanten

Andratte ist das ruhigste von ganz Frankreich, sagte man.«

»Die werden sich wundern!« rief Mauran bitter aus. »Andratte hätte eine ganze Motorstaffel verdient. Danke, Kollege!«

Die französische Polizei ist dafür bekannt, daß sie präzise arbeitet – wenn sie einmal angefangen hat zu arbeiten. Sie übertrifft dann an Ideenreichtum alle anderen Staaten, einschließlich England mit Scotland Yard. Wie Frankreich, sobald es um Kunst geht, aufblüht und alles andere überstrahlt, so wird auch seine Polizei zu einem geradezu ästhetischen Genuß – denn Polizeiarbeit wird von den Fachleuten auch als eine Kunst betrachtet.

Kommissar Philippe Mauran verhörte eine halbe Stunde lang Johann Kranz und Karl Lubizek aus Hannover sowie Emmi Schmidt aus Oberpfaffenhofen. Er verhörte sie einzeln, aber während die Herren aus Hannover nur berichten konnten, was sie von Emmi Schmidt gehört hatten, legte diese eine breite Palette intimer Kenntnisse aus dem Leben des Marquis de Formentière vor.

Kommissar Mauran war ehrlich erschüttert.

»Und woher wissen Sie das alles, Mademoiselle?« fragte er.

»Ich war die Geliebte des Marquis«, antwortete sie unbefangen.

Für einen Franzosen ist das die überzeugendste Antwort, die es gibt. Dagegen sind keine Argumente stichhaltig. Wenn eine Geliebte ihr Herz erleichtert, so sprudelt neben viel Trübem auch oft die klare Wahrheit heraus.

Mauran schloß die Befragungen ab, griff zum Telefon, bestellte einen Dienstwagen, alarmierte sein sich langsam einfindendes Kommissariat und beantragte einen Mannschaftswagen mit 20 Polizisten für einen Blitzeinsatz.

Dann ließ er sich mit Mas d'Agon verbinden.

Sergeant Andratte hatte gerade zum Frühstück zwei halbweiche Eier verzehrt und nahm mit einem Brotrest das restliche Eigelb vom Teller auf, als sein Telefon klingelte.

Sein erster Gedanke war: Marcel Bondeau!

Nun war es sicher; Dr. Bombette hatte wohl die endgültige Diagnose gestellt.

Er hob ab und sagte, seiner Sache ganz sicher:

»Nun hat er endlich Ruhe!«

Er wollte gerade wieder auflegen, als er zusammenzuckte. Eine fremde Stimme brüllte durch den Hörer.

»Im Gegenteil! Mit Ihrer Ruhe ist es vorbei! Melden Sie sich gefälligst vorschriftsmäßig, Sergeant!«

Man muß die Bewohner von Mas d'Agon kennen, um Sergeant Andrattes Reaktion zu verstehen. Daß um diese frühe Zeit jemand aus dem Präsidium in Arles anrief, war völlig ausgeschlossen in Andrattes Augen.

Es gab nur eine Deutung, und die sprach der Sergeant jetzt aus: »Leg dich wieder in deine Koje, und laß mich in Ruhe!«

»Hier spricht Mauran! Kommissar Mauran!« brüllte es aus dem Telefon. »Rauschgiftdezernat!«

Andratte nickte erfreut. Was die sich wieder mal ausgedacht hatten! Einen Kommissar Mauran kannte er nicht. Woher auch? Was hat ein Polizist von Mas d'Agon mit dem Rauschgiftdezernat zu tun?

»Paß mal auf, Mauran«, sagte er deshalb gemütlich. »Ich lecke gerade mein Ei auf. Wenn ich fertig bin, kannst du zu mir kommen, und mich...«

»Sergeant!« sagte jetzt Mauran, gefährlich akzentuiert. »In einer halben Stunde bin ich mit zwanzig Mann und meinem gesamten Kommissariat bei Ihnen. Sie begeben sich sofort unter irgendeinem Vorwand zu dem Marquis de Formentière und sorgen dafür, daß er sich nicht entfernt. Ich mache Sie dafür voll verantwortlich! Haben Sie das verstanden?«

Andrattes Unterkiefer klappte herunter, und das Brot mit dem Eigelb fiel auf den Teller. Wie immer, wenn es kritisch wurde, brach sofort Schweiß aus seinen Poren und lief über sein Gesicht.

»Wer ist da?« fragte er schließlich kleinlaut.

»Kommissar Mauran in Arles. Präsidium! Sind Sie endlich aufgewacht, Andratte? Wie kommen Sie zu dem Marquis?«

»Da gibt es drei Möglichkeiten«, stammelte der erschütterte Andratte. »Zu Fuß, mit dem Fahrrad, oder ich leihe mir von Dupécheur, dem Gastwirt, das Motorrad. Aber nur, wenn es ganz eilig ist. Ist es ganz eilig?«

»Das hört auf, Sergeant!« Mauran atmete heftig in die Telefonmuschel, was Andratte noch mehr aus dem Gleichgewicht brachte. Wenn Vorgesetzte schnaufen, dann ist das Ungewöhnliche greifbar. »Sie werden einen Dienstwagen bekommen!«

»O Gott!« Andrattes Herz zuckte. Ich bekomme einen Infarkt, dachte er und lehnte sich weit zurück. Nur jetzt nicht! Ein Auto für mich! Bleibe stark, Emile! – »Ist das wahr?« fragte er schwach.

»Ich verspreche es Ihnen! Leihen Sie sich zum letzten Mal das Motorrad, und fahren Sie sofort zu dem Marquis.«

»Jawohl! Und was soll ich sagen?«

»Himmel noch mal! Guten Morgen... und dann erzählen Sie ihm etwas. Irgend etwas... Er darf nur nicht wegfahren! Es wird Ihnen doch irgend etwas einfallen...«

»Gestern hat der Schmied Sylvester Dragony ein Pferd von Julien Bellefille beschlagen, und seither lahmt es. Bellefille will es jetzt schlachten und das Pferd stückchenweise dem Schmied ins Maul stopfen...«

»Wunderbar! Das ist doch eine herrliche Geschichte!«

Mauran legte auf. Resignierend blickte er seine um sich versammelten Mitarbeiter an. »Nach meiner Pensionierung ziehe ich nach Mas d'Agon«, sagte er erschöpft. »Das muß Gottes Ruheplatz sein...«

Zehn Minuten später verließ eine Autokolonne das Präsidium von Arles. Auch der alte VW war dabei! Kranz, Lubizek und Lulu waren nun Kronzeugen geworden.

253

XX

Ein Unglück, so heißt es ja, kommt selten allein.

Wenig später wachte Marcel Bondeau frühzeitig auf. Er tat es mit einem tiefen Seufzer, gerade als Dr. Bombette seine schwungvolle Unterschrift unter den Totenschein gesetzt hatte und das Papier zum Trocknen durch die Luft wedelte.

Es ist eine fälschliche Ansicht, daß einen Arzt nichts erschüttern könne, was mit einem Patienten zusammenhängt. Auch ist es vermessen, anzunehmen, daß Ärzte die Kaltschnäuzigkeit gepachtet haben – auch wenn man so häufig davon liest und Aussprüche wie »Hüpfen sei gut für den Kreislauf!«, zu einem Beinamputierten gesagt, zu solchen Vermutungen Anlaß geben.

Dr. Bombette gehörte zu jener Sorte von Medizinern, die man als »hart gesotten« bezeichnen darf.

Trotzdem wurde er jetzt bleich und lehnte sich plötzlich mit weichen Knien gegen das Feuerwehrauto, als der gerade amtlich bescheinigte Tote sich aufrichtete, einen tiefen Seufzer ausstieß und – das kannte man allerdings von Bondeaus früheren Erweckungen – heiser, aber deutlich ausrief: »Platz da! Ich muß sofort austreten...«

Dr. Bombette schwankte also ein wenig, ließ den Totenschein fallen und gab Bondeau einen Tritt in die Gesäßgegend. Marcel nahm es hin, hielt sich an der Wand fest und drückte die Stirn für einen Moment gegen den rauhen getünchten Putz.

»Ich sollte dich erschlagen, damit der Totenschein endlich stimmt!« knirschte Dr. Bombette. »Diese Blamage! Du bist eine Gefahr für die gesamte medizinische Wissenschaft! Wieso lebst du nun wieder?«

»Das war vertraglich ausgemacht!« antwortete Bondeau mit weinerlicher Stimme. Er drehte sich um und blickte den Arzt mit seinen umflorten, rot geränderten Trinkeraugen flehend an.

254

»Was war festgelegt?«

»Ich sollte so lange liegen, bis auch Sie der Meinung wären, daß ich tot bin. Höchste Liegezeit: drei Tage!«

»Oh! Ich zerplatze!« Dr. Bombette rang die Hände. »Wer hat das angezettelt?«

»Es war ein Geschäft, Doktor...«

»Ein Geschäft?«

»Mir wurden drei Tage Scheintotsein abgekauft. Für 7000 Francs und zwei Kisten Alkohol.«

»Wer hat diese Ungeheuerlichkeit...?« fragte Dr. Bombette gepreßt. »Marcel nenne mir den Namen... Oder ich verspreche dir: Wenn du mich jemals als Arzt brauchst – und das wirst du –, spritze ich dir Rhizinus in die Adern... Wer?«

»Der Marquis«, berichtete Bondeau folgsam.

»Du bist ja immer noch besoffen!« rief der Doktor. »Der Marquis? Der hat sich doch rührend um dich gekümmert...«

»Weil er mich sozusagen für drei Tage gemietet hatte. Alain sollte auf mich aufpassen.«

»Alain? Ja, das stimmt. Und wo ist Alain jetzt?«

»Ich weiß es nicht. Als er mich niederschlug, war er natürlich noch da...«

»Alain hat dich auch...?« Dr. Bombette holte tief Atem. »Marcel, nun erzähle mir alles. Der Reihe nach...«

»Aber ich muß doch...«

»Dann los!«

»Nicht hier, sonst verprügelt mich Dulallier auch noch.«

Marcel rannte durch die kleine Hintertür ins Freie.

Nach einer ziemlich langen Zeit kam er zurück und fand Dr. Bombette immer noch sehr aufgeregt vor. Der Arzt saß auf dem Trittbrett des Spritzenwagens und ließ die Beine baumeln, als wolle er mit beiden Füßen Fußbälle treten.

»Warum solltest du den Toten spielen?« fragte Bombette sofort, als Bondeau hereinschlich.

255

»Das weiß ich nicht. Fragt man bei 7000 Francs nach solchen Kleinigkeiten?«

»Und der Marquis machte keine Andeutungen?«

»Nichts.«

Die beiden erschraken, als das Knattern eines Motorrades erklang. Mit einem Satz war Bondeau auf seinem Lager und legte sich hin.

»Muß ich noch?« fragte er beinahe kindlich.

»Aufstehen!« rief Dr. Bombette.

Die Tür schwang auf, und Sergeant Andratte erschien in kriegerischer Aufmachung. Am Koppel trug er eine schwere Pistole.

Bondeau zuckte hoch und starrte den Sergeanten an.

Andratte, der Alain sprechen wollte, warf die Arme hoch und stand da, als wollte er den Verkehr in einer Großstadt stoppen.

»O Gott«, stammelte er. »Das kann doch nicht wahr sein...«

»Er lebt!« schrie Dr. Bombette und sprang vom Spritzenwagen. »Er hat uns alle zum Narren gehalten, und der Marquis hat ihn dafür bezahlt!«

»Schon wieder der Marquis.« Andratte ließ seine Arme sinken. »Und wo steckt Alain?«

»Fort!« antwortete Bondeau. »Dabei sollte er mich betreuen und warnen...«

»Warnen? Vor wem? Vor was?«

»Vor jedem, der in das Spritzenhaus kommt. Ich habe einen Vertrag über drei Tage – vorher durfte ich offiziell nicht aufwachen. Nur, wenn ich mit Alain allein wäre...«

»Du bleibst jetzt hier!« befahl Andratte, dienstlich streng. »Du bist jetzt eine politische Sache, verstanden?«

»Nein, Emile.«

»Du bist ein Zeuge!« brüllte Andratte. »Du rührst dich hier nicht von der Stelle, bis wir dich rufen!«

»Ich werde ihn vorverhören«, sagte Dr. Bombette. »Noch weiß ich nicht, was hier gespielt wird, aber ich bekomme es heraus! Ich sollte getäuscht werden! Mein ärztlicher Ruf sollte zerstört werden! Das muß doch alles einen massiven Grund haben... Was wollten Sie denn jetzt hier, Sergeant?«

»Alain aushorchen, Dr. Bombette.« Andratte legte einen Finger auf die Lippen. »Ich soll den Marquis bewachen. Staatsgeheimnis! Höchster Befehl aus Arles...«

»Da kommt etwas auf uns zu!« rief Dr. Bombette, von prickelnder Spannung erfüllt. »Da wird wohl endlich in Mas d'Agon etwas passieren!«

Andratte schwitze wieder wie ein gejagtes Pferd.

»Diese Aufregung! Man hat mir einen Dienstwagen versprochen.«

»Wer?«

»Das Präsidium in Arles.« Der Sergeant drückte mit beiden Händen sein Käppi tiefer in die Stirn. »Man hat anscheinend endlich dort begriffen, was ich ihnen wert bin...«

Fast genau nach einer halben Stunde traf die Wagenkolonne aus Arles in Mas d'Agon ein. Sie fuhr auch am Feuerwehrhaus vorbei, wo Dr. Bombette und Marcel Bondeau auf der gestifteten Bank saßen.

Kommissar Philippe Mauran konnte nicht ahnen, daß diese beiden Herren, die wie Urlauber wirkten, wichtige Zeugen sein würden.

Dr. Bombette schob die Unterlippe vor. »So ein Haufen Polizei! Da muß es sich um ein Kapitalverbrechen handeln.«

»Ich möchte lieber nach Hause«, stammelte Bondeau. »Was habe ich denn verbrochen? Ich habe doch keinen umgebracht. Warum so viel Polizei?«

»Du bleibst!« sagte Dr. Bombette scharf. »Dir ist nur noch zu helfen, wenn ich bescheinige, daß du total verblödet bist.«

»O ja, tun Sie das, Doktor! Bitte!« Bondeau griff nach den Händen des Arztes. »Machen Sie mich zum Idioten...«

Die Kolonne aus Arles hielt jetzt vor der Polizeistation. Da Andratte unterwegs war, hielt dort der Gastwirt Dupécheur Wache.

Kommissar Mauran wußte sofort Bescheid und gab sich sehr leutselig.

»Aha! Der Motorradbesitzer! Der stille Helfer der Gerechtigkeit... Monsieur, wo befindet sich Sergeant Andratte?«

»Emile hat vorhin eine Nachricht geschickt. Er hatte vorsorglich auf dem Rücksitz meines Motorrades zwei Kinder als Melder mitgenommen.«

»Das ist ja ungeheuerlich!« sagte Kommissar Mauran und war wirklich erschüttert. »Die Arbeit der Polizei von Mas d'Agon ist von einer Umsichtigkeit – einmalig!«

»Emile Andratte muß ja hier alles allein machen, Herr Kommissar«, erklärte Dupécheur, die Gelegenheit beim Schopf packend. Er konnte ja unbefangen reden. Er hatte keinen Vorgesetzten in Arles.

»Andratte muß arbeiten wie vor 50 Jahren! Kein Auto, nur ein Fahrrad, noch dazu ein privates! Kein Funkgerät! Im Zimmer nur ein Telefon, das erst nach drei Tagen repariert wird, sollte es einmal ausfallen! Zum Glück ist Mas d'Agon der friedlichste Platz der Welt.«

»Das soll es auch bleiben«, sagte Mauran ernst. »Deshalb sind wir gekommen. Wo ist der Sergeant jetzt?«

»Er hat melden lassen: ›Bin bei der Moulin St. Jacques und unterhalte mich mit dem Marquis‹. Er ist allein. Madame und Monsieur sind vor zehn Minuten abgefahren.«

»Wer sind Madame und Monsieur?« fragte Mauran schnell.

»Ein deutsches Ehepaar. Sie hatten die Mühle gemietet, aber dann verloren sie die Lust daran. Ein nettes Paar, Herr Kommissar.«

»Ich weiß.« Mauran wandte sich an die anderen Herren und nickte. »Dann mal los, Messieurs! Zur Mühle! Ein

258

guter Mann, dieser Andratte. Stellt uns den Gesuchten neben allen Beweisstücken zur Verfügung.«

Bis zur Ankunft der Polizeikolonne rätselte Raoul de Formentière herum, warum ihn wohl dieser nicht sehr intelligente Emile Andratte mit reichlich dummen Erzählungen aufhielte.

Alain war sehr verstört zurückgekommen und hatte berichtet, daß die Erdhütte leer, das Zelt abgebaut und die Erpresser samt Lulu verschwunden seien.

Der ursprüngliche Plan, dem Mädchen auf der Straße aufzulauern, sie mit einem Schuß aus der Flinte zum Schweigen zu bringen und anschließend im Sumpf zu versenken, war damit gescheitert.

Raoul war danach unruhig geworden und hatte Alain befohlen, alles zum Abtransport der Ware aus dem geheimen Keller vorzubereiten – als der Sergeant auftauchte und sein Schwätzchen begann.

Der brave Andratte ahnte nicht, wie nahe er in diesen Minuten seinem gewaltsamen Ende war. Wenn er die Mühle hätte betreten wollen, so wäre er nicht bis zur Tür gekommen. Der Marquis trug eine kleine entsicherte Pistole in der Jackettasche.

Plötzlich – als in rasender Fahrt die Autokolonne zur Mühle kam, als der schwere Mannschaftswagen ohne Rücksicht querfeldein donnerte, bremste und wie ein Automat Polizisten ausspie – plötzlich begriff der Marquis, daß dieser Andratte alles andere als ein Schwachsinniger in Uniform war.

Maurans Wagen hielt neben dem schweren Auto des Marquis und machte damit eine Flucht von vornherein unmöglich.

Die Polizisten umstellten die Mühle und trieben dadurch auch Alain zurück, der schnell geschaltet hatte und in die entgegengesetzte Richtung verschwinden wollte. Die Herren des Kommissariats umringten den Marquis.

Andratte nahm gegen alle Vorschriften sein Käppi ab

und fächelte sich Luft zu. Die Uniform war durchge-
schwitzt.

»Meine Gratulation, Andratte«, sagte Raoul de Formentière und lächelte etwas verzerrt. »Ich habe Sie immer
unterschätzt. Das haben Sie wirklich gut gemacht... Ah,
Kommissar Mauran! Wie lange ist es her, daß wir uns
zuletzt sahen? Beim Frühlingsball des Präfekten, nicht
wahr? Was soll der Aufmarsch? Üben Sie die Erstürmung
einer Festung mit Ihren Leuten...?«

Der Kommissar deutete eine kleine Verbeugung an.
Höflichkeit ist eine der Eigenschaften der französischen
Polizei, die sie so liebenswert macht.

»Marquis«, sagte Mauran ruhig, »ich habe gegen Sie
einen Haftbefehl wegen Einfuhr von Rauschgift. Sie brauchen nicht zu antworten, bevor Sie Ihren Anwalt konsul-
tiert haben.«

»Das ist lächerlich!« Raoul de Formentière winkte ab.
»Ich stehe Ihnen zur Verfügung, Kommissar. Mir ist es
allerdings rätselhaft, wie man diese ungeheuerliche
Anschuldigung überhaupt glauben konnte.«

»Wenn Sie sich bitte umdrehen möchten, Herr Marquis...«

Raoul wandte sich langsam um. Hinter ihm, im Schutz
von zwei Polizisten, stand Lulu. Sie weinte.

Der Marquis drehte sich wieder zu dem Kommissar um.

»Ich weiß, wenn ein Spiel verloren ist, Kommissar«,
sagte er sehr ruhig und tatsächlich immer noch mit
Charme. »Ich habe für mein Leben gern gespielt. Und ich
habe eigentlich auch immer beherzigt, was für Männer
meiner Position als Warnung gilt: Cherchez la femme! – Ich
scheine es einmal vergessen zu haben. Aber – sehen Sie
sich Mademoiselle an – Sie werden mich verstehen. Für
seine Fehler muß man geradestehen.«

»Wo ist das Lager, bitte?«

»Im Keller der Mühle, das wissen Sie doch längst. Sie
werden dort die größte Ansammlung von Heroin finden,

260

die Sie je gesehen haben. Von den anderen Drogen abgesehen...«

»Darf ich um Ihre Waffe bitten, Marquis?«

Bevor Raoul noch etwas sagen konnte, hatte Mauran schon zugegriffen und die Pistole aus der Tasche des Jakketts gezogen.

»Sie zeichnete sich ab, Marquis«, sagte der Kommissar sarkastisch. »Maßanzüge sind nicht für den Transport von Waffen gebaut.«

XXI

Sie waren über zweihundert Kilometer gefahren, als Zipka endlich anhielt und den Wagen in einer kleinen Strandbucht ausrollen ließ.

Kathinka, die neben ihm geschlafen hatte, fuhr hoch.

»Was ist, Wig?« stotterte sie noch schlaftrunken.

»Die Polizei hat uns hierhergewiesen...«

»Wieso die Polizei?«

»Sie ist der Ansicht, daß man mit einer so laut schnarchenden Dame nicht länger fahren darf. Es gefährdet die Verkehrssicherheit...«

»Ekel!«

Sie blickte sich um: weißer Sand, eine kleine Bucht, blaues Meer, eingerahmt von niedrigen, gelbroten Felsen. Vom Wind zerfressene Steine. Ein paar Pinien, zerzaust und sturmgekrümmt.

»Schlaf weiter, mein Engel«, sagte Ludwig. »Am Abend haben wir die spanische Grenze erreicht. Ich springe hier nur rasch ins Wasser, um munter zu werden! Zwei Nächte ohne Schlaf... Tinka, man ist nicht mehr der Jüngste. Mit fünfunddreißig wird man allmählich bequem! In zehn Minuten bin ich wieder da...«

Er sprang aus dem Wagen, streifte Anzug und Wäsche ab und rannte nackt ins Meer.

Als er, wie ein übermütiger Junge umherhüpfend und Freiübungen machend, wieder am Auto erschien und sich mit einem Handtuch abtrocknete, hatte Kathinka das Verdeck zurückgeklappt und hockte auf der Lehne der Vordersitze.

Vor ihr, auf den Rücksitzen, leuchtete ein Teppich von Blumen. Man sah keine Koffer und keine Taschen mehr – nur Blumen, Blumen...

Ludwig Zipka hatte sie südlich von Montpellier gekauft, als Kathinka besonders fest schlief.

»Was ist denn das?« fragte sie.

»Was denn?« fragte er unschuldig zurück.

»Das ganze Auto ist ja voller Blumen...«

»Blumen? Nein, so was!« Zipka beugte sich über die Tür. »Tatsächlich! Vorher war nur Staub auf den Koffern. Dicker Staub! Ein Wunder!«

»Ein Wunder?«

Er schlug die Hände zusammen und lachte jungenhaft. »Bestimmt, Tinka! Hier ist der Beweis: Liebe läßt alle Blumen blühen...«

»O Wig!« sagte sie und zog seinen Kopf an sich. »Wig, wenn wir zurück nach Deutschland kommen, wird man uns für zwei Verrückte halten! Wir sind so herrlich, so irrsinnig ineinander verliebt – ich glaube, es wird kaum einen geben, der das versteht.«

Man soll seine Umwelt nicht unterschätzen. Sie hat mehr Phantasie, als man glaubt...

Konsalik

Als Band mit der Bestellnummer 11 089 erschien:

Heinz G. Konsalik

WER STIRBT SCHON GERNE UNTER PALMEN...
Band II: Der Sohn

Paul Bäcker und seine Eltern sind die einzigen Bewohner von Viktoria-Eiland, einer kleinen Südseeinsel. Als der Vater dem Sohn eine Frau beschaffen will, wird er von den Eingeborenen der Nachbarinsel getötet.

Kurz darauf ist Paul Bäcker ganz allein und heimatlos: Ein furchtbarer Orkan reißt seine Mutter ins Meer, und ein entsetzliches Seebeben macht aus dem paradiesischen Viktoria-Eiland ein nacktes Felsengerippe.

Doch durch das Seebeben ist in der Nähe eine neue Insel aus dem Meer aufgetaucht. Sie ist Paul Bäkkers einzige Überlebenschance. Er ahnt nicht, welche Todesgefahren ihn dort erwarten und daß er ein zauberhaftes Mädchen einem grausamen Los entreißen muß.

Wie Konsalik diese dramatischen Geschehnisse schildert, das ist meisterhaft, mitreißend, erschütternd.

Konsalik

Als Band mit der Bestellnummer 10 080 erschien:

Heinz G. Konsalik

WER STIRBT SCHON GERNE UNTER PALMEN ...

Band I: Der Vater

Werner Bäcker, ein nach Auckland ausgewanderter Architekt, startet mit Familie auf seiner neuen Jacht in die Südsee. Ein furchtbarer Orkan bereitet der Traumreise ein jähes Ende. Werner, der einzige Überlebende, wird am Strand einer unbewohnten Insel angeschwemmt.
Nach einem neuen Sturm, bei dem ein Flugzeug ins Meer stürzt, ist er plötzlich nicht mehr allein. Ein Mann und eine Frau, ein Polizist und eine angebliche Mörderin, retten sich auf seine Insel.
Drei Menschen leben auf einer Insel. Sie genügen, um aus einem Paradies eine Hölle zu machen.

Konsalik

Als Band mit der Bestellnummer 12 134 erschien:

Heinz G. Konsalik

VOR DIESER HOCHZEIT WIRD GEWARNT

Schlesien im Jahre 1887 . . . Auf dem Gut des Fürsten Pleß herrscht der Verwalter Leo Kochlowsky wie ein ungekrönter König. Die polnischen Landarbeiter hassen und fürchten ihn, Frauen sind für ihn eine leicht zu erobernde Beute. Ob eine Magd oder die attraktive, heißblütige Baronin Elena von Suttkam – Leo Kochlowsky bekommt sie alle.

Doch da begegnet ihm die blutjunge Sophie Rinne, blond, zart und unschuldig. Und Leo Kochlowsky begreift zum ersten Mal in seinem Leben, was Liebe ist. Aber da sind Katja, die Magd, deren Bräutigam geschworen hat, Leo umzubringen, und Elena von Suttkam, deren Haß ebenso maßlos ist wie ihre Liebe. In dem weiten, traumhaft schönen Land zwischen Oder und Weichsel, in einer Zeit, deren Glanz unvergessen ist, vollzieht sich ein Drama von erregender Leidenschaft.

Konsalik

Als Band mit der Bestellnummer 12 128 erschien:

Heinz G. Konsalik

ICH BIN VERLIEBT IN DEINE STIMME

Ein heiterer Liebesroman aus der Feder des großen Bestseller-Autors.
Die Zeit, als man noch das »Fräulein vom Amt« bemühen mußte, wenn man mit jemandem in einer anderen Stadt oder im Ausland telefonieren wollte, liegt noch gar nicht so lange zurück. Der Leser wird mit Schmunzeln feststellen, daß solche Verbindungen besondere Reize haben und zur Liebe für ein ganzes Leben führen konnten.

UND DAS LEBEN GEHT DOCH WEITER

Ein ergreifender, von tiefer Wehmut überschatteter Liebesroman.
Vor einem Schneesturm retten sich Carola Burghardt, Oberprimanerin, und Detlev Padenberg, Deichbau-Architekt, in eine Alpenhütte und finden dort kurzes Liebesglück. Nach Monaten begegnen sie sich in einer Fischerkate an der Nordsee wieder. Hier muß Carola schmerzlich erfahren, daß sich ihre Träume nie erfüllen werden. In ihrer Verzweiflung flieht sie zum Meer. Ein Wettlauf mit dem Tod beginnt.

KONSALIK

Bastei Lübbe-Taschenbücher

Die Straße ohne Ende
10048 / DM 5,80

Liebe am Don
11032 / DM 5,80

Bluthochzeit in Prag
11046 / DM 5,80

Heiß wie der Steppenwind
11066 / DM 5,80

**Wer stirbt schon gerne unter Palmen...
Band 1: Der Vater**
11080 / DM 5,80

**Wer stirbt schon gerne unter Palmen...
Band 2: Der Sohn**
11089 / DM 5,80

● **Natalia, ein Mädchen aus der Taiga**
11107 / DM 5,80

● **Leila, die Schöne vom Nil**
11113 / DM 5,80

● **Geliebte Korsarin**
11120 / DM 5,80

● **Liebe läßt alle Blumen blühen**
11130 / DM 5,80

● **Es blieb nur ein rotes Segel**
11151 / DM 5,80

● **Kosakenliebe**
12045 / DM 5,80

Wir sind nur Menschen
12053 / DM 5,80

● **Liebe in St. Petersburg**
12057 / DM 5,80

● **Der Leibarzt der Zarin**
13025 / DM 3,80

● **2 Stunden Mittagspause**
14007 / DM 4,80

● **Ninotschka, die Herrin der Taiga**
14009 / DM 4,80

● **Transsibirien-Express**
14018 / DM 4,80

● **Der Träumer**
17036 / DM 6,80

Goldmann-Taschenbücher

Die schweigenden Kanäle
2579 / DM 5,80

Ein Mensch wie du
2688 / DM 5,80

Das Lied der schwarzen Berge
2889 / DM 5,80

● **Die schöne Ärztin**
3503 / DM 6,80

Das Schloß der blauen Vögel
3511 / DM 6,80

Morgen ist ein neuer Tag
3517 / DM 6,80

● **Ich gestehe**
3536 / DM 5,80

Manöver im Herbst
3653 / DM 6,80

● **Die tödliche Heirat**
3665 / DM 5,80

Stalingrad
3698 / DM 7,80

Schicksal aus zweiter Hand
3714 / DM 6,80

● **Der Fluch der grünen Steine**
3721 / DM 5,80

● **Auch das Paradies wirft Schatten
Die Masken der Liebe**
2 Romane in einem Band
3873 / DM 5,80

● **Verliebte Abenteuer**
3925 / DM 5,80

Eine glückliche Ehe
3935 / DM 6,80

Das Geheimnis der sieben Palmen
3981 / DM 6,80

Heyne-Taschenbücher

Die Rollbahn
01/497 DM 5,80

Das Herz der 6. Armee
01/564 DM 5,80

Sie fielen vom Himmel
01/582 DM 4,80

Der Himmel über Kasakstan
01/600 DM 5,80

Natascha
01/615 DM 5,80

Strafbataillon 999
01/633 DM 4,80

Dr. med. Erika Werner
01/667 DM 4,80

Liebe auf heißem Sand
01/717 DM 5,80

Seine großen Bestseller im Taschenbuch.

Liebesnächte in der Taiga
01/729 DM 6,80

Der rostende Ruhm
01/740 DM 4,80

Entmündigt
01/776 DM 4,80

Zum Nachtisch wilde Früchte
01/788 DM 5,80

● **Der letzte Karpatenwolf**
01/807 DM 4,80

Die Tochter des Teufels
01/827 DM 5,80

Der Arzt von Stalingrad
01/847 DM 5,80

Das geschenkte Gesicht
01/851 DM 5,80

Privatklinik
01/914 DM 4,80

Ich beantrage Todesstrafe
01/927 DM 4,80

● **Auf nassen Straßen**
01/938 DM 4,80

Agenten lieben gefährlich
01/962 DM 4,80

● **Zerstörter Traum vom Ruhm**
01/987 DM 4,80

● **Agenten kennen kein Pardon**
01/999 DM 4,80

● **Der Mann, der sein Leben vergaß**
01/5020 DM 3,80

● **Fronttheater**
01/5030 DM 4,80

Der Wüstendoktor
01/5048 DM 4,80

● **Ein toter Taucher nimmt kein Gold**
01/5053 DM 4,80

Die Drohung
01/5069 DM 5,80

● **Eine Urwaldgöttin darf nicht weinen**
01/5080 DM 4,80

Viele Mütter heißen Anita
01/5086 DM 4,80

● **Wen die schwarze Göttin ruft**
01/5105 DM 4,80

● **Ein Komet fällt vom Himmel**
01/5119 DM 4,80

● **Straße in die Hölle**
01/5145 DM 4,80

Ein Mann wie ein Erdbeben
01/5154 DM 5,80

Diagnose
01/5155 DM 4,80

Ein Sommer mit Danica
01/5168 DM 5,80

Aus dem Nichts ein neues Leben
01/5186 DM 4,80

Des Sieges bittere Tränen
01/5210 DM 5,80

● **Die Nacht des schwarzen Zaubers**
01/5229 DM 4,80

● **Alarm! Das Weiberschiff**
01/5231 DM 5,80

● **Bittersüßes 7. Jahr**
01/5240 DM 4,80

Engel der Vergessenen
01/5251 DM 5,80

Die Verdammten der Taiga
01/5304 DM 5,80

Das Teufelsweib
01/5350 DM 4,80

Im Tal der bittersüßen Träume
01/5388 DM 5,80

Liebe ist stärker als der Tod
01/5436 DM 5,80

Haie an Bord
01/5490 DM 5,80

● **Niemand lebt von seinen Träumen**
01/5561 DM 4,80

Das Doppelspiel
01/5621 DM 6,80

● **Die dunkle Seite des Ruhms**
01/5702 DM 5,80

● **Das unanständige Foto**
01/5751 DM 4,80

● **Der Gentleman**
01/5796 DM 5,80

● = Originalausgabe

Eine unfreiwillige Reise in die Vergangenheit

Nach zwanzig Jahren kehrt Ruth Lindström nach Rom zurück. Was als Urlaubsreise gedacht war, wird für sie zur Reise in die eigene Vergangenheit, zur Konfrontation mit ihrer Erinnerung an das Leben als Widerstandskämpferin. Ein ehrliches, fast autobiographisches Buch, das den Leser das Engagement der Autorin für die Menschen und ein menschenwürdiges Leben fühlen läßt.

Anja Lundholm
Jene Tage in Rom
320 Seiten, mit Schutzumschlag

Gustav Lübbe Verlag GmbH, 5060 Bergisch Gladbach 2

Rommels Spion
hinter Englands Afrikafront

Dem Roman „Der Schlüssel zu Rebecca" liegt ein wahres zeitgeschichtliches Ereignis zugrunde. Rommels Spion „Wolff" soll die strategischen Pläne der Engländer zur Verteidigung Kairos und damit Ägyptens auskundschaften. Dieses dramatische Geschehen, zusammen mit der lebendigen Ausgestaltung der handelnden Charaktere – der skrupellose „Wolff", ein sehr britischer Major, eine heißblütige Bauchtänzerin und ein bezauberndes Mädchen namens Elene – machen aus dem Roman ein Lesevergnügen ganz besonderer Art.

Ken Follett
Der Schlüssel zu Rebecca
336 Seiten, mit Schutzumschlag

Gustav Lübbe Verlag GmbH, 5060 Bergisch Gladbach 2

hat das vielseitige Programm

Bestseller, unterhaltende und literarische Romane, Erzählungen, Heiteres.
Interessante Sachbücher zur Geschichte, Archäologie, Zeitgeschichte, Politik und Naturwissenschaft.
Fesselnde Biographien, nützliche Ratgeber, Kochbücher und Pop & Rock.
Spannende Western, Krimis, faszinierende Science Fiction und Fantasy.

Für jeden Leser das richtige Taschenbuch

Bei Einsendung des Coupons schicken wir Ihnen gern kostenlos unser Gesamtverzeichnis.

Bitte senden Sie mir kostenlos das neue Gesamtverzeichnis

Name: _____

Anschrift: _____

_____

An den BASTEI-VERLAG Gustav H. Lübbe GmbH
Scheidtbachstraße 23–31 · 5030 Bergisch Gladbach 2